我還是想你，媽媽

Последние свидетели

Алексиевич С. А.
斯維拉娜．亞歷塞維奇——著
晴朗李寒——譯

地圖盡量復原書中大城市的位置，以供讀者了解地理位置與人群移動方向。

★ 蘇聯加盟共和國：俄羅斯、哈薩克、烏克蘭、白羅斯、吉爾吉斯、塔克、烏茲別克、土庫曼、亞塞拜然、亞美尼亞、喬治亞、立陶宛、愛沙尼亞、拉脫維亞、摩爾達維亞、卡累利阿－芬蘭

那有如複調音樂般的作品，為當代世人的苦難與勇氣樹立了一座紀念碑。

——二〇一五諾貝爾文學獎

我還是想你，媽媽

目次

■總導讀

■諾貝爾文學獎得獎致詞摘錄

■總導讀

亞歷塞維奇的口述紀實文學——聆觀世人的心聲與風塵

劉心華／政治大學斯拉夫語文學系教授

二〇一六年七月底，甫從波蘭返台，旅程中，實地訪視了其境內的奧斯威辛集中營，這是二戰期間德國納粹屠殺猶太人的發生地；令人真正感受到聆觀世間風塵的靜默與激盪，內心糾結，久久不能平息。

當代「新物質主義」談論到，物質或物件本身有著默默陳述它與人們生存活動之間相互關係的話語功能，譬如博物館所展出的文物正是呈現不同時代的文明內涵。奧斯威辛集中營所展現的遺留物，也正哭訴著當年被屠殺者悲慘命運的心聲，是那麼淒厲！是那麼悲鳴！當人們在現場看到一間間的陳列室——散落的鞋子、慌亂中丟棄的眼鏡……，立即在腦中浮現出當年他們是在怎麼樣的情境下被毒氣集體屠殺；另外，當人們再看到以死者頭髮做成的毯子，更可以了解他們在生死兩岸間的生命尊嚴是如何被踐踏的，真是慘絕人寰啊！這些遺留的物件真的會說話；它們正細述著物主在那個年代所承受的種種苦難。是怎樣的時空環境，又是怎樣的錯置，悲慘竟發生在他們的身上——他們的生命就這樣消失了，無聲無息，身體在極端的痛苦中、心靈在無助和驚恐的煎熬下，讓人熱淚盈眶；透過物件反映著當年的哀號，思想跨越時空的體會，喚起了人們對二戰這段歷史的傷痕記憶。

無論在歐洲、亞洲，甚至全世界，施暴者與被殘害者，是什麼樣的年代讓人類承受這樣的痛苦，甚至到了今天還牽扯著後代的子子孫孫。這也令人想起同時代承受相同苦難的中國人，還有發生在其他地區無數的痛苦靈魂。凡此種種都讓我想起一位白羅斯女作家斯維拉娜·亞歷塞維奇（Светлана А. Алексиевич）——二〇一五年諾貝爾文學獎得主。她的大部分作品描述著上個世紀的戰爭、政治、環境汙染等事件，帶給人類的迫害，陳述得那樣深刻、那麼令人感動。

斯維拉娜·亞歷塞維奇是一九四八年出生於烏克蘭斯坦利斯拉夫城的白羅斯人；出生後，舉家又遷回了白羅斯。一九七二年她畢業於國立白羅斯大學新聞系，前後在報社與雜誌社工作。一九九〇年起，因批判白羅斯的當權者，先後移居義大利、法國、德國等地。她的主要文學作品有：《戰爭沒有女人的臉》（原文直譯為：戰爭的面孔不是女人的，一九八五年出版）、《我還是想你，媽媽》（原文直譯為：最後的證人，一九八五年出版）、《鋅皮娃娃兵》（一九九一年出版）、《被死亡迷住的人》（一九九三年出版，目前已絕版）、《車諾比的聲音》（原文直譯為：車諾比的祈禱，一九九七年出版）、《二手時代》（二〇一三年出版）。

亞歷塞維奇的創作手法有別於傳統文本模式的文字敘述，也與一般的報導文學相異，而是透過現場訪談採取一種口述記錄的方式，呈現事件的真實感情。口述紀實文學是二十世紀後半葉發生於世界文壇的一種新文學體裁。它與電子科技的發展有密切的關係，譬如，錄音電子器材的廣泛運用，讓口述紀實文學的創作便捷可行。若與其他文學體裁相比，它最凸顯的特點在於作者本身放棄了敘述的話語權，將自己置身於受話者（聽眾）和記錄者的地位，但又維護了自己身為作者的身分。另外，這種創作，不像傳統文學，以「大敘事」為主，而是選擇「小人物」擔任敘事者，激發他們對事件的看法及觀點，抒發感情，讓眾聲喧譁，以致開放了作者／敘事者／讀者對故事或事件的對話空間，創造了多元共生的事件情境。

儘管口述紀實文學的文體尚未發展成熟，然而它具備了一些傳統文學所不及的特性：

一、作者在文本中的存在與缺席

口述紀實文學最突出的特點是作者於文本建構中所扮演的角色與發揮的功能。作者讓出了講述的發言權力，作為中立者隱身於文本之後，但是又成功地以引導訪談方向保有作者的地位。也就是說，一般的文學敘事，作者通常扮演著主要講述者的角色，無論講述自己的所見所聞，或是運用虛構人物講述事件，或是參與事件，或是隱身於事件之後，講述者終歸是作者。作者因此可藉此建立穩固的話語霸權。而在口述紀實文學中，作者處於受話者（receiver or listener）的地位，換句話說，作者已經不再是一般所認知的「作者」，他成了相關事件講述者的第一聽眾；他不再顯示自己的價值觀或偏好，對事件的人、事、物做直接的判斷或評論。然而，作者並非完全放棄自己的功能和身分，文本的總體構思仍掌握於作者本身；他雖然放棄講述者的地位，並不意味著他放棄了選擇、刪節與整合的功能和任務。因此，在口述紀實文學中，從讀者的閱讀和感覺來看，作者好像是缺席的，可是他又始終在場。

二、以多元的小人物為主角，並採取集結式整合的論述結構

大多數的口述紀實文學作品皆以「小人物」作為主角，以廣大、普遍、世俗的市民生活為主。作者面對所有人的是是非非只是真實記錄，而不隨意妄加判斷或褒貶；他將此權力保留給讀者。在眾多小人物從不同角度或途徑所呈現的表述中，真是名副其實的眾聲喧譁，對於事件常常表現出既矛盾又統一、既傳統又現代的面貌，其特色就是可以完整保留事件的「第一手文獻」。其實，從眾多小人物的言說中往往才能看到事件的真實性及完整性，也才能展示出當時背景的標本與足跡。

然而，從另一個角度來說，小人物畢竟是「人微言輕」，對事件的觀察或陳述過於表象，不夠深入；因此，口述內容也常出現陳述失衡的現象，這種現象就需由作者來調和。一般而言，大

部分的口述紀實文學都不約而同採用了獨特的結構形式——集結式整合，亦即集合多數人的訪問稿，依事件的理路邏輯整合而成。讀者如果把一篇篇的個人訪問從整部作品中抽離出來，其陳述的內容就會顯得單薄而不具代表性與說服力。但是，一旦將它們納入整體，內容連貫起來，那麼每個單篇作品就會超越其原有的局限，從整體中獲得新的生命，共同結合成為一個有機的完整結構，呈現出深遠的意義和文學內涵。當然，為了使結構不分散，每部作品一定會環繞一個中心的話題發展，呈現出既向中心集中又如輻射般的放射結構。

三、採用作者與講述者之間直接對應方式的話語

一般的文學敘事，受話者即是讀者，是一個不確定的群體。因此，可以確定的是一種個體（講述者）對群體（讀者）的單向對應話語。而口述紀實文學的講述者是受訪者，他雖是被採訪者的身分，卻是事件陳述的實際作者；在整個創作過程中，形式上，採訪者是次要身分出現，然而在受訪者與作者之間卻能夠形成一種直接而明確的個體對應關係，也只有在這種對應關係中才能產生真實、坦率、鮮活的話語，呈現著真相，吸引著讀者。

由於受到複雜社會關係和其他種種因素的限制，人在現實生活中的話語常常會加以偽裝，甚至於個人的自傳作品也不可信，往往最後呈現出來的是別人的他傳。因此，只有無直接利害關係

的陌生人或事件的旁觀者，才可能講出真實的觀感。口述紀實文學中的作者（採訪者）與受訪者都是素不相識的陌生人，一般也不會繼續交往，因此，其間的個體對應話語成為最能坦露心扉、最真實的話語。

了解了口述紀實文學的特性後，接著我們回頭來探討白羅斯女作家亞歷塞維奇的文學作品；它是有關戰爭事件的口述紀實，這裡將進一步分析她的創作特色及其作品的價值。

亞歷塞維奇之所以會採用此種獨特的方式從事文學創作，主要是來自於童年的經驗。她曾如此描述這種經驗：「我們的男人都戰死了，女人工作了一整天之後，到了夜晚，便聚在一起彼此分享她們的心事。我從小就坐在旁邊靜靜聆聽，看著她們如何將痛苦說出來；這本身就是一種藝術。」除此之外，她的創作也深受亞當莫維奇（一九二七～一九九四）的影響，這位文學界前輩可以說是其寫作生涯的領航者。亞當莫維奇的作品《我來自燃燒的村莊》（一九七七），描寫二戰期間，隸屬蘇聯紅軍的白羅斯軍隊在前線與納粹德國的交戰情景，戰況慘烈，死傷人數多達白羅斯的四分之一人口。亞當莫維奇親自下鄉訪問生還者，這種寫作的模式和作品呈現的內容帶給了亞歷塞維奇莫大的震撼。

亞歷塞維奇也曾這樣描述自己的寫作方式：「我雖然像記者一樣蒐集資料，但可是用文學的手法來寫作。」她在寫一本書之前，都得先訪問好幾百個事件相關的人，平均需要花五到十年的時間。其實，透過採訪、蒐集資料，並非一般人想像得那麼容易。她也特別提到：「每個人身上都有些祕密，不願意讓別人知道，採訪時必須一再嘗試各種方法，幫助他們願意把噩夢說出來。……每個人身上也都有故事，我試著將每個人的心聲和經驗組合成整體的事件；如此一來，寫作對我來說，便是一種掌握時代的嘗試。」

亞歷塞維奇在文壇初露頭角的作品《戰爭沒有女人的臉》，就是以二戰為背景，對當時蘇聯女兵進行採訪的話語集結；這部作品在一九八四年二月刊載於蘇聯時代的重要文學刊物——《十月》，其主要內容是陳述五百個蘇聯女兵參與衛國戰爭的血淚故事。作品問世後，讚譽有加，評論界與讀者一致認為該書作者從另一種新的角度成功展現了這場偉大而艱苦的戰爭。當時，大家都難以置信，一位名不見經傳的白羅斯女作家，一位沒有參加過戰爭的女性，竟然能寫出男性作家無法感受到的層面。亞歷塞維奇用女性獨特的心靈觸動，揭示了戰爭的真實面，深刻陳述了戰爭本質的殘酷。她以非常感慨的口吻說：「按照官方的說法，戰爭是英雄的事蹟，但在女人的眼中，戰爭是謀殺。」

在這本文學作品的寫作過程，亞歷塞維奇用了四年的時間，跑了兩百多個城鎮與農村，用錄音機採訪了數百名參與這場衛國戰爭的婦女，記錄了她們的陳述，刻繪了她們的心聲與感受。作品最後做了動人的結語，它說到：戰爭中的蘇聯婦女和男人一樣，冒著槍林彈雨，衝鋒陷陣，爬冰臥雪，有時也要背負比自己重一倍的傷員。戰爭結束後，許多婦女在戰爭的洗禮下改變了自己作為女人的天性，變得嚴峻與殘酷；這也可以說是戰爭所導致的另一層悲慘的結局。

亞歷塞維奇成功讓這本書中的女人陳述了男人無法描述的戰爭，一場我們所不知道的戰爭面向——戰場上的女人對戰爭的認知。

男人喜歡談功勳、前線的布局、行動與軍事長官等事物；而女人敘述了戰爭的另一種面貌：第一次殺人的恐怖，或者戰鬥後走在躺滿死屍的田野上，這些屍體像豆子一樣撒落滿地。他們都好年輕：有德國人和我們俄國士兵。

接著，亞歷塞維奇又寫道：

戰爭結束後，女人也要面臨另一場戰鬥；她們必須將戰時的紀錄與傷殘證明收藏起來，因為她們必須回到現實生活再學會微笑，穿上高跟鞋、嫁人……而男人則可以忘了自己的戰友，甚至背叛他們，從戰友處偷走了勝利，而不是分享……

這本書出版後，亞歷塞維奇於一九八六年以其另一部著作《我還是想你，媽媽》獲頒列寧青年獎章。

《我還是想你，媽媽》基本上也是描述戰爭，只不過不是從女人眼光和體驗看戰爭，而是透過二到十五歲孩子的眼睛，陳述他們如何觀察成人的戰爭以及戰爭帶給家庭與人們的不幸。這部作品和《戰爭沒有女人的臉》一樣，它不是訪談錄，也不是證言集，而是集合了一百零一個人回憶發生在他們童年時代的那場戰爭。主角不是政治家，不是士兵，不是哲學家，而是兒童。書中彙集了孩子的感受和心聲：在童稚純真的年齡，他們如何面對親人的死亡，以及生存的鬥爭；在親眼目睹戰爭的殘酷與非理性時，他們如何克服心中的恐懼與無奈。書中雖然沒有描述大規模的戰爭場面，許多受訪的孩子都表示，從目睹法西斯份子發動戰爭、進行殘忍大屠殺的那一刻起，他們就已經不是孩子了。他們也不自覺學會了殺人。

……戰爭爆發的很長時間以來，一直有一個相同的夢折磨著我；我經常夢見那個被我打死的德國人……他一直跟著我不放，一直跟著我幾十年，直到不久前他才消失。當時在他們的機關槍掃射下，我目睹了我的爺爺和奶奶中彈而死；他們用槍托猛擊我媽媽的頭部，她黑色的頭髮變成了紅色，眼看著她死去時，我打死了這個德國人。因為我搶先用了槍，他的槍掉在地上。不，我從來就不曾是個孩子。我不記得自己是個孩子……

整體來說，毫無疑義，亞歷塞維奇的紀實文學擺脫了傳統戰爭文學的視角。與擅長描寫戰爭題材的蘇聯男性作家，如西蒙諾夫（一九一五～一九七九）、邦達列夫（一九二四～）、貝科夫

（一九二四～二〇〇三）等人相較起來，她的作品既沒有表現悲壯宏大的戰爭場面，也沒有刻意塑造的英雄形象和歌頌衛國的民族救星，更沒有以戰爭作為考驗人民是否忠誠的試金石。亞歷塞維奇所關注的是對戰爭本身的意義及個人生命價值的思考；她力圖粉碎戰爭的神話，希望能喚起參戰民族自我反省的意識；她應該可以說是一位典型的反戰作家。

其次，就敘事的風格而言，亞歷塞維奇的口述紀實文學是透過實地訪談的資料整理，是眾多被採訪者的心聲所共構的合唱曲。其中除了清唱獨白，有詠嘆曲調，也有宣敘曲調。而作家既是沉默的聆聽者，也是統籌調度眾聲的協調者。作者從眾人深刻的內心感受和記憶中，拼貼出時代的悲劇，並喚起大眾對生命與人性尊嚴的重視。

亞歷塞維奇還有另外一部關於戰爭的紀實作品——《鋅皮娃娃兵》；它並非描述蘇聯人民衛國戰爭的作品，反而是敘述從一九七九年十二月蘇聯入侵阿富汗到一九八九年二月撤軍，這段期間所歷經的戰爭故事。這場戰爭的蘇聯士兵已經不是保衛國家的英雄，而是成為入侵的殺人者，變成破壞別人家園的罪犯。在這本作品中，亞歷塞維奇寫出了蘇聯軍隊的內幕，描述了蘇聯軍隊上下官兵的心態和他們在阿富汗令人髮指的行徑。

該作品同樣是由數十位與入侵阿富汗有關人員的陳述內容組合而成的。這場戰爭歷時長達十年，時間比蘇聯衛國戰爭多出一倍，死亡人數不下萬人，而且主要的士兵是一群年僅二十歲左右的青年，即稚嫩的娃娃兵。也就是說，他們將十年的青春葬送在一場莫名其妙的戰場廝殺中。

《鋅皮娃娃兵》中的陳述者除了參戰的士兵、軍官、政治領導員外，還有等待兒子或丈夫歸來的母親與妻子等人，內容都是他／她們含著血淚的回憶。作品中幾乎沒有作者任何的描述，但是透過戰爭的參與者描述出來的潛在思維與意識，讓人有更深一層的感受。從這部作品開始，亞歷塞維奇對於生命有更高、更深的看法，也讓她的作品有了新的發展方向：她企圖更深入探討人類生命的意義、揭露人間的悲劇與人內心的觸動。

在作品的創作上，亞歷塞維奇宣稱自己是以女性的視角探討戰爭中人的情感歷程，而非描述戰爭本身；她不諱飾訪談者的錄音紀錄，以毫不遮掩的方式，試圖探索一種真實。然而，除了真實外，讀者也可以感受到作者的反戰意態和情感；她反對殺人，反對戰爭（無論何種戰爭），她想明白告訴人們，戰爭就是殺人，而軍人就是殺人的工具。亞歷塞維奇就是極力想喚醒人們的認知：戰爭是一種將人帶進情感邊緣的極端場景，而文學作家就是要在這種特殊環境下重塑人的心靈感受與情感世界。

在《鋅皮娃娃兵》的作品裡，亞歷塞維奇對阿富汗戰爭進行了深刻的反思，進而還原了士兵在戰場上的真實面目，例如一位普通士兵回憶他在戰場上殘忍地殺死阿富汗孩子的瘋狂行為，與回國後的心理矛盾和反思：

對於打仗的人來說，死亡已沒有什麼祕密了。只要隨隨便便扣一下扳機就能殺人。我們接受的教育是：誰第一個開槍，誰就能活下來；戰爭的法則就是如此。指揮官說：「你們在這裡要學會兩件事，一是走得快，二是射得準。至於思考嘛，由我來承擔。」他讓我們往哪裡射擊，我們就往哪裡射。我就學會了聽從命令執行射擊。射擊時，沒有一個人是可憐的，就算擊斃嬰兒也行，因為那裡的男女老少都在和我們作戰。有一次，部隊經過一個村子，走在前面的汽車突然馬達不響了，司機下了車，掀開車蓋……一個十來歲的孩子，一刀子刺入他的背後……正刺在心臟上。士兵撲倒在發動機上……那個孩子被子彈打成了篩子……如果此時此刻下了命令，這座村子就會變成一片焦土。每個人都想活下去，沒有考慮的時間。我們的年齡都只有十八到二十歲啊！但我已經看慣了別人死，可是也害怕自己的死。我親眼看見一個人在一秒鐘內變得無影無蹤，彷彿此人根本不曾存在過。

作品當中亦有許多母親敘述著她們接到兒子死訊或屍體時那種難以形容的傷痛，例如有一位母親每天到墓地去探望在戰爭中死去的兒子，持續了四年，內心的痛楚一直無法平復。

……我急急忙忙向墓地奔去，如同趕赴約會。我彷彿在那兒能見到自己的兒子。頭幾天，我就在那兒過夜，一點也不害怕。到了現在，我非常理解鳥兒為什麼要遷飛，草兒為什麼要搖曳。春天一到，我就等待花朵從地裡探出頭來看我。我種了一些雪花蓮……為的就是儘早得到兒子的問候……問候是從地下向我傳來的……是從他那兒傳來的……我在他那兒一直坐到傍晚，坐到深夜。有時候，我會大喊大叫，甚至把鳥兒都驚飛了，可是卻聽不見自己的聲音。烏鴉像一陣颶風掠過。牠們在我的頭頂上盤旋，拍打翅膀，這時我才會清醒過來……我不再大叫了……一連四年，我天天到這兒來，有時早晨，有時傍晚。當我患了血管栓塞症，躺在醫院病床不許下床時，我有十一天沒去看他。等我能起來，能悄悄走到盥洗室時……我覺得我也可以走到兒子那兒去了。如果摔倒了，就撲倒在他的小墳頭上……我穿著病服跑了出來……

在這之前，我做了個夢：瓦列拉出現了！他喊著：

「媽媽，明天你別到墓地來，不要來了。」

可是我來了，悄悄地，就像現在悄悄地跑來了。

彷彿他已不在那兒，而我的心也覺得他不在那兒了。

書中，來自各個階層類似這樣哀慟的敘述比比皆是。然而，這種真實情景的呈現，在讀者眼前，卻換來兩極化的批評。有人感動不已，感謝終於有人說出真相；但是，同時也招致了許多嚴厲的批評，有些民族主義者就認為作者在汙衊蘇聯軍隊所做出的貢獻；甚至還有人告上法院，認為這種陳述是誹謗為國家付出貢獻的人。對於這些批評，亞歷塞維奇也在其作品的最後書頁中忠實反映出來。例如，書中把某位以電話表達的讀者批評摘錄如下：

好吧！我們不是英雄，照你說，我們現在反而成了殺人的凶手——殺婦女、殺兒童、殺牲畜的凶手。或許再過三十年，說不定我會親口告訴自己的兒子：「兒子啊，一切並不像一般書中寫得那麼英雄豪邁，也有過汙泥濁水。」我會親口告訴他，但是這要過三十年以後……而現在，這還是血淋淋的傷口，剛剛開始癒合，結了一層薄痂。請不要撕破它！痛……痛得很……

您怎麼能這麼做呢！您怎麼敢往我們孩子的墳上潑髒水，他們自始至終完成了自己對祖國應盡的責任。您希望將他們忘掉……全國各地創辦了幾百處紀念館、紀念堂。我也把兒子的軍大衣送去了，還有他學生時代的作業本。他們應該可以做榜樣！您說的那些可怕的真實，對我們有什麼用呢？我不願意知道那些！您根本就是想靠我們兒子的鮮血撈取榮譽。我堅信：他們是英雄！是英雄！您應當寫出關於他們優美的書來，而不是把他們當成砲灰。

亞歷塞維奇的戰爭紀實文學，表面上看來，是作家在受訪者面前傾聽並錄音，然後將這些口述的錄音資料轉成文字；而實際上，作者在這過程中並非單純的聽眾，她一方面要設法打開敘述者的沉痛記憶，同時必須將所有的痛苦先吞下，然後再吐出來，細細咀嚼，最後再組合成具有邏輯性、說服性、感性及共鳴性的文本。這對於受訪者與作者來說，他們的工作皆非易事。受訪者須遭受第二次的傷害，喚起他們沉重的回憶，共同回顧那段殘酷的歲月。通常他們開始講述的時候，語調還很平靜，講到快結束時，他們已經不是在說，而是在嘶喊，然後失魂落魄地呆坐著；那一刻，作者真覺得自己是個罪人。另外，還有許多自阿富汗回來的受訪士兵對作者的詢問懷有敵意，他們不願打開傷痛的記憶；有的退伍士兵走了，有的不願意說，有的又回頭再來找到作者。

亞歷塞維奇在這本書的後記放上了自己的日記談到，她是**「透過人說話的聲音來聆聽世界的」**，這是作者觀察世界的一種方法。開始，她覺得前兩部戰爭作品的「講話體」會成為之後寫作的障礙；然而，作者的擔心似乎成了多餘之物。亞歷塞維奇不願在作品中時時刻刻地重複自己的角色及自己的觀點。她在寫作中認為，將娃娃兵們從日常生活、學校、音樂、舞蹈等地強拉出來，投入汙穢的戰場之中，將會扭曲他們的價值觀，以為自己參加的是偉大的衛國戰爭。但是，有一天他們終究會了解，自己投入的是另一場不是保國衛民的戰爭。引用某些娃娃兵的話說：**「我本想當英雄，如今我卻不知道自己變成了什麼人」**；根據這樣的訪談，亞歷塞維奇深信，總有一天，人性會覺醒的。顯然，口述戰爭紀實文學讓人以多角度的途徑看到了事件的真實面向，其作品帶給人們的震撼和感動，不亞於傳統的書寫文學經典，它們必然會在歷史的記憶中留下足跡。

除了上述三部戰爭題材的作品外，亞歷塞維奇的另外三部作品寫的是人類的災難：《被死亡迷住的人》寫的是政治災難；《車諾比的聲音》寫的是生態的災難；而二〇一三年的《二手時代》則是闡述共產主義的災難。

其中，《車諾比的聲音》描述一九八六年四月二十六日車諾比核電廠發生嚴重爆炸的核洩漏事故，該事故造成了蘇聯人生命與財產的巨大損失，並震驚了全世界。車諾比核電廠雖然位於烏克蘭境內，但由於氣流風向等因素，受害最嚴重的反而是相毗鄰的白羅斯，導致的災害難以估計。於是，亞歷塞維奇再次投入蒐集傷亡文獻的創作，著手書寫另一部口述紀實文學作品。與過去不同的特點在於此次的主題由戰爭轉向了人與科技發展、人與自然關係的哲學思考。

《二手時代》是屬於晚近的作品，談的是蘇聯瓦解前後之間各加盟共和國人們的生活寫照。蘇聯解體前後，許多曾經活在蘇聯時代的人認為，七十多年來馬、列實驗室的最大貢獻在於創造出獨特進化類型的人種——「蘇維埃人種」——這個詞充滿了負面的涵義，諷刺當年的共產主義政權堅信蘇聯體制將創造一個嶄新的、更進步的新蘇維埃人。然而，到了一九九一年的年終，這個夢想終究幻滅了。蘇聯解體後，人們極力避免去談它，現在二十多年過後，人們從創傷中走出來，反而開始回憶那段屬於彼此的共同歲月。這種情感的失落及殘餘，亞歷塞維奇有著深入的觀察及細緻的描述，她這樣寫道：

共產主義有很瘋狂的計畫——改造亞當「舊」人。而這件事實現了……，也許是唯一的，但是做到了。七十多年以來，馬克思——列寧實驗室製造出獨特的人種——蘇維埃人。有些人認為這是悲劇性的人物，有些人稱他為蘇維埃公民。我知道這個人，我和他很熟識，我在他身旁，並肩活了多年，他就是我。這是我認識的人、朋友、父母。若干年以來，我走遍了前蘇聯，因為蘇維埃人不只是俄國人，他們也是白羅斯人、土庫曼人、烏克蘭人、哈薩克人……。現在我們住在不同的國家，說著不同的語言，但是我們不會和其他的人弄混，你立即就認出他們！我們所有的人都是從共產主義走過來的人，與其他世界的人相像，但又不相似：我們有自己的字典，自己對善與惡、悲哀與苦難的認知，我們對死亡有特別的態度。我所抄錄的小說裡，那些「射擊」、「槍決」、「整肅」、「驅離」等字眼已漸漸被拿掉；或者蘇聯時期的用語，如「逮捕」、「十年無權通信」、「移民」都消失了。個人的生命價值多少？如果我們還記得不久前才死了好幾百萬人。我們充滿了恨與偏見。所有的人都從「古拉格」（集中營）和可怕的戰爭走來。集體化、清算富農、人民大遷徙……

事實上，亞歷塞維奇本人可能也存有部分的「蘇聯人」殘留意識或情感；她承認自己在寫《二手時代》的時候，還是能感受到史達林不只是無所不在，甚至曾經是生活的價值座標。「**……我們告別了蘇聯時代，告別了那個屬於我們的生活。我試圖忠實聆聽這部社會主義戲劇每個參與者的聲音……**。」接著，她又回頭去探索人們對那一段歷史的殘留感情，「**歷史其實正在走回頭路，人類的生活沒有創新……多數人仍活在『用過』的語言和概念，停留在自己仍是強國的幻覺裡……**」。受到這種「蘇維埃人」殘留的優越感，這些人對於外來的挑戰，油然發出了對抗的意識，亞歷塞維奇談到：「**……莫斯科的街頭，到處都可聽到有人在辱罵美國總統歐巴馬，全國人的腦袋裡住著一個普丁，相信俄羅斯正被敵國包圍。**」

從人類文明的進化路程來看，人類行為雖然一再犯下重複性的錯誤，然而透過文學作品的記錄與反省，深刻認知到人類具有的殘酷本質，也讓人們能夠從歷史的真相與經驗中學習與成長，期待能夠在上帝的救贖下，引領自我救贖，創造和諧的世界。

二〇一六・八・十五

我還是想你，媽媽

Последние свидетели

本書在二〇一六年初版中的「白俄羅斯」一詞，已於此次二〇二四年新版改為「白羅斯」。以往習慣譯為「白俄羅斯」，二〇一八年三月十六日白羅斯大使館發文要求改用「白羅斯」為正確國名，新版以此作調整。

代序

一則引言

在偉大的衛國戰爭期間（一九四一～一九四五），有數百萬蘇聯兒童死亡：他們中有俄羅斯人、白羅斯人、烏克蘭人、猶太人、韃靼人、拉脫維亞人、茨岡人、哥薩克人、烏茲別克人、亞美尼亞人、塔吉克人……

——《各民族友誼》雜誌，一九八五年第五期

俄國經典作家的一個問題

杜斯妥也夫斯基曾提出這樣一個問題：如果為了和平、我們的幸福、永恆的和諧，為了它們基礎的牢固，需要無辜的孩子流下哪怕僅僅一滴淚水，我們是否能為此找到一個充分的理由？

他自己回答道：這一滴淚水不能宣告任何進步、任何一場革命，甚至於一次戰爭的無罪。它們永遠都抵不上一滴淚水。

僅僅是一滴淚水……

他害怕回頭看一眼……

熱尼婭．別利克維奇，當時六歲。
現在是工人。

那是一九四一年六月。

我記住了。當時我年紀還非常小，但是我記住了一切……

我還記得和平日子裡的最後一段時光——媽媽經常在晚上讀童話書給我們聽，那是我最喜歡的童話——小金魚的故事。我也總會向小金魚提出願望：「小金魚啊……可愛的小金魚……」妹妹也一樣，只是她用另外的方式請求：「奇蹟出現，美夢成真……」我們都希望能去奶奶家過夏天，希望爸爸也能和我們一起去。他是個開朗的人。

早晨，我被嚇醒了，被某種陌生的聲音嚇醒了。

媽媽和爸爸以為我們都還在睡，可我躺在妹妹身邊，假裝睡覺。我看見，爸爸久久地親吻著媽媽，親吻著她的臉龐、雙手，這讓我感到非常奇怪，以前他從來沒有這樣親吻過媽媽。他們手拉著手，走到院子。我跳起來，跑到窗口——媽媽緊緊摟著爸爸的脖子，不放他走。爸爸掙脫開她，往外就跑，媽媽追了上去，還不是想讓他走，叫喊著什麼。當時我也大聲呼喚著：「爸爸！

爸爸！」

小妹和弟弟瓦夏都醒了，小妹看見我在哭，她也喊了起來：「爸爸！」我們急忙衝了出去，跑到台階上叫著：「爸爸！」父親看到了我們，我至今都還清楚地記得，他雙手抱住頭，轉身走了，幾乎是小跑著。他害怕回頭看一眼。

陽光照著我的臉，那麼溫暖……至今我都無法相信，我的父親在那個早晨去打仗了。當時我還非常小，但是我已經有了預感，這會是我最後一次看見他。我以後再也見不到他了。那時我還非常……非常小。

在我的記憶裡，它們就這樣聯繫在了一起：戰爭——就是失去爸爸。

後來我記得，黑暗的天空和黑色的飛機。媽媽伸著手臂，躺在公路附近。我們哭求她起來，可是她不起來。她起不來了。士兵把媽媽裹進遮雨的帳篷，埋進沙土裡，埋在她倒下的那個地方。我們喊叫著、哀求著：「不要把我們的媽媽埋進坑裡。她會醒來的，我們還要趕路。」有幾隻不知名的大甲蟲在沙土上爬來爬去……我無法想像，媽媽怎麼能和牠們在泥土裡一起生活。將來我們要怎麼找到她，我們怎樣才能再見面？以後誰來給我們的爸爸寫信？

有一位士兵問我：「小女孩，你叫什麼名字？」但我忘了自己叫什麼名字。「小女孩，你姓什麼？你的媽媽叫什麼名字？」我也想不起來了……直到深夜，我們都還坐在媽媽的小土丘旁，最後有人抱開了我們，讓我們坐在一輛四輪大馬車上。滿滿一車都是孩子。運送我們的，是一位不知幹什麼的老頭，他沿路收留了這些孩子。我們來到了一個陌生的村子，一些陌生人分頭領養了我們，住進各家各戶。

很長一段時間我都不會說話，只是呆呆地看著。

後來我記得，夏天到了。陽光明媚的夏天。一位陌生女人摸著我的頭。我哭了起來。我開始說話……說到媽媽和爸爸。爸爸如何離開我們，如何跑走，他甚至都沒有回頭看我們一眼……還有躺在地上的媽媽……在沙土上爬動的那些大甲蟲……

女人摸著我的頭。那一刻，我覺得她就像我的媽媽一樣。

我的第一支，也是最後一支菸

蓋納．尤什克維奇，當時十二歲。
現在是記者。

戰爭第一天的清晨。

陽光燦爛，非同尋常地安靜。莫名其妙地寂靜。

我們的鄰居，一位軍人的妻子，淚流滿面地走到院子。她低聲對媽媽說了些話，但是又做了個手勢，讓媽媽別說話。大家都怕出聲，怕提到發生的事，甚至所有人都知道發生了什麼，本來早已經有人通知大家了。但是，他們還是害怕，擔心被當成奸細，擔心成為危言惑眾的人，而這比戰爭更恐怖。他們都很害怕……到現在我還是這樣以為……當然，任何人都無法相信戰爭會爆發。少來了，我們的軍隊就駐守在邊境上！我們的領袖就在克里姆林宮裡！國家受到安全可靠的保衛，對敵人來說，它是難以攻克的。當時我就是這麼想的，那時，我是少年先鋒隊*的一員。

有人轉動著無線電收音機，期待聽到史達林的談話。我們需要聽到他的聲音，但是史達林沒有出面。後來出來講話的是莫洛托夫†……大家都收聽了。莫洛托夫說：「戰爭爆發了。」但是沒有人相信。史達林在哪裡？

許多飛機飛到城市上空……幾十架陌生的飛機，機身上有十字，它們遮蔽了整個天空，遮住了太陽。恐怖極了！從飛機上投擲下炸彈……爆炸聲、碎裂聲連續不斷傳來。這一切都像是在做夢，那麼不真實。我已經不是小孩子了，我清楚記得自己的感覺，恐懼感快速爬遍了全身，爬遍了所有話語，爬遍了所有念頭。我們衝出家門，在街道上亂跑……我似乎覺得，整個城市彷彿消失了，變成了一片廢墟，滾滾濃煙，火光沖天。有人說：「應該往墓地跑，因為他們不會轟炸墳場。為什麼還要再轟炸死人呢？」在我們居住的地區有一片面積很大的猶太人墓地，長滿了古老的大樹。於是，所有人都跑向了那裡，聚集了成千上萬的人。他們抱著石頭，隱藏在石板後面。

在墓地，我和媽媽一直坐到了深夜。周圍沒有人說出「戰爭」兩個字，我聽見的是另一個替代詞——挑釁。大家都在重複念著這兩個字。人們議論紛紛：「我們的軍隊馬上就要還擊了」、

＊蘇聯共產主義少年先鋒隊為蘇聯十歲到十五歲的少年學生組成的一種團體。目的在培養隊員成為共產主義社會的模範成員。少年先鋒隊是以學校為單位組成一個「隊」，隊的上層組織則為「蘇聯共產主義青年團」。少年先鋒隊常透過各種活動，以達成其目的，包括：學習活動、社會服務、政治宣傳、露營活動等等。

† 莫洛托夫（Vyacheslav Molotov，一八九〇～一九八六），蘇聯領導人，早年參加革命時，才將姓氏改為「莫洛托夫」（意思是錘子）。二次大戰期間曾任蘇聯人民委員會第一副主席兼外交人民委員、蘇聯國防委員會副主席。

「史達林已經下命令了」，大家對此都深信不疑。

但是，整個晚上明斯克郊區工廠的汽笛聲還是低沉地響個不停……

第一批死者……

第一個死的，我看到的是一匹被打死的馬，緊接著是一個被打死的女人……這讓我很震驚。我一直以為，在戰爭中只有男人會被打死。

早晨，我醒了過來——翻身想起床，然後才想起——發生戰爭了，我又閉上眼睛……不願意相信這是真的。

街道上不再傳出射擊聲，突然變得死寂，好幾天都一片寂靜。後來，突然又有了動靜……有人在走動，比方說一個雪白的人，從皮鞋到頭髮全身上下都是白色的，整個人沾滿了麵粉，肩上扛著一個白色袋子。另一個人在奔跑，從他的衣袋裡掉下些罐頭，懷裡也抱著一堆罐頭，還有糖果、幾盒香菸……有人端著一帽子的白砂糖，有人抱著一飯鍋的白砂糖……情景真是無法言喻！還有一個人拖著一捲子的布料，另一個人全身纏滿了藍色印花布，還有一身紅色的……看起來可笑極了，但是沒有一個人笑。這是產品倉庫被炸了，那家大商店就在離我們家不遠處……大家爭先恐後地跑去，瘋搶剩下來的東西。在糖廠，有幾個人淹死在了盛滿糖漿的大桶裡。太可怕了！整個城市都在嗑瓜子，人們不知在哪裡找到了一個存放瓜子的倉庫。一個女人從我眼前跑過，衝向商店，她手裡什麼東西也沒拿：沒有袋子，也沒有網兜。於是，她脫下了自己的襯裙、緊身褲，用它們裝了滿滿的蕎麥米，拖走了。不知為什麼大家都不說話，沒有人交談……

當我把媽媽找來的時候，就只剩下芥末了，黃瓶子裝的芥末。媽媽要求我，「什麼也別拿。」稍晚時，她承認，她感到很羞愧，因為她一生都是按別的方式教育我的。後來當我們忍飢挨餓時，都會回想起這些日子，但不管怎麼說，我們都不會為此感到惋惜。我的媽媽就是這樣！

沿著整個城市，沿著我們的大街小巷，德國士兵平靜地踱著步。他們大笑著，把一切都拍攝了下來。戰前，我們在學校裡喜歡玩一種遊戲，我們畫德國大兵。畫中的他們都長著巨大的牙齒，滿嘴獠牙。而如今，他們就在我們眼前走來走去，年輕、英俊……帶著好看的手榴彈，塞在結實的長統靴的靴筒裡。他們吹著口琴，甚至和我們的漂亮姑娘開著玩笑……

一個上了年紀的德國人拖著一只不知道裝什麼的箱子，箱子很沉。他招呼我過去，示意我：「幫下忙。」箱子上有兩個把手，我和他一人抓住一個把手，抬著走。抬到目的地時，德國人拍了拍我的肩膀，從衣袋裡掏出一盒香菸。「給你，」他說，「這是酬勞。」

我回到家，坐在廚房裡，忍不住抽了起來。甚至沒有聽到房門開了，媽媽走了進來：「你在抽菸？」

「嗯……嗯哼……」

「香菸是誰給的？」

「德國人。」

「你抽菸，抽的還是敵人的菸。這是背叛祖國。」

這是我抽的第一支香菸，也是最後一支。

有一天晚上，媽媽坐到我的身邊：「他們就在這裡，讓我忍無可忍。你明白我的意思嗎？」她想和他們鬥，從戰爭一開始就這麼想。我們決定尋找地下工作者，我們毫不懷疑，肯定有。我們連一分鐘都沒有對此懷疑過。

「我愛你超過世界上的一切，」媽媽說，「但是你理解我嗎？萬一我們今後發生了什麼事，你會原諒我嗎？」

我愛上了自己的媽媽，至今都對她的話奉行不輟。這影響了我的一生……

奶奶在祈禱，她祈禱我的靈魂能回來

娜塔莎．戈利克，當時五歲。
現在是校對員。

我學會了祈禱。我常常想起，我是在戰爭年代學會祈禱的。

大家都說：戰爭來了。顯然，那時候只有五歲的我，對戰爭還沒有一點概念，一點恐懼感也沒有。但是因為害怕，也正是因為害怕，我睡著了，一連睡了兩天，像布娃娃一樣躺了兩天。大家都以為，我死了。媽媽哭個不停，奶奶一直在禱告。她祈禱了兩天兩夜。

我睜開眼睛，第一件事我記得是——我看到了光，明晃晃的光，非比尋常的明亮。因為光線，我的眼睛有些刺痛，我聽見不知是誰的聲音，後來明白，這是我奶奶的聲音。奶奶站在聖像前禱告。「奶奶……奶奶……」我呼喚著她。她沒有回頭看我。她不相信這是我在叫她。我已經醒了，睜開了眼睛。

「奶奶，」後來我問她，「當我快要死的時候，您是怎麼禱告的？」

「我請求，你的靈魂快些回來。」

過了一年，我的奶奶去世了。那時候我已經學會了祈禱。我祈禱，請求她的靈魂快些回來。

可是，她沒有回來。

他們全身粉紅地躺在木炭上面……

卡佳．柯洛塔耶娃，當時十三歲。
現在是水利工程師。

讓我來告訴你那種味道……戰爭散發出的味道。

戰爭爆發前夕，我六年級畢業。當時，學校裡有這樣的規定，從四年級開始，所有學生都要通過考試才能升級。於是，我們通過了最後一場考試。這是六月，而一九四一年五月和六月，天氣還很冷。我們這裡的丁香花往年都會在五月盛開，但那一年到了六月中旬它們才開花。就這樣，戰爭開打的那段時間，總讓我聯想起了丁香花的香味；期間還混雜著稠李花的氣息……對我來說，這些樹木散發出的香氣就是戰爭的氣息。

我們住在明斯克市＊，我也在這裡出生。父親是軍樂隊指揮，我跟著他參加過不少閱兵典禮。除了我，家中還有兩個哥哥。當然，他們都非常喜歡我、寵愛我，我是家中的老么，何況還是個妹妹。

夏天馬上就要到了，很快就是暑假，這是讓人非常快樂的日子。我喜歡運動，經常跑到「紅軍之家」的游泳池游泳。很多人都羨慕我，甚至班裡的男孩也羨慕我。我有些志得意滿，因為我游得非常出色。六月二十二日星期天，要舉辦「共青湖」†的開放慶祝儀式。這個湖挖了很久，建設了很長時間，甚至我們學校都去參加了義務勞動。我打算成為那裡的第一批泳客。那是理所當然啊！

早餐，我們家習慣去買新鮮的麵包吃。這份差事，大家公認由我來承擔。在路上，我遇到了一位朋友，她對我說：「戰爭開始了。」我們這條街道有許多花園，房子都隱沒在花叢裡。我心裡想了想：「什麼戰爭？她在胡思亂想些什麼？」

家裡，父親已擺好了茶炊‡。我什麼都還來不及說，鄰居就開始四散奔逃，每個人嘴裡都念念有詞地說道：「戰爭！戰爭！」第二天早上七點，有人給我大哥送來了去兵役委員會的徵兵通知書。白天他跑去上班地點，算清了工資。他拿著這些錢回家，對媽媽說：「我要去前線了，什麼都不需要。您就拿這些錢，給卡佳買件新大衣吧。」我剛剛才升上七年級，成了高年級生，曾

＊明斯克（Minsk）是白羅斯的首都，位於白羅斯的中部，是白羅斯的政治、經濟及文化中心。

†共青湖是位於明斯克西北方的人造水庫，於二戰前疏浚開挖，完工典禮原定在一九四一年六月二十二日舉行。那天，正是德國入侵蘇聯，明斯克首當其衝。

‡茶炊是俄羅斯茶文化的代表，是每個家庭必不可少的器皿。這是一種附帶加熱裝置的金屬製煮水壺，傳統式的茶炊可生柴火加熱，現代化製品多為電熱式。外形多樣，有球形、桶形、花瓶狀、小酒杯形、罐形及不規則形。

經希望家裡能給我做一件藍色波士頓呢子大衣，配著灰色的卡拉庫爾羔羊毛領子。哥哥也知道這件事。

到現在我還記得，出發去前線前，哥哥給了我買大衣的錢。而當時我們的日子過得窮哈哈，家庭收支到處都是窟窿，入不敷出。既然哥哥這樣請求了，媽媽應該也想給我買件大衣，但是她沒來得及……

明斯克開始遭到轟炸。我和媽媽搬去了鄰居家的石頭地窖裡。我有一隻可愛的小花貓，脾氣很古怪，除了院子，哪裡都不去，但是轟炸一開始，我從院子跑向鄰居家時，這隻小貓也跟在我的身後追著跑。我驅趕著牠：「回家去！」可牠還是跟著我，牠也害怕獨自留在家裡。德國人的炸彈伴隨著某種轟鳴聲飛落了下來，一路尖厲地嗥叫著。我是一個受過音樂薰陶的小女孩，這聲音強烈地刺激了我。這些聲音……如此可怕，以至於我的兩個手掌心都讓汗水濕透了。和我們一起蹲在地窖裡的，還有鄰居家一個四歲的小男孩，他沒有哭，只是把眼睛瞪得大大的。

起初，是個別的一棟棟房子著火了，隨後整個城市陷入了一片火海。我們喜歡看大火燃燒，喜歡看篝火，但是當整個房子著火時，簡直太恐怖了。大火從四面八方蔓延開來，天空和街道都瀰漫著滾滾濃煙。有些地方發出耀眼的光芒，那是因為大火熊熊燃燒……我記得有一棟木頭房子上有三個窗戶，窗台上種著枝壯葉繁的孔雀仙人掌。房子裡已經沒有人了，只有紅色的令箭荷花怒放著……當時我有一種感覺，這盛開的不是紅花，而是火焰。鮮花在燃燒。

我們四處奔逃……

在通往鄉間的路上，有人分送給我們麵包和牛奶，除此之外，沒有其他食物；而我們身上——也沒有錢。從家裡逃出來時，我蒙著頭巾，媽媽不知道為何穿著一件冬天的大衣、一雙高跟皮鞋。那些人給我們東西吃，都是送的，誰也不提錢的事。逃亡的人像潮水般一波又一波洶湧而來。

後來，有人傳話過來，說前面的道路已經被德國人的摩托車部隊截斷了。我們趕緊往回跑，跑過那些村莊，跑過那些抱著牛奶罐子的大媽。我們跑回自己城市的街道上……幾天前，這裡還是綠蔭茂密、鮮花盛開，可如今一切都化為了灰燼，甚至那些老椴樹也一棵都沒有留下。一切都燒成了黃色的沙塵。生長萬物的黑色土壤不知到哪裡去了，只剩下黃黃的塵土，一片沙土，彷彿你就站在剛剛挖好的墳堆旁。

工廠的鍋爐倖存了下來，它們本來是白色的，在劇烈的大火中被燒得通紅。再也沒有什麼熟悉的東西了……整條街道都被燒毀了。燒死了許多老爺爺和老奶奶，還有許多小孩子，因為他們沒有和大家一起逃跑，他們以為——敵人不會碰他們。大火裡任何人都活不了。你正走著——地上躺著一具發黑的屍體，這說明，燒死的是個老人；而倘若你遠遠地看見一個小小的、粉紅色的東西，這說明，死去的是個孩子。他們一身粉紅地躺在木炭上面……

媽媽摘下自己的頭巾，蒙住了我的眼睛。我們就這樣走到了自己的家門前，到了那個幾天前還矗立著我們家房子的地方。房子沒了，奇蹟般跑出來迎接我們的，是我們家那隻瘦骨嶙峋的小花貓。牠依偎到我的身邊，便一動也不動了。我們誰也不能言語，甚至小花貓也不叫喚，有好幾天牠都一聲不出。我們都一言不發。

我看到了第一批法西斯敵人，甚至不是看見了，而是聽見了——他們所有人都穿著釘有鐵掌的皮靴，發出喀喀的巨響，咚咚地踏過我們的小橋。我甚至覺得，當他們經過的時候，就連大地都被踩痛了。

那年，丁香花就這樣盛開著，稠李花也盛開著……

我還是想念媽媽……

季娜．科夏克，當時八歲。
現在是理髮師。

一年級……

一九四一年五月，我剛上完一年級，父母把我送到明斯克郊區的戈羅季謝少先隊員夏令營去過暑假。我到了那兒，才游了一次泳，過了兩天——戰爭就爆發了。我們被帶上火車離開了。德國的飛機在天空中盤旋，我們卻高聲叫喊：「耶！」＊至於這些飛機是不是其他國家的，我們也搞不清楚。那是在它們還沒有轟炸之前，一旦開始轟炸，所有的顏色都不見了，所有的色彩都消失了。我第一次聽見了「死亡」這兩個字，所有人都在說著這個莫名其妙的字眼，而媽媽和爸爸沒有在我身邊……

在我們離開夏令營時，每個人的枕頭套裡都被塞進了些東西——有的塞了米，有的塞了白糖，甚至連最小的孩子都沒有被忽略。大家都隨身帶了些什麼東西，希望盡可能上路時多帶些吃

＊原文ypa，在俄語中表達快樂、歡呼勝利。

的，而且大家都特別珍惜這些食物。但是在火車上，我們看到了受傷的士兵。他們呻吟著，痛得厲害，我們想把所有的東西都給他們。這在我們那裡被稱作「給爸爸吃」，我們叫所有上戰場打仗的軍人「爸爸」。

有人告訴我們，明斯克被燒毀了，一切都被燒光了。那裡已經被德國人占領，我們要坐車去大後方。我們要去的，是沒有戰爭的地方。

坐車走了一個多月。我們準備去某個城市，快到達的時候，因為德國人已經離得很近，大人不能拋下我們不管。於是，我們就到了摩爾達維亞＊。

這個國家風景非常美麗，周圍聳立著不少教堂。房子都很低矮，而教堂很高大。沒有睡覺的床和被褥，我們就睡在稻草上。冬季來臨時，平均四個人才能擁有一雙皮鞋。隨之而來的是飢餓。餓肚子的不僅僅是孩子，還有周圍的人，因為所有的食物都供應給前線了。保育院裡收養著兩百五十個孩子，有一天招呼大家去吃午飯，卻沒有任何吃的東西。女教導員和院長坐在食堂裡，看著我們，眼裡盈滿了淚水。我們養著一匹馬，叫瑪伊卡，牠年紀很大很老，性情很溫順，我們用牠來運水。第二天，這匹馬被殺死了。大人給我們水喝，還有一小塊瑪伊卡的肉……這件事瞞了我們很久。我們要是知道了，是不可能吃的，無論如何都不會！這是我們保育院中唯一的一匹馬。另外，還有兩隻飢餓的小貓，瘦巴巴！還好，我們後來想，真是萬幸啊，幸虧這兩隻貓太過瘦弱，不然也會讓我們吃掉的。那邊什麼也沒得吃。

我們都腆著大肚子走來走去，譬如我，能喝下一小桶湯，因為湯裡什麼東西也沒有。給我盛多少，我就能喝下多少。後來是大自然拯救了我們，我們如同會吃草反芻的動物。春天，在保育院方圓幾公里的範圍內，沒有一棵樹能夠一如往常抽芽長葉，因為我們吃光了所有的嫩芽，甚至剝光了嫩樹的樹皮。我們吃野菜，所有野菜都吃了個遍。保育院發給我們每人一件短呢子大衣，在大衣上縫了口袋，我們用它來裝野菜，我們穿著它，嘴裡嚼著野菜。夏天救了我們，但冬天讓日子過得更艱難。我們都是很小的孩子，四十人合住在一起。每到深夜哭嚎聲不斷，叫著爸爸和媽媽。教導員和老師儘量不在我們的面前提到「媽媽」這兩個字。她們講童話故事時，都先挑好了書，上面不能出現媽媽的字眼。如果突然有人喊出「媽媽」，孩子們就會立刻齊聲哭了起來。這樣傷心的哭，根本勸不住。

我重新上了一次一年級。事情經過是這樣的：上完一年級時我拿到了獎狀，但是當我們到了保育院，被問道誰要補考時，我回答說要。因為我以為，補考就是獎狀的意思。三年級時，我從保育院中逃了出來，我要去找媽媽。在森林裡，博利沙科夫爺爺發現了餓到有氣無力的我。當他知道我是從保育院裡跑出來時，就把我帶回自己的家裡，收留了我。家中只有他和老奶奶兩個

＊摩爾達維亞共和國，位於東南歐北部的內陸國，與羅馬尼亞和烏克蘭接壤，為蘇聯底下的共和國之一，領土面積在二戰期間隨戰爭局勢有所消長。首都基什尼奧夫。即摩爾多瓦的前身。

人。我的身體慢慢康復了，開始幫他們收拾些家務：挖野菜，給馬鈴薯除草，什麼活兒都幹。我們吃的是麵包，但這算什麼麵包，裡面根本沒有多少算得上糧食的東西。它的味道苦苦的，麵粉裡摻雜了所有能磨成粉的東西：濱藜、胡桃花、馬鈴薯，我至今都無法平靜地看著這些膩味的野菜。但我能吃下很多麵包，在十來歲的那段日子，不管怎麼吃，我都吃不飽……

那麼多的往事我依然歷歷在目。許多事，我還記得清清楚楚……

我記得有一個瘋瘋癲癲的小女孩，她鑽進了不知誰家的菜園裡，發現了一個小洞，她在那裡守著老鼠出來。小女孩餓壞了。我記得她的臉，甚至記得她身上穿的薩拉凡*。有一天，我走近她，她告訴我老鼠的事……我們就坐在一起，守株待兔等著這隻老鼠……

整個戰爭期間，我都在等待。等戰爭一結束，我就和爺爺套好馬車，去尋找媽媽。被疏散到後方的人路過我家時，我會問他們：「你們有沒有看到我媽媽？」被疏散的人很多，那麼多，每家都擺放著一鍋熱乎乎的蕁麻湯。一旦有路過的人進來，就可以讓他們隨便喝些熱乎乎的東西。除此之外，再也沒有什麼吃的東西可以招待他們了……每家都放著這樣一鍋蕁麻湯……這些我都記得清清楚楚。我採過這種蕁麻。

戰爭結束了，我等著，一天、兩天，沒有任何一個人來找我。媽媽沒來接我，而爸爸，我知道，他在軍隊裡。我這樣等了兩個星期，再也沒有耐心等下去了。我爬上了一列火車，鑽到一張座椅下，出發了……但往哪兒去呢？我不知道。我想（這還是孩子的想法）所有的火車都應該去明斯克。而在明斯克，媽媽會等著我。然後，我們的爸爸也會回來……成了戰爭英雄，身上掛滿了勳章和獎章。

他們是在某次轟炸中失蹤的。鄰居後來才告訴我——當時他們兩個人去找我了，他們奔向了火車站……

我已經五十一歲了，有了自己的孩子。但，我還是想念媽媽。

＊一種無袖連衣裙。

這麼漂亮的德國玩具……

泰伊莎・納斯維特尼科娃，當時七歲。
現在是教師。

戰爭之前……

就像我記得的，一切都那麼美好：幼兒園、早晨的表演慶祝會、我們的院子、男孩和女孩。我讀了很多書，害怕蚯蚓，喜歡狗。我們住在維捷布斯克*，爸爸在建築公司工作。我童年記得最清楚的一件事，就是爸爸在德維納河裡教我游泳。

後來，我去上學。學校給我留下了這樣的印象：寬闊的樓梯、透明的大玻璃窗，那麼多的陽光，那麼多的快樂。當時心中有這樣的感覺：生活就像過節。

戰爭開打沒多久，爸爸就去了前線。我記得在火車站上為他送行，爸爸一直對媽媽說，他們會趕跑德國人，但是他希望我們能夠疏散到後方。媽媽不明白，問爸爸為什麼。爸爸說他會很快就找到我們的，立刻。而我一直在重複著一句話：「爸爸，親愛的爸爸！求你快些回家吧。好爸爸，親愛的爸爸……」

爸爸走了，過了幾天我們也離開了。敵人一路上不停轟炸我們，要轟炸我們簡直太容易了，因為我們往後方疏散的車隊相隔五百公尺就有一輛。我們都是輕裝出發：媽媽穿著一條有白色斑點的緯面緞紋裙子，我穿著綴著小花的紅色印花薩拉凡。所有人都說，太鮮亮的顏色從上面會看得很清楚。只要一有飛機過來，大家就趕緊分散鑽到灌木叢中。而我呢，大人不管抓到什麼就把我給蒙上，為了不讓飛機上的人看見我的紅色薩拉凡。不然的話，我就像是紅色信號燈一樣。

我們喝沼澤與水溝裡的水。有人開始感染腸道疾病。我也病了，三天三夜昏迷不醒……後來媽媽告訴我，我是怎麼得救的。當時我們停在布良斯克，在相鄰的道路上遇到了一列軍車。媽媽當時二十六歲，長得非常漂亮。我們隊伍停了很長時間，她從車廂裡鑽出去，相鄰車隊有位軍官誇獎了她幾句。媽媽請求他：「請你離我遠點，我不能看見你笑。我的女兒快死了。」而這位軍官碰巧是一名軍醫。他跳進車廂，幫我檢查了一番，叫來自己的同志：「快點倒杯茶，拿些麵包圈和顛茄來。」就是這些士兵的麵包圈、一瓶一升裝的濃茶，還有幾片顛茄藥片，救了我的命。

就在我們去阿克丘賓斯克的路上，整個車隊的人接二連三地病倒了。大人不允許我們這些小孩子到停放著病死和被打死的人那裡去，不讓我們看到這個畫面。我們只能聽到一些談話片段：「往這個坑裡埋葬了多少人，往那個坑裡埋葬了多少人……」媽媽一臉煞白地回來，雙手抖個不停。而我還是不住口地問她：「這些人都弄到哪裡去了？」

＊維捷布斯克（Viciebsk），白羅斯東北部城市，一七九六年曾為白羅斯首府。

我不記得一路上的風景。這點連我都很驚訝，因為我熱愛大自然。我只記得那些灌木叢，我們曾經躲在那下面，還有那些溝壑。不知為什麼，我覺得到處都看不見樹林，我們一直是在原野上前進，在陌生的荒漠裡前進。有一次我真切地感覺到了恐懼，過後我再也不怕轟炸了。那次沒有人提前通知我們，火車停了十到十五分鐘，時間很短。火車開動時，卻把我給甩下了。我只有一個人，我不記得是誰一把抱起了我，直接把我扔進車廂裡……但那不是我們的車廂，而是倒數第二節車廂。那時候，我第一次感到了害怕，只剩下我一個人，媽媽走了。媽媽在身邊的時候，我什麼都不害怕，而這一刻我嚇得說不出話來。在媽媽沒有跑過來，一下把我抱在懷裡之前，我成了個啞巴，任何人都無法從我嘴裡掏出一句話。媽媽，就是我的整個世界，我的星球。如果我哪裡疼了，只要抓住媽媽的手，疼痛就會立刻消失。晚上我經常和媽媽睡在一起，挨得越緊，我就越不害怕。只要媽媽近在身邊，我覺得我們就跟從前在家裡一樣。閉上眼睛，什麼戰爭都沒有。只是媽媽不喜歡談到死亡，而我總是不停地問這問那……

我們從阿克丘賓斯克到了馬戈尼托戈爾斯克，那裡住著爸爸的親哥哥。戰爭開始之前，他有一個大家庭，有許多男人，但我們到了那裡時，家裡只剩下一群女人。男人都打仗去了。一九四一年底，她們收到了兩份死亡通知書——伯父的兩個兒子犧牲了。

那個冬天我還記得鬧水痘，我們整個學校的學生都病了。我記得有過一條紅褲子，媽媽用票證買到了一塊深紅色的絨布，她用這塊布料給我縫製了一條褲子。孩子們都戲弄我，說我是「穿紅褲子的僧侶」，讓我很生氣。稍晚，媽媽憑票證又弄到了一雙膠皮套鞋，我套到腳上，到處亂跑。我的腳踝磨破了，因此不得不時常往腳後跟處墊些東西，好讓腳後跟高出一些，不再磨破皮。但是冬天冷極了，我的手腳始終都是冰涼的。學校裡的暖爐經常壞掉不能用，教室裡的地板都結了冰，甚至可以在課桌間溜冰嬉戲。我們裹著大衣坐在教室裡，都戴著手套，為了能握住筆，就把手套前端的指節處剪掉露出手指頭。我記得，不能欺負和戲弄那些爸爸為國犧牲的孩子。否則，會受到很嚴厲的處分。我們還讀了很多書，從來沒有讀過那麼多書……反覆閱讀兒童經典和青年讀物，發給我們的都是成年人讀的書，別的女孩都有點害怕，甚至男孩也不喜歡，他們都會略過那些描寫死亡的頁碼，但我都讀了。

下了很多雪，所有孩子都跑到了大街上堆雪人。我卻感到很困惑：「在戰爭時期，怎麼還可以高興地堆雪人呢？」

大人一直在聽廣播，沒有廣播簡直活不下去。我們也是這樣。為莫斯科的每次捷報禮炮而歡欣鼓舞，為每一個消息而提心吊膽：前線究竟怎樣了？從事地下工作的，那些游擊隊員怎麼樣了？後來，播放了史達林格勒和莫斯科保衛戰*的紀錄片，我們十五、二十遍地反覆觀看。有時

---

*莫斯科保衛戰指一九四一年到一九四二年德軍以莫斯科為目標發起的閃電戰攻擊，最終蘇聯成功抵擋攻勢。史達林格勒保衛戰則是指一九四二到一九四三年，蘇聯與德軍搶奪史達林格勒（今伏爾加格勒）的戰役。此為史上死亡人數最多的戰役之一，牽涉在內包含士兵與平民百姓。

甚至一連放映三遍，我們就會跟著看三遍。電影在學校裡放映，沒有專門的電影放映廳，就在走廊裡播放，我們坐在地板上看，一坐就是兩三個小時。我記住了死亡，媽媽為此罵過我。她去找醫生諮詢，問我為什麼會這樣，為什麼我會對這些小孩不該知道的事物感興趣，比如死亡之類的？如何才能幫助我思考一些兒童的事……

我讀遍了童話、兒童故事，從中我發現了什麼？我發現，那裡面也有許多殺人的故事，很多血腥。這對我來說，是一個大發現……

一九四四年末，我看見第一批德國戰俘，他們排著很寬的隊伍走過街頭。讓我感到震驚的是，有人走近他們，送麵包給他們吃。我感到不可思議，跑到上班的媽媽那裡，問她：「為什麼我們的人要給德國人麵包？」媽媽什麼也沒說，只是掉眼淚。當時，我還看見了第一個穿著德國軍裝的士兵屍體，他在隊伍裡走著走著，就倒下了。隊伍停下了片刻，沒多久又繼續向前移動，我們的士兵在他身邊停了下來。我跑到跟前，好奇地想湊近去看看死掉的人，站到旁邊瞧瞧。當廣播播放敵人的死傷人數時，我們總是很高興，可現在……我看見了，那個人就像睡著了似的，他甚至不是躺著，而是坐著，半坐著，頭歪在肩膀上。我不知道，是該憎恨他，還是該可憐他？這是敵人，我們的敵人！我已記不清他是年輕或年老？只是記得他很疲憊的樣子。因此，我很難仇恨他。我也把這些告訴了媽媽。她聽完後，又哭了。

五月九日清晨，我們被吵醒了，因為樓道裡有人大聲喊叫。天還早著，媽媽出去打聽到底發生了什麼事，然後她驚慌失措地跑回來：「勝利啦！難道真的勝利了？」這讓人有些不太習慣。戰爭結束了，這麼久的戰爭。有人慟哭，有人大笑，有人吶喊……慟哭的都是那些失去親人的人，高興的是不管怎麼說，終於勝利了！誰家有一把燕麥，誰家有一顆馬鈴薯，誰家有一根甜菜，都拿了出來，統統集中送到一戶人家。我永遠也不會忘記那一天，那個早晨，我甚至對更熱鬧的聯歡晚會都不曾這樣過……

在戰爭期間，大家都莫名地悄聲說話，甚至我都覺得是在低聲耳語；而此時此刻，突然大家都放開了嗓門說話。我們始終跟在大人身邊，他們請我們吃喝，摸著我們，然後又轟走我們，說：「你們都到街上去吧。今天，可是個大日子啊！」然後，又把我們叫回家。大人從來沒有像今天這樣，給我們這麼多的擁抱和親吻。

但是我——還真是個幸運的人，我的爸爸從前線回來了。爸爸給我帶回來一個漂亮的兒童玩具，德國的玩具。我不明白，為什麼德國的玩具能夠這樣漂亮……

我也嘗試著和爸爸談論死亡，談論我和媽媽撤到後方時的大轟炸……道路兩旁躺著那麼多我們犧牲掉的士兵屍體。他們的臉上覆蓋著樹枝，身上飛滿了蒼蠅……一群群的蒼蠅。我還談起了那個死掉的德國人……說到我朋友的爸爸，他從戰場上回來沒幾天就死掉了，心臟病死的。我不明白：「他怎麼可以在戰爭結束後死掉呢，就在大家都沉浸在幸福裡的時刻？」

爸爸什麼話也沒說。

一把鹽，這是我們家僅存的

米沙·馬約羅夫，當時五歲。
現在是農學副博士＊。

在戰爭年代，我喜歡做夢。我喜歡做那些和平年代的夢，那些關於我們戰前生活的夢。

第一個夢……

奶奶做家事，這是我一直等待的時刻。看著她把桌子挪動到窗戶前，攤開一塊布，往上面鋪了棉絮，再蓋上另一塊布；接下來，奶奶開始穿針引線，縫製被子。我也有自己的活兒：奶奶從一頭釘進幾根小釘子，按著順序在釘子上纏繞細線，細線上塗了白粉，而我從另一頭拽著。「拽緊，米舍恩卡†，再用點力。」奶奶說。我就扯緊細線——她拉起它們，再鬆開，「啪」地一聲，粉筆線就印到了紅色或藍色的緞面上。這些線條交叉，組成了一個個菱形，沿著這些粉筆印，奶奶再用黑線縫製被子。下一個步驟：奶奶攤開紙樣，於是粗粗繃緊的被面上就出現了圖案，非常漂亮，非常有趣。我的奶奶是縫紉高手，她會用細密的針腳縫製襯衫，特別是衣領，她做得特別好。她那台勝家牌手搖縫紉機直到我睡著了還在忙著。就連爺爺都睡著了。

第二個夢……

爺爺做皮鞋。在這裡我也有自己的活兒——把木釘子削尖。如今所有的鞋掌都用鐵釘子了，但是它們會生鏽，鞋掌很快就會脫落。可能當時已經在用鐵釘子了，但是我記得爺爺用的是木釘子。先從筆直的、沒有木節的老樺木上鋸下一段，放在棚子裡晾乾，然後劈成厚度為三釐米、長度為十釐米的長條形，再晾乾；最後把這些長條木再裁成厚度為兩三毫米的薄片。鞋匠用的刀子很鋒利，能夠輕易地從兩頭切削薄木片的邊緣：把木片固定在木工台上「唰唰」兩下，薄木片很快就變成了木釘子。爺爺用鞋匠針先在鞋跟上扎出針眼，再插進木釘子，用鞋匠錘子敲幾下，把釘子楔進鞋跟。要楔上兩排釘子，這不僅僅是為了美觀，也會讓鞋子更結實耐穿。乾燥的樺木釘子受潮後會膨脹，這會讓鞋跟釘得更牢固，不會脫落，直到鞋子穿爛為止。

爺爺還會縫製氈靴，確切來說，是為氈靴做第二層鞋掌，它們很耐磨，穿上以後不用再穿膠皮套鞋。爺爺也會給氈靴縫上真皮後跟，以防穿上膠皮套鞋時把氈靴磨壞了。我的任務是撚亞麻繩子、浸上松焦油，以及把蠟塗在麻線繩上，再穿上針。鞋匠的織針很珍貴，爺爺常用的是豬鬃，這是野豬頸背的普通鬃毛，也可用畜養的家豬，但是毛會軟一些。這樣的豬鬃，爺爺有一小

---

* 前蘇聯、俄羅斯、烏克蘭的學制中，有副博士和全博士，取得副博士後可修讀全博士，該階段由研究生自行研究，待提出對學術界有貢獻的論文後才可取得學位。

† 米沙的暱稱。

捆。豬鬃還可以用來縫鞋掌，在不方便的位置縫補丁，韌性好的豬鬃隨便哪個地方都能穿過去。

第三個夢……

大一些的孩子們在鄰居家的棚子裡組織了劇團，表演的是邊防戰士和偵探的故事。票價是十戈比，可是我沒有十戈比，他們不讓我進去看，我就開始哭：我也想「看看打仗」。我悄悄地往棚子裡偷看——「邊防戰士們」穿著真正的軍便裝。節目太吸引人了……

接下來，我的那些夢猝然中斷了。

很快的，我就在家裡看到了戰士的軍便裝。奶奶為滿身疲憊、塵土滿面的戰士煮了些吃的，他們嘴裡說著：「德國人會完蛋的。」我貼近了奶奶問：「德國人是幹什麼的？」

我們往馬車上裝運包袱，我坐在包袱上面。不知是往哪裡走，然後我們又折返了回來……在我們家裡的——是德國人！他們跟我們的戰士一樣，只是穿著別種樣式的軍裝，很快活的樣子。我和奶奶、媽媽住到了炕爐後面，而爺爺呢——住到了木板棚裡。奶奶已經不再做被子了，爺爺也不再做皮鞋了。有一次，我撩起窗簾往外偷看，窗戶角落裡坐著一個德國人，他戴著耳機，正在轉動無線電台的按鈕，可以聽到音樂，然後是清晰的俄語；另一個德國人正往麵包上塗著黃油，他看見了我，在我的鼻尖上晃了晃刀子，我嚇得趕緊躲回到窗簾後面，再也不敢從炕爐後面爬出來了。

一個人被押解著從我們家門前的街道上走過，他穿著燒爛的破軍裝，光著腳，雙手被捆綁著。這個人全身都是黑色的……後來我看見，他被吊死在村委會附近。聽大人們說，這是我們的飛行員。深夜我夢見他了，在夢裡他吊死在我們家的院子裡。

記憶中的一切都是黑色的，黑色的坦克、黑色的摩托車，還有德國士兵一身黑色的軍裝。我不認為實際上這一切都是黑色的，但是我記住的一切就是這樣，就像黑白電影……

他們不知道用什麼把我裹了起來，我們躲到了沼澤地裡，整天整夜。晚上很冷，不知名的野鳥發出可怕的鳴叫聲。月光出奇地明亮。太恐怖了！如果讓德國狼狗看見或聽見我們，怎麼辦？不時傳來牠們斷斷續續的吠叫聲。到了早晨——想回家！我好想回家！所有人都想回家裡暖和暖和！但是房子已經沒了，只剩下一堆冒著煙還沒有燒完的木頭。燒焦的地方……在大火之後……我們在灰燼裡找到了一堆鹽巴，這一直擺在我們爐口旁的小檯子上。家人小心地把鹽巴收集了起來，連同和鹽巴混到一起的黏土，一起倒進了罐子裡。這是我們家僅有的東西……

奶奶不言不語，深夜時，她一邊哭一邊念叨：「唉，我的小房子啊！唉，我的小房子！我從小丫頭起就在這兒住啊……媒人們上這兒來提的親啊……孩子在這裡生養了一大群啊……」她在我們家黑乎乎的院子裡走來走去，像幽靈一樣。

早晨我睜開眼睛——發現我們睡在地上，睡在我們家的院子裡。

我吻過課本上所有的人像

季娜・施曼斯卡婭，當時十一歲。
現在是收銀員。

我會笑著回首往事……懷著驚訝的心情。難道這些事情都曾發生在我身上嗎？

在戰爭開始的那一天，我們去了馬戲團。全班同學都去了，看的是上午的早場演出。什麼都沒有預料到，什麼都沒想到。每個大人都知道了，只有我們小孩不知道，我們一樣鼓掌喝彩，哈哈大笑。馬戲團裡有一頭大象，還有幾頭小象，猴子表演了跳舞……就是這樣，我們快樂地走到街上。有人叫嚷著：「戰爭爆發了！」所有孩子都高呼：「太好了！」興高采烈。我們想像的戰爭是這樣的：大人戴著布瓊尼式軍帽*，騎在馬背上。所以現在是輪到我們表現的機會了，我們要幫助我們的戰士，我們要成為戰鬥英雄。我最喜歡看有關戰爭的書了，關於戰爭的，關於勳績的，那裡面有我們各式各樣的夢想……我佩服那些受傷的士兵，那些從硝煙中、戰火中搶救出來的傷患。家裡我自己那張桌子倚靠的整面牆上，貼滿了從報紙上剪下來的軍人照片，上面有伏羅希洛夫†、布瓊尼……

我和其他女孩想偷偷跑去參加芬蘭戰爭‡，而我們認識的男孩都想去參加西班牙戰爭。戰爭在我們的想像中是一生最有意思的大事，被認為是最大的冒險。我們盼望著戰爭，我們是當代兒童，優秀的兒童！我的朋友總是戴著布瓊尼式軍帽，她從哪裡弄到的，我已經忘了，但這是她最喜歡的帽子。現在我就來說說那次偷溜的過程：她在我家過夜，當然，她是特意留下來的。天剛濛濛亮，我們一起悄悄地從家裡溜出來。踮著腳尖，「噓——噓——」順手抓了點吃的東西。我哥哥早就盯上我們了，他發現我們最近這段日子一直在竊竊私語，匆匆忙忙地往袋子裡塞東西。在院子裡，他追上我們，把我們叫了回來。他罵我們，嚇唬我們，把我的藏書中所有關於戰爭的書都扔了。我整整哭了一天。當時我們就是這個樣子。

但是，如今真正的戰爭就發生在眼前……

過了一周，德國軍隊就開進了明斯克市。我無法立刻想起德國人的模樣，只能回想起他們的先進裝備。大汽車、大摩托車……我們沒有這些東西，這樣的東西我們從來都沒有見過。人人都

---

* 俄國內戰期間，因騎兵英雄布瓊尼元帥（一八八三～一九七三）而得名的一種尖頂呢絨帽。在布瓊尼七十年的戎馬生涯中，參加過包括兩次世界大戰在內的四次大戰爭。

† 伏羅希洛夫（Kliment Voroshilov，一八八一～一九六九），蘇聯國務、黨務及軍事活動家，兩次獲蘇聯英雄稱號。

‡ 發生於一八〇八至一八〇九年，戰爭發生在芬蘭境內，參戰國是瑞典及俄羅斯。最後瑞典戰敗，其東部的三成領土被割讓出去，成為附庸於俄羅斯帝國的芬蘭大公國。

傻了，變成了啞巴，瞪著恐懼的眼睛走來走去。圍牆和電線杆上出現了陌生的標語和宣傳單、陌生的命令，開始了「新秩序」。過了一段時間，學校又開始上課了。媽媽覺得戰爭就戰爭，學習不應該中斷，不管怎麼說，我都應該照常去上學。在第一節的地理課，戰爭前教過我們的女老師竟然開始反對蘇維埃政權的對外發言，反對列寧。我對自己說：「我再也不來這樣的學校上學了。」絕對不要！我不想去！回到家，我親吻了課本上所有的人像，所有我喜歡的領袖照片……

德國人經常無緣無故就衝進民宅，總是在搜查什麼人，不是猶太人，就是游擊隊員……媽媽說：「快點把自己的紅領巾藏起來。」白天我就把紅領巾藏起來，晚上當我躺下睡覺時，我又戴上。媽媽很害怕：「萬一德國人深夜來搜查呢？」她勸我，哭著勸我。我等媽媽睡著了，等家裡和外面變得安靜了，那時我會從櫃子裡掏出少年先鋒隊的紅領巾，掏出蘇聯的課本。我的朋友也是這樣，她戴著布瓊尼式軍帽睡覺。

現在我仍覺得欣慰，我們是這樣的人。

我用雙手收集起它們，它們雪白雪白的

熱尼亞・謝列尼亞，當時五歲。
現在是記者。

在那個星期天，一九四一年的六月二十二日。

我和哥哥去採蘑菇，已經到了採集肥厚牛肝菌的季節。小林子不大，我們熟悉林子裡的每一叢灌木、每一片空地，哪裡生長什麼樣的蘑菇，哪裡有怎樣的漿果，甚至哪裡開著什麼樣子的花，哪裡有柳蘭，哪裡有黃色的金絲桃、粉紅色的帚石南……當我們聽到巨大的轟鳴聲時，正打算回家了。轟鳴聲是從空中傳來的，我們抬起頭，頭頂上空有十二到十五架飛機……它們飛得很高、很高，我想，以前我們的飛機從來沒飛這麼高過。我聽到轟鳴聲，嗚——嗚——嗚！

就在此時，我們看到了媽媽，她朝著我們跑來——哭著，驚慌失措的樣子，嗓子都喊啞了。戰爭開始的第一天，我的印象就是這樣——媽媽不是像平常那樣溫柔地呼喚我們，而是大喊著：「孩子們！我的孩子們！」她的眼睛瞪得大大的，彷彿整個面孔只剩下一雙大眼睛……

過了兩天，大概是吧，一支紅軍部隊來到了我們的村莊。他們滿身塵土、汗水淋漓、嘴唇乾裂，貪婪地喝了許多井水。他們是怎麼倖存下來的……當天空中出現了我們的四架飛機時，他們的臉上露出了光彩。我們可以看到飛機上清晰的紅星標誌。「我們的飛機！我們的飛機！」我們和紅軍戰士一起歡呼。但是，突然不知從哪裡鑽出來一些黑色的小飛機，它們圍繞著我們的飛機飛行，不知什麼東西從哪裡發出嗒嗒嗒的聲響，還有轟鳴聲。可怕的聲音從地面上就可以聽到，這種聲音就像是……你知道嗎……就像是有人把油布或是亞麻布撕裂的聲音，但是聲音要大一些。當時我還不知道，這是機關槍從遠處或從高空進行掃射。我們的飛機墜落了下來，拖著一條紅色的火光，冒著濃煙。咣咣！紅軍戰士們呆立著，哭泣著，毫不掩飾自己的淚水。我第一次看見，第一次看見紅軍戰士哭……在戰爭影片中，在我們村子裡看到過的戰鬥影片中，他們是從來都不會哭的。

又過了幾天，媽媽的妹妹——卡佳姨媽從卡巴卡村跑來了。她全身烏黑，樣子很可怕。她說，德國鬼子進了他們的村子，逮捕了抗戰積極份子，把他們押到柵欄旁邊，就在那裡用機關槍把他們都打死了。被打死的人當中，就有媽媽的哥哥，他是村委會代表，一位老共產黨員。

至今我仍然記得卡佳姨媽說的話：「他們打中了他的腦袋，我用雙手捧起了他的腦漿，它們雪白雪白的……」

她在我們家住了兩天，整天都在說這件事，不停地重複著。只是兩天的時間，她的頭髮就都變白了。當時媽媽就坐在卡佳姨媽身邊，擁抱著她，哭泣著，我撫摸著媽媽的頭。我很害怕。

我害怕，媽媽的頭髮也會突然變白了……

我想活下去！我要活下去！

瓦夏．哈列夫斯基，當時四歲。
現在是建築師。

這些景象，這些戰火，是我的財富。這些——簡直好極了，我忍受的那些煎熬……

沒有人相信我，甚至媽媽也不相信。戰爭結束後，當人們開始回憶往事時，她驚訝地說：「你不應該記得這些，你當時還小。這是誰告訴你的吧！」

不，我本人清清楚楚地記得。

炸彈轟地一聲響，我把頭埋到哥哥的懷裡說：「我想活！我想活！」我怕死，儘管我當時對什麼是死亡還一無所知。那又怎樣？

我自己清楚地記得……

媽媽給我和哥哥最後兩塊馬鈴薯，媽媽只是看著我們。我們知道，這是最後的馬鈴薯。我想留一小塊給她吃，但我做不到；哥哥也不能。我們感到很羞愧，可怕的羞愧感。

不，是我自己記得……

我看見了我們的第一個戰士，依我看，應該是個坦克兵，但我不能肯定。我邊跑向他邊喊著：「爸爸！」而他雙手把我高高舉起來：「乖兒子！」

我記得這所有一切。

我記得，大人說：「他還小，不明白。」這讓我感到很驚訝：「這些大人真可怕，為什麼他們斷定，我什麼都不明白呢？我都懂的。」我甚至覺得，我比大人還要懂事，因為我不哭，他們卻哭了。

戰爭——這是我的歷史課本。我的孤獨，我錯過的童年，童年從我的人生中一閃而過。我是個沒有童年的人，代替童年的，是戰爭。

因此，在往後的人生裡，能讓我快樂的只有愛。當我戀愛時，我懂得了愛情……

我透過扣眼往外偷看

英娜・列夫凱維奇，當時十歲。
現在是建築師。

在最初的那幾天，從一大清早開始……

我們的上空就投下了炸彈，然後地上是橫七豎八的電線杆和電線。驚慌失措的人，全都從家裡跑出來。他們跑到街道上，相互提醒著：「小心——電線！小心——電線！」好讓大家別絆到電線，別摔倒。似乎這才是最可怕的事。

六月二十六日清晨，媽媽剛剛發了工資，她在一家工廠當會計；到了晚上，我們都成了難民。我們逃離明斯克時，看到我們的學校著火了。每個窗子裡都噴吐著火焰，那樣明亮，那樣猛烈，直達天空……我們哭喊著，我們的學校著火啦。媽媽帶著我們四個孩子，三個自己走，最小的被媽媽抱在懷裡。媽媽一路擔心著，家裡的鑰匙帶出來了，但是房門卻忘記鎖了。她打算攔住汽車，叫喊著，哀求著：「請載上我們的孩子，我們要回去保衛我們的城市。」她不願意相信，德國人已經進了城，城市已經淪陷了。

一切都變得非常可怕，變得非常莫名其妙，那些在我們眼前發生的事情，那些在我們身上發生的事情。特別是死亡……在死人身邊亂七八糟地堆滿了茶壺和飯鍋。火一路延燒，讓人覺得，我們好像是在火熱的煤炭上奔跑著。我總是跟男孩交朋友，我長得就像個淘氣鬼。我興味盎然地觀看著眼前的一切：「炸彈怎麼飛，它們怎麼呼嘯而過，又是怎麼掉下來。」當媽媽喊我「快趴到地上」時，我就透過扣眼向外偷看，天上有什麼？人們怎麼奔跑？樹上掛著的是什麼東西？當我看明白樹上掛著的是人體的某個部位時，我嚇呆了。我閉上了眼睛……

妹妹伊爾瑪當時七歲，她拎著煤油爐和媽媽的鞋子，她很擔心把鞋子弄丟了。鞋子是全新的，淺粉色的高跟鞋。媽媽把鞋子帶出來是有原因的，或許是因為這是她最漂亮的東西吧。

我們帶著鑰匙和鞋子，很快就返回了市區，但所有東西都被焚毀了。不久我們就開始捱餓，開始去採集濱藜來吃，還吃過一種曬乾的不知叫什麼的花！冬天臨近了。德國人害怕游擊隊，他們燒毀了郊區一個集體農莊的大果園。大家都跑到那裡去砍大麻，或多或少想帶點柴火回來，燒熱家裡的炕爐。有人用酵母烤餅乾，在鍋裡熬煮酵母，裡面散發出了餅乾的味道。媽媽給我錢，讓我去市場買麵包。市場裡，有一個上了年紀的婦女在賣小羔羊，我心想，我要是買下這隻小羔羊，就能拯救我們一家人了。小羔羊長大後，我們就有羊奶可以喝。我把媽媽給我的所有錢都給了她，買下了這隻小羔羊。我不記得媽媽當時是怎麼罵我的，只記得有好幾天，身無分文的我們只能餓著肚子坐著。我們胡亂熬了點湯餵小羊，我抱著牠睡覺，好讓牠暖和些，但牠還是凍壞了，很快就死了。簡直太悲慘了。我們哭得很傷心，不許把牠從家裡帶出去。我比誰都哭得厲害，我認為這都是自己的罪過。媽媽半夜悄悄地把小羊帶了出去，她告訴我們，老鼠把牠吃了。

但是，即使在封鎖中，我們也慶祝了所有五月和十月的節日。這是我們的節日，我們的！大家一定要唱歌，我們全家人都喜歡唱歌。哪怕只有一塊帶皮的熟馬鈴薯，有時甚至只有一塊糖，在這一天我們仍會儘量做些好吃的東西，即便明天又要餓肚子，我們仍然要慶祝節日。小聲唱起媽媽喜歡的歌曲：「清晨用溫柔的鮮花妝點了克里姆林宮的城牆……」這是一定的。

鄰居烤了些餡餅要賣，她建議我們：「從我這裡批發些餡餅吧，你們去零賣。你們年輕，跑得快。」我決定做這個買賣，因為知道媽媽一個人拉拔我們很艱難。鄰居送來了餡餅，我和妹妹伊爾瑪坐著，看著它們。

「伊爾瑪，你不覺得，這個餡餅比別的大一些嗎？」我說。

「我也覺得……」

你們無法想像，我們多想嘗一小口啊。

「我們就切下一點點，然後再拿去賣。」

我們這樣坐了兩個小時，結果什麼也沒帶去市場賣。後來，鄰居又開始自己熬製枕形的糖果，這種糖果，不知為什麼，好久都沒在商店裡出現過了。她給了我們一些這樣的糖果，也叫我們拿去賣。我和伊爾瑪又坐著，看著它們。

「有一塊糖挺大的，比別的都大一些。伊爾瑪，讓我們來舔一下吧。」

「好的。」

我們三口人穿一件大衣、一雙氈靴。我們經常坐在家裡，講故事給對方聽，說自己讀過什麼書……但還是太無聊了。我們最感興趣的是，幻想戰爭結束後，我們都能倖存下來。到那個時候，我們就只吃餡餅和糖果。

戰爭結束後，媽媽穿上了縐綢的上衣。這件上衣她是怎麼保存下來的，我不記得了。所有好東西我們都拿去換了食物。這件上衣有黑色的袖口，媽媽裁掉了它們，為了不留下任何不快樂的東西，只要鮮豔明快的色調。

我們立刻就去上學了，最初那幾天，我們都在為即將舉辦的盛大閱兵活動排練歌曲。

我只聽到媽媽的喊叫聲

麗達・波戈爾熱里斯卡婭，當時八歲。
現在是生物學副博士。

我一輩子都在回憶這一天，爸爸不在的第一天……

我們想睡覺。媽媽一大清早就把我們叫起來，她說：「打仗了！」我們哪還敢睡覺，趕緊收拾東西上路。但是我們不覺得害怕，大家都看著爸爸，我們的爸爸表現得很平靜，像以往一樣。他是黨務工作者。媽媽說，每個人都要隨身帶些什麼東西。我沒有想到要拿什麼，小妹抓起了一個布娃娃，媽媽抱著我們的小弟弟，爸爸已經催促我們出發了。

我忘記說了，我們住在科布林市，距離布列斯特不遠*，這就是為什麼戰爭開始第一天就打到了我們這裡。大家都還沒來得及明白過來，大人幾乎都不交談，默默走著，騎在馬上的也不發一語。這讓人感覺到了某種恐懼。他們向前走著，走著，好多好多人，但是一路上都不說話。

＊科布林（kobrin）是白羅斯城市，位於首府布列斯特（Brest）以東五十二公里。布列斯特是白羅斯西南部城市，鄰近波蘭邊境，一九四一年蘇德兩軍曾在此激戰。

爸爸追趕上我們時，我們才平靜了一些。爸爸是我們家裡的支柱，因為媽媽很年輕，她十六歲就嫁給了爸爸。她甚至不會做飯，而爸爸——是個孤兒，什麼都會做。我記得，我們全家人都很喜歡爸爸得空的時候，他會給我們做些好吃的東西。這樣的一天，對我們來說，就像過節一樣。到現在我都還覺得，沒有什麼東西比爸爸熬的碎麥粥更美味了。他不在我們身邊，我們走了多久，就等了他多久。打仗時，如果爸爸不在身邊，我們想都不敢想。這就是我們一家人。

我們逃難的車隊很龐大，走得非常緩慢。有時大家會停下來，望著天空，目光尋找著，看看有沒有我們的飛機……徒勞地尋找著……

中午，我們看見一支不知哪來的軍隊。他們騎在馬上，穿著嶄新的紅軍軍服。那些馬都長得膘肥體壯，個頭很大。誰也沒有猜出來，這是變裝潛入境內的敵軍。大家都以為，這是我們自己的軍隊！每個人都很高興，爸爸迎著他們走向前去，我聽見媽媽的叫喊聲。沒有聽到射擊聲，只有媽媽的叫喊聲。我記得，這些軍人甚至沒有從自己的坐騎上下來。媽媽喊叫的同時，我跑走了。人們四散奔逃，話也不說地跑開了。我只聽見媽媽的叫喊聲……我跑啊，跑啊，直到被絆倒在地，摔進高高的野草叢裡。

直到傍晚前，我們的車隊才停下來。眾人都在等著，當天色暗下來時，我們大家返回了剛才那個地方。媽媽還是一個人坐在那裡，等待著。有人說：「你們看看，她的頭髮都白了。」我記得，大人挖了一個坑……記得後來有人把我和妹妹推到前面，說：「去吧，去和父親告別。」我邁了兩步，就不能往前走了，我坐在地上，妹妹坐到我的身旁。弟弟睡著了，他還太小，什麼也不懂。我們的媽媽暈厥過去，躺在馬車上，大人不讓我們靠近她。

就這樣，我們家人都沒能見死去的爸爸一面。誰也不記得他死去的樣子。當我回想起他，不知何故，總是記得他穿著一件白色的直領制服，年輕、英俊。甚至到了現在，我都已經比我們的爸爸歲數大了。

我們被疏散到了史達林格勒州，媽媽在集體農莊裡工作。從前什麼也不會的媽媽，不會在田裡除草，分不清燕麥和小麥的媽媽，現在成了先進的勞動者。我們沒有了爸爸，別人也有失去爸爸的，還有的失去了媽媽，或者兄弟，或者姊妹，或者爺爺。但我們沒有感覺到自己是孤兒。大家都疼愛我們，一起把我們撫養長大。我記得丹尼婭．莫洛佐娃阿姨，她的兩個孩子都死了，她獨自一人生活。她為我們付出了一切，就像我們的媽媽一樣。本來都是非親非故的陌生人，但在戰爭年代都成了親人。弟弟長大後說，我們雖然沒有爸爸，但是我們有兩個媽媽——我們的媽媽和丹尼婭阿姨。我們就這樣長大了，跟著兩個、三個媽媽長大了。

我還記得，我們走在疏散的路上，被敵人的飛機轟炸，我們跑著躲藏。我們不是躲到媽媽身邊，而是跑向士兵。轟炸停止後，媽媽罵我們不該離開她的身邊，不該到處亂跑。但我們依舊如故，一旦重新開始轟炸，我們就又跑向戰士身邊。

當明斯克解放後，我們決定回家去，回到白羅斯。我們的媽媽是土生土長的明斯克人，但是當我們走出明斯克火車站時，她卻不知道該往哪裡去。那裡完全變成了另外一座城市，整座城市成了廢墟，碎石瓦礫遍地。

後來，我在戈列茨科耶農業學院上學，住在宿舍裡。我們宿舍裡有八個人，大家都是孤兒。沒有人為我們單獨辦理落戶手續，也沒有人打算這麼做——因為像我們這樣的人太多了，不只是我們這個房間。我記得，深夜時我會哭喊，從單人床上跳起來去拍打房門，到處躲藏，室友把我找了回去。我一哭，她們也跟著哭，整個房間一片號啕聲。隔天一早我們又得去上課，去聽講。

有一天，我在大街上遇到一個男人，他長得很像爸爸。我跟在他的後面，走了很久。我沒有見到爸爸死去的樣子……

我們在演奏，戰士們卻在哭泣

瓦洛佳・奇斯托克廖托夫，當時十歲。
現在是音樂人。

這是一個美好的早晨。

清晨的大海，蔚藍而寧靜。這是我來到黑海岸邊「蘇維埃——克瓦澤」兒童療養院最初的日子。人們聽到了飛機的轟鳴聲……我潛到了波浪下，但是在那裡，在水下，也能聽到這種轟鳴聲。我們不覺害怕，而是玩起了「打仗」的遊戲，都沒有懷疑戰爭在哪裡開始了。不是遊戲，不是軍事演習，而是真正的戰爭。

過了幾天，我們就被打發回家了。我回到了羅斯托夫。城市已遭受過第一次轟炸。大家都在準備街頭巷戰：挖好了戰壕，構築起了街壘。人們還學習了射擊。而我們這些孩子，看守著箱子，裡面裝滿了易燃混合物的瓶子，哪裡發生了大火，我們就運去沙子和水。

所有的學校都變成了軍醫院，我們的第七十中學為受輕傷的士兵設置了野戰醫院。媽媽被派到了那裡工作。為了不把我一個人扔在家裡，領導允許她把我帶在身邊。撤退時——野戰醫院搬到哪裡，我們就跟到哪裡。

在敵機輪番轟炸之後，我想起碎石瓦礫下面有一堆書，我翻出一本，這本書的名字叫《動物的生活》，很厚，有非常漂亮的插圖。整個晚上我都沒有睡覺，一直讀著這本書，無法停下來。我記得，我當時沒有拿軍事題材的書，我已經不想讀有關戰爭的書了，我想讀動物的，特別是小鳥的……

一九四二年的十一月，軍醫院的領導下了命令，給我發了一套軍裝，真的，其他人不得不趕緊給我改做了一件。但適合我穿的皮靴整整一個月都沒有找到。就這樣，我成了醫院培養的人，成了一名士兵。我做了些什麼呢？光繃帶就能讓人發瘋，它們從來都不夠用，必須清洗、曬乾、捲起來。你們試試一天捲一千條繃帶！而我纏得比成年人還快。我輕易地學會了捲紙菸，在我十二歲生日的時候，比我年長的哥兒們微笑著送了我一包菸葉，就像對待享有與大家同等權利的士兵一樣。我開始抽菸，悄悄地背著媽媽抽。你想想看，當然得背著她。喏，太可怕了……我看到流血還是很難習慣。我害怕燒傷的病人，他們滿臉烏黑。

當裝載著食鹽和石蠟的車廂被炸毀後，我又有新的工作了。食鹽是給廚師的，石蠟呢，是給我的。我不得不掌握這門專業技術，儘管士兵的任務清單中沒有列入這一項——製作蠟燭。這比處理繃帶還困難！我的任務是，要讓蠟燭能長時間燃燒，沒電的時候會用到它們。不論是在轟炸，還是機槍射擊的時候，醫生從來沒有中斷過手術，黑漆漆的深夜時分只需把窗子封閉嚴實就好。我們要用床單、被子把窗戶封堵好。

儘管媽媽哭著勸我，我還是想跑到前線去。我不相信我會被打死。有一次，我被派去買糧食，快到目的地時，開始了炮擊，那是迫擊炮。中士被打死了，馬車夫被打死了，我被震出了內傷。我成了啞巴，過了好一段時間才又開始說話，但仍然會結結巴巴，直到現在還是這樣。大家都很吃驚，我竟然活了下來，但我的想法卻不一樣──難道說我可能被打死？我怎麼可能會死掉呢？我跟隨軍醫院的人穿過了整個白羅斯、波蘭……我學會了說波蘭話。

在華沙，傷患中有一名布拉格劇院的長號手，是捷克人。醫院領導很喜歡他，當他恢復健康後，就請他到病房中巡迴演奏，尋找懂音樂的人，很快他們就組建了一支不錯的樂隊。他們教會了我唱中音，後來我又自己學會了彈吉他。我們演奏時，戰士們都哭了，但我們表演的都是快樂的曲子……

在被轟炸過的德國村莊，我看到一輛被扔在地上的兒童腳踏車。我很高興，就把它騎走了。騎起來挺方便的！在戰爭年代，一件兒童玩具我也沒有見到過。也許是我忘了，它們應該在哪裡還有賣的。兒童玩具……

死去的人躺在墓地，彷彿又死了一次

瓦尼亞．季托夫，當時五歲。
現在是土壤改良師。

黑色的天空……

黑色的碩大飛機，在低低地轟鳴著，緊緊貼著地面。這是——戰爭。正像我記住的，我記住的都是這些單獨的碎片。

我們遇到了轟炸，一起躲藏到花園的老蘋果樹下。我們共有五個人，我還有四個兄弟，最大的十歲。他教會了我們怎樣躲避飛機的轟炸——應該藏到大蘋果樹下，那裡枝葉茂密。媽媽召集我們，把我們帶到地窖裡。地窖很可怕，裡頭住著大老鼠，牠們的一對小眼睛在黑暗中閃著光。那是黑暗中不自然的光亮。老鼠在深夜裡還吱吱亂叫，追逐玩耍。

德國士兵闖進村子的時候，我們躲到了壁爐上一堆破爛衣服的下面，閉著眼睛躺著，感到特別害怕。

他們放火燒了我們的村莊，輪番轟炸了村裡的墓地。大家都跑到那裡去了……那些死者都躺在上面，他們就這樣躺著，如同又死了一次。我們的爺爺躺在那裡，不久前他剛剛死去。眾人又把他埋葬了一次。

在戰爭期間我們玩「打仗」的遊戲。當時我們都已經玩膩了「白軍和紅軍」、夏伯陽*等遊戲，改玩「俄軍和德軍」的打仗遊戲。我們打仗，抓俘虜、射擊，頭上戴著士兵的鋼盔，我們的和德國人的都有，當時鋼盔丟得到處都是——森林裡，田野上到處都是。誰也不想當德國人，為此我們甚至還打了起來。我們在真正的避彈所和塹壕裡玩遊戲，用棍子打鬥，展開肉搏戰。而母親會責備我們……

我們都很驚訝，因為從前，在戰爭之前，她們從來沒有因為這個罵過我們。……

*此指瓦西里·伊凡諾維奇·恰巴耶夫（一八八七～一九一九），中譯夏伯陽，是俄國內戰時期的英雄和紅軍的優秀指揮官。

明白這個人就是父親，我的膝蓋抖個不停

謬尼亞・霍謝涅維奇，當時五歲。
現在是設計師。

在我的記憶裡留下了一些顏色……

當時我才五歲，但我記得非常清楚。我爺爺的房子——土黃色的木頭房子，柵欄後的草地上堆放著原木。白色的沙土——就像被清洗乾淨的、那樣地潔白，我們在那裡玩耍。我還記得，媽媽帶著我和妹妹到市區照相，艾洛奇卡哭了起來，我就安慰她。這張照片保存了下來，唯一一張戰前的照片，不知為何，它讓我想到的是綠色。

後來，所有的回憶都陷入了黑色之中。如果這些事物，最初的時候是明亮的色調——碧綠的小草、鮮亮的水彩畫、潔白的沙土、金黃色的柵欄……那麼，後來這一切就都染上了一層黑色的顏料。在嗆人的濃煙中快要窒息的我，被大人不知帶到了哪裡，街道上都是我們的東西：包袱，不知何故還放著一把椅子……大家都在哭。我和媽媽沿著大街走了很久很久，我用手抓著媽媽的裙子。媽媽對所有遇到的人重複著一句話：「我們家的房子被燒沒了。」

我們在一個房屋通道裡過夜。我非常冷，把雙手伸到媽媽的上衣口袋中取暖。我的手在裡面

摸到了一件冰涼的東西，這是我們家的鑰匙。

突然——媽媽沒了。媽媽消失了，只剩下外婆和外公。我有了一個朋友，他比我大兩歲，他叫熱尼亞．薩沃奇金。他七歲，我五歲，他用格林童話故事教會我識字。外婆按照自己的方式教我，她會往我的額頭上彈手指，不高興地說：「哎呀，你啊！」熱尼亞卻教我學習，他指著字母教我讀書。我最喜歡聽童話故事，特別是外婆講給我聽的，她的嗓音特別像媽媽。有天晚上，來了一位漂亮的女士，她給我們帶來了好吃的東西。我從她的話裡聽出來，媽媽還活著，和爸爸一樣，都在進行戰鬥。我幸福地喊叫起來：「媽媽就快回來嘍！」我想跑到院子裡，把這個好消息和自己的朋友分享，結果外婆用皮帶抽打我。外公替我說情。他們躺下睡著後，我把所有的皮帶都收了起來，塞進了櫃子裡。

總是想吃東西。我和熱尼亞經常去黑麥地，就在我們的房子後面。我們搓了麥穗，咀嚼麥粒吃，但這片田野已經被德國人占領了，麥穗也是德國人的……看見來了小汽車，我們想趕緊悄悄溜走。一個德國軍官，身著綠色軍裝，肩章閃閃發光，直接從我們家的柵欄裡把我揪了出去，不知是用馬鞭或是用皮帶抽打我。因為太害怕，我嚇傻了，感覺不到疼痛。突然我看見外婆：「長官，尊敬的長官，求你放了我的孫子吧。看在上帝的面上，放了他吧！」外婆雙膝跪在軍官面前。軍官離開了，我躺在沙土地上。外婆把我抱回家，我艱難地嚅動著嘴唇。在這之後，我病了很長一段時間。

我還記得，大街上駛過大型車子，許多大車。外公和外婆打開大門，我們家裡住進了許多難民。過了一段時間，他們都得了傷寒，又被弄走了，就像別人跟我解釋的，他們被送到了醫院。又過了一段時間，我的外公也病了，我跟著他一起睡覺。外婆變得很瘦弱，勉強在房間裡走來走去。白天我跑出去和小夥伴玩，晚上回到家時，家裡沒了外公，也沒見到外婆。鄰居說，他們也被送去了醫院。我很害怕，就剩下我一個人了。我已經猜到，接收難民的是哪家醫院，如今外公外婆也被送到那裡去了，他們再也不會回來了。晚上一個人待在家裡很害怕，房子很大，又不熟悉，甚至白天也會覺得恐懼。外公的兄弟把我帶回了他自己家裡，我有了新外公。

明斯克遭到了轟炸，我們都藏到了地窖裡。當我從裡面出來時，眼睛被陽光刺痛，耳朵被馬達的轟鳴聲震得快聾了。街道上行進著許多坦克，我躲到電線杆後面。突然，我看見——坦克的上面有紅星標誌。這是我們的部隊！我立刻跑到我們家房子前。既然是我們的部隊來了，也就是說，媽媽也快回來了。我走近房子，台階前站著一些拿步槍的女人，她們抱起我，問我問題。其中有個女人某些地方讓我覺得很熟悉，她讓我想起了誰，她走近我，擁抱我。其他女人開始哭了起來。我立刻大叫一聲：「媽媽！」不知從哪裡湧出來的淚水。

很快地，媽媽從保育院領回了妹妹，但她不認得我了，完全忘記我了。一場戰爭讓她全忘了。我好高興，自己重新有了妹妹。

有一天放學回到家，我看到從前線歸來的父親躺在沙發上睡覺。他睡著了，我從他的背包裡掏出證件，看了又看。我明白，這個人真的是我的父親。我坐在旁邊，看著他，直到他醒來。

我的膝蓋一直抖個不停……

閉上眼睛，兒子，不要看

瓦洛佳・帕拉博科維奇，當時十二歲。
現在已退休。

我早就沒了媽媽。

永遠都想不起來自己小時候的模樣。我的媽媽死了，當時我才七歲，我住在姨媽家。我放過牛，劈過柴，夜裡去牧過馬，菜園裡的活兒也很多。不過，冬天的時候，我們滑木雪橇，用自己製作的冰鞋滑冰，也是木頭的，嵌進鐵片，用繩子綁到腳上。我們穿著用板子或是破木桶的桶板做成的滑雪板，都是我給自己做的。

到現在我還記得，我穿上了第一雙屬於自己的鞋子，是父親買給我的。穿著它們在森林裡被樹枝刮破時，我好傷心又很心疼，心想：「還不如割破我的腳呢！」我就是穿著這雙鞋子，跟著父親從奧爾沙出發的，當時德國人的飛機正在轟炸城市。

在郊外，他們用瘋狂的炮火向我們射擊。人們倒在地上，倒在沙土中，草叢裡……

「閉上眼睛，兒子，不要看。」父親要求我。我害怕地望著天空，天空因為飛機變成了黑色，而地上，到處躺滿了被打死的人。飛機飛得很低……父親也倒下了，再也沒有爬起來。我坐在他身邊：「爸爸，你睜開眼睛，爸爸，你睜開眼睛……」有人大喊：「德國人！」把我拉向自己身邊，而我還沒有反應過來。父親再也不能站起來了，就這樣躺在塵土裡、道路上，我不得不拋下他。他身上沒有一點血跡，他只是一聲不響地躺在地上。有人用力把我從他的身邊拉開，但是我走了許多天，都在回頭望著，期待父親能追趕上我。半夜醒來，好像是他的呼喚把我從睡夢中叫醒。我無法相信，我再也見不到父親，就這樣我孤身一人，穿著一件呢子上衣。

經過了漫長的流浪，我坐過火車，徒步行走過……我被送到古比雪夫州梅列克斯市的保育院。有好幾次，我想跑到前線去，但是每次都以失敗告終。每每被截住，又送了回來。不過，就像大家常說的，因禍得福。我到森林裡砍柴，沒有拿穩斧頭，斧頭從木頭上彈起來，砍傷了我的右手手指。保育員用自己的三角頭巾幫我包紮傷口，送到了市醫院。

薩沙．利亞賓被派去和我做伴，在我和他返回保育院的路上，在團市委附近我們看見了一位海軍士兵，他戴著飾有飄帶的無沿帽，正在往板子上張貼啟事。我們走近了，看清楚，這是索洛維茨基島＊上的少年水兵訓練學校的徵兵布告。少年水兵訓練學校只招收志願兵，所有費用都由

＊索洛維茨基（Solovetsky）群島位於白海，距離北極圈僅一六五公里，自一九二三年起，島上的集中營開始運作，一九三七年，集中營改造成監獄。到了一九三九年，整個群島被移交給北方艦隊，建起了北方艦隊訓練基地，後來又加設少年水兵訓練學校。

海軍和保育院出。到現在，我好像還能聽到這個海員說的話：「嘿，你們想當海軍嗎？」

我們回答他：「我們是從保育院來的。」

「那你們去市委，填寫個申請書吧。」

那一刻，我們欣喜若狂，無法用語言表達。這可是通往前線最直接的道路啊！本來我已經對替父親報仇不抱任何希望了，看來我還來得及參戰。

我們走進團市委，填寫了申請書。過了幾天，我們去參加體檢。徵兵委員會的一個人看了看我，說：「他太瘦、太小了。」

另外一個人，穿著一身軍裝，歎息著說：「沒關係，他會長個兒的。」

我們換了衣服，好不容易才找到合適的號碼。我打量著鏡子裡的自己，穿著海軍軍裝，戴著無沿帽，簡直幸福極了。又過了幾個晝夜，我們坐上船，駛向了索洛維茨基島。

一切都是新的，讓人不太習慣。蔚藍色的夜晚，我們站在甲板上，船員們趕我們回去睡覺：「孩子們，快去船艙裡，那裡暖和。」

一大清早，我們就看到了在陽光下閃爍的修道院，周邊鍍了一層金色的森林。這就是索洛維茨基群島，在這裡開辦了我國第一家海軍少年水兵訓練學校。但是在上課前，我們首先需要參加學校的建設，更確切來說，是挖窯洞。索洛維茨基的土地到處都是石頭，我們的鋸子、斧頭、鐵鍬都不夠用。我們學會了一切用手工解決：挖掘沉甸甸的土壤，鋸斷古老的大樹，連根拔出樹椿，做木匠活兒。工作完後，我們回到冰冷的帳篷裡休息，沒有被褥，只有床墊和枕頭，裡面塞的是草，下面鋪的是松針。我們身上蓋的是桌布。我們都是自己洗衣服，用漂著冰塊的冷水。我們都哭過，因為雙手凍得生疼。

一九四二年，我們舉行了軍校宣誓儀式。學校發給我們印著「海軍少年水兵訓練學校」字樣的無沿帽，但是令我們遺憾的是，肩膀上沒有長長的肩章，只在右邊綴了個花結；此外，還給我們發了步槍。一九四三年初，我有幸參加了「機智號」近衛軍驅逐艦的任務。對我來說，一切都是第一次：狂風巨浪淹沒了軍艦的船頭，螺旋槳攪起波光粼粼的水路……讓人窒息。

「害怕嗎，孩子？」指揮官問我。

「不，」我不假思索地回答，「太美了！」

「如果不是打仗，當然美了。」指揮官說完，不知為什麼就轉過身去。

當時我才十四歲。

弟弟哭了，因為爸爸在的時候，還沒有他

拉麗薩．利索夫斯卡婭，當時六歲。
現在是圖書館館員。

我想起了爸爸，想起了弟弟……

爸爸參加了游擊隊，法西斯份子逮捕了他，槍殺了他。女人們偷偷告訴了媽媽，爸爸和另外幾個人是在哪裡被處決的。她跑到他們躺著的地方，她一輩子都記得，那一天的天氣非常冷，水窪上結了一層薄冰。但他們全身上下只穿著襪子，躺在地上。

媽媽當時懷有身孕，懷著我的弟弟。

我們得到處躲藏。游擊隊員的家屬都會遭到逮捕，連同孩子一起，丟進有帆布篷的汽車裡被載走……

我們在鄰居家的地窖裡躲藏了很長一段時間。春天已經來了……我們躺在馬鈴薯上，馬鈴薯發了芽。你睡著了，馬鈴薯芽在深夜裡鑽出來，在你的鼻子旁邊弄得癢癢的，就像有隻小蟲子在爬。小甲蟲住在我的衣袋裡、襪子裡，我不怕牠們，無論白天，還是夜晚。

從地窖裡鑽出來後，媽媽生下了弟弟。等他長大了一些，學會了說話，我們一起回憶爸爸：

「爸爸個頭高高的。」

「爸爸很有力氣，他把我舉在手上！」

這是我和妹妹在談論爸爸，弟弟問：「我在哪兒呢？」

「那時候還沒有你呢。」

弟弟哭了起來，因為爸爸在的時候，還沒有他。

第一個來的就是這個小女孩

妮娜．雅羅舍維奇，當時九歲。
現在是體育老師。

家裡所有人都為這件大事激動不安。

傍晚，大姊的未婚夫來向大姊求親。大家討論到深夜，什麼時候舉辦婚禮，新婚夫婦去哪裡登記結婚，要邀請多少客人。隔天一大清早，父親就被叫到了兵役委員會。一個消息傳遍了整個村子，戰爭爆發了！媽媽驚慌失措：「怎麼辦啊？」而我只想著一件事：「忍過這一天就行了。」沒有一個人跟我解釋，戰爭不是一天兩天的事，也許會拖很久很久。

正是夏天，天氣炎熱。我想去小河裡洗澡，但媽媽把我們叫到一起，準備上路。我還有一個哥哥，剛把他從醫院裡接回來，他的一條腿做了手術，他回來時拄著枴杖。媽媽說：「大家應該一起走。」往哪裡走？誰也不知道。走了大約五公里，哥哥一瘸一拐，哭了。能拿他怎麼辦呢？我們又折返了回來。父親在家裡等著我們。那些去了兵役委員會的男人都回來了，德國人已經占領了我們的地區中心斯盧茨克市。

敵機飛來，展開第一波轟炸。我站著，注視著炸彈，直到它們落到地上。有人提醒說，應該張開嘴巴，要不然耳朵會被震聾。於是，我就張著嘴，捂住耳朵，但仍然聽到那些炸彈飛落的聲音、呼嘯的聲音。這簡直太可怕了，不僅臉上的肌肉，就連全身的皮膚都繃緊了。我家院子裡掛著一只水桶，當一切安靜後，我們把它拿下來，數了數上面，一共有五十八個大小窟窿。水桶是白色的，他們從高處看以為這是一個蒙著白色頭巾的人，於是他們就開槍掃射，水桶吸引了他們的視線。

第一批德國人是坐著大車子來到村子裡的，車子上裝飾著白樺樹枝。我們這裡舉辦婚禮的時候，也會這樣裝飾，折來好多樺樹枝紮著花車……我們透過籬笆悄悄偷看，那時候沒有院牆，只有籬笆。從蒿柳後面窺探，他們看起來跟普通人沒兩樣……我想看看，他們長著什麼樣的腦袋？為什麼我有這樣的預感，他們長的不是人類的腦袋。已經有傳言，說他們會殺人，會放火。但是，他們坐在汽車上，說笑著，心滿意足的樣子，皮膚曬得黝黑黝黑的。

清晨，他們在學校的院子裡做早操，沖冷水澡。他們捲起袖子，坐上摩托車，就出發了。

幾天後，在村子後的牛奶廠附近挖了一個大坑，每天早晨五六點傳來了射擊聲。射擊一開始，連公雞都不啼叫了，嚇得躲了起來。傍晚的時候，我和父親趕著馬車從那裡經過，在離大坑不遠的地方，他拉住了馬的轡繩。「我過去一下，」他說，「我去看看。」他的堂姊在那裡被槍決了。他走過去，我跟在他的後面。

突然父親轉過身，擋住我，不讓我看到那個大坑：「回去，不能再往前走了。」我只看到，我邁過的那一條水溝，裡面流的水是紅色的……一群烏鴉騰空飛起。那麼多的烏鴉，我尖叫了起來。這之後的幾天裡，父親都吃不下東西。他看見一隻烏鴉，就跑進屋子，渾身發抖，就像得了瘧疾一樣。

在斯盧茨克的公園裡吊死了兩個游擊隊員的家人。天寒地凍，吊死的人都被凍得硬邦邦的。每當颳風時，他們就被吹得搖搖晃晃，嘎吱嘎吱作響。嘎吱嘎吱的，就像森林中凍僵的樹木發出的聲音。

在我們被解放後，父親去了前線，他跟著隊伍出發了。他不在家的戰爭期間，媽媽給我做了第一件洋裝，那是媽媽用包腳布縫製的，包腳布本來是白色的，她用墨水染了染，但有一隻袖子染得顏色不太好。我想把自己的新衣服給朋友看看，於是我側身站在柵欄邊，袖子染得好的一邊朝外，把染得不好的一邊藏在裡面。我覺得，自己打扮得很漂亮，很美麗！

學校裡，坐在我前面的小女孩叫阿妮婭。她的父親和母親都過世了，她和奶奶住在一起。她們是難民，是從斯摩棱斯克逃難來的。學校給她買了大衣、氈靴和光亮的膠皮套鞋。女老師拿來後，把所有東西都放到了她的課桌上。我們悄無聲息地坐著、看著，因為我們任何人都沒有這樣的氈靴、這樣的大衣。我們都很嫉妒她。有一個小男孩撞了阿妮婭一下，說：「瞧你多幸運啊！」她趴在課桌上，哭了起來，抽抽噎噎地哭了四節課。

父親從前線回來了，大家都趕來看望我的爸爸，也看望我們，因為爸爸回到了我們的身邊。第一個來的，就是這個小女孩。

我，是你的媽媽

塔瑪拉・帕爾西莫維奇，當時七歲。
現在是打字員。

整個戰爭期間我都在想媽媽。戰爭一開打，我就失去了媽媽。

我們還在睡覺，少先隊員夏令營就遭到了轟炸。我們從帳篷裡飛快鑽出來，奔跑著，叫喊著：「媽媽！媽媽！」教養員摩娑著我的肩膀，想安撫我平靜下來，但我還是哭喊著：「媽媽！我的媽媽在哪裡？」直到她把我摟在懷裡，說：「我，就是你的媽媽。」

在我的床頭上掛著一條裙子、一件白色的短上衣和紅領巾。我穿戴好，和夥伴們徒步向著明斯克的方向出發了。沿途有許多孩子被父母接走了，可是沒有見到我的媽媽。突然聽到人們說：「德國人進了城……」我們趕緊往回跑。有個人對我說，他看見了我的媽媽，她被打死了。

當時，我立刻失去了記憶……

我們是怎麼到達奔薩*的，我不記得了，我是怎麼被送到了保育院的，我也不記得了。記憶

---

*奔薩（Penza）是俄羅斯歐洲部分的中南部城市，俄羅斯古老文化中心之一，有化工設備及紡織機械製造研究所、建築工程學院等五所高校和大型博物館。

中，這一切是一片空白。我只記得，有許多孩子，只能兩個人擠到一張床上睡覺。如果一個哭，另一個也跟著哭：「媽媽！我的媽媽在哪裡？」我還很小，一位保育員阿姨想認我做乾女兒。可是，我只想要自己的媽媽。

我從食堂裡走出來，所有的孩子都衝著我喊：「你媽媽來了！」我的耳裡充滿了這種聲音：「你媽媽……你媽媽……」每天晚上我都夢見媽媽，我真正的媽媽。突然，她真的出現在我的面前，可是我覺得，這是在做夢。我看著媽媽，但不相信這是真的。有好幾天大人都勸慰我，我還是害怕走到媽媽身邊。萬一這是夢呢？是我在做夢呢？媽媽哭著，而我喊叫：「別過來！我的媽媽死了。」我害怕，害怕相信自己還能擁有幸福。

直到現在我還是這樣，只要是幸福時刻，我都會哭，一生都是如此。我的丈夫，我和他相親相愛生活了許多年。他向我求婚時說：「我愛你。我們結婚吧。」我瞬間淚流滿面，他嚇壞了：「我讓你生氣了？」「不！不是！我是覺得太幸福了！」但我不相信能一直幸福下去，做一個完全幸福的人。我無法得到幸福，我害怕幸福。我總是覺得，幸福日子很快就要結束了。我的心中永遠是這種「很快、很快」的感覺。這是童年給我留下的恐懼記憶……

可以舔舔嗎？

維拉・塔什金娜，當時十歲。
現在是雜工。

戰爭爆發之前我經常哭。

父親去世了，媽媽需要照顧七個孩子。我們生活得非常貧困，非常艱難。但是後來，在戰爭年代裡，卻感覺到當時的生活是幸福的、快樂的。

大人都在哭，這是戰爭啊，但我們不害怕。我們經常玩「打仗」的遊戲，打仗的字眼對我們來說非常熟悉。我很驚訝，為什麼媽媽整晚整晚地哭，她總是紅腫著一雙眼睛，走來走去。到了後來，我才明白……

我們吃的是水，午飯時間到了，媽媽把飯鍋擺到桌子上，鍋裡盛的是熱水。我們把水倒在一個一個的小碗裡。傍晚吃晚飯時，桌上還是那個盛著熱水的飯鍋。白開水，大冬天的沒有什麼可以煮，甚至連野菜都沒有。

因為肚子餓，弟弟把爐子的一個角啃掉了。每天他都啃啊啃啊，等我們發現的時候，爐子已缺了一角。媽媽收拾了最後的東西，去了市場，換回來一些馬鈴薯、一些玉米。她給我們熬了玉米粥，分給孩子們吃，我們眼巴巴盯著空的粥鍋，請求她：「可以舔舔嗎？」我們一個接一個地舔。我們舔完了，又讓貓舔了一遍，牠也餓壞了。我不知道，我們給牠在鍋裡還剩下了點什麼。我們舔過後，裡面已經一點粥渣兒都不剩了，甚至食物的氣味也沒有了，連氣味都讓我們舔乾淨了。

一直在期盼著我們的部隊。

當我們的飛機開始轟炸時，我沒有跑去躲起來，而是衝出去看我們的飛機轟炸。我找到了一塊碎彈片。

「你這是要把它弄到哪兒去？」在院子裡，我正好碰到驚慌失措的母親，「你在藏什麼？」

「我不是藏，我帶回了一塊炸彈碎片。」

「等把你炸死，就知道厲害了！」

「您說什麼啊，媽媽！這是我們軍隊的炸彈。難道說它會把我炸死？」

我把它收藏了很久……

還有半勺白糖

艾瑪・列維娜，當時十三歲。
現在是印刷廠工人。

那一天，距離我的十四歲生日還剩下整整一個月的時間。

「不！我們哪兒也不去，哪兒也不去。這全是你們瞎編出來的。就算戰爭爆發了，在我們還沒來得及撤離之前，戰爭就會結束了。我們不走！不走！」我的爸爸這樣說。他是一九〇五年入黨的老黨員，不止一次蹲過沙皇的牢房，還參加了十月革命。

但不管怎麼說，還是必須撤離。我們給窗台上的花好好地澆了一遍水，家裡種了很多花，遮住了窗子和門口，只留下通風的小窗洞，方便小貓能夠自由進出。隨身帶上生活必需品，爸爸向大家保證：「過幾天我們就會回來的。」可是，明斯克被燒毀了。

沒有跟我們一起走的只有二姊，她比我大三歲。很長時間我們都沒有她的任何消息，非常掛念她。這時我們已經被疏散到了烏克蘭，我們收到二姊從前線寄來的一封信，後來，接二連三地收到了她的信。稍晚些時候，我們還收到了部隊指揮部寄來的感謝信，表揚她的衛生指導員工作。這封感謝信，媽媽到處拿給人看！她很為女兒驕傲。集體農莊的主席還特別獎勵地給了我們一公斤做飼料的麵粉，媽媽烙了好吃的小餅請大家一起分享。

我們幹過各種各樣的農活，儘管我們都是城裡人，還餓著肚子，但是我們做得很好。大姊在戰前是法官，她學會了開拖拉機。但是很快地，哈爾科夫也遭到了轟炸，我們繼續撤離。

在路上，我們已經知道要把我們運送到哈薩克。同一個車廂裡，還有另外十個家庭，有一家有個懷孕的女兒。火車遭到轟炸，飛機飛掠了過來，誰也來不及跑出車廂。突然，我們聽到叫喊聲：「孕婦的腿被炸斷了。」這種恐懼直到今天還留在我的記憶裡。女兒開始生產，她的父親為她接生。這一切就在眾目睽睽之下進行，轟隆聲、血跡、髒東西，孩子生了下來……

我們從哈爾科夫出發的時候還是夏天，但到了終點站卻已經是冬天了。我們抵達哈薩克草原後，沒有敵人對我們轟炸，沒有了掃射，我有很長一段時間都不習慣。不過，我們還有另一個敵人——蝨子！大隻的、中型的、小個兒的！黑色的、灰色的！各種顏色應有盡有。但都一樣貪婪，白天黑夜地不讓人平靜。不對，我說錯了。當火車開動時，牠們咬得不是那麼厲害，牠們表現得稍微平和一些。但是我們剛進門，我的天啊，牠們開始胡鬧了。我的天啊！我的後背和手臂上都被咬破了，起滿了膿包。等我脫下上衣，才感覺輕鬆些，可我再沒有別的衣服穿了。衣服上爬滿了蝨子，不得不把它燒了。我用報紙把自己包起來，穿著報紙走來走去，我的上衣是用報紙做成的。女主人用滾燙的熱水給我們洗澡，如果是現在，用這樣的熱水洗澡，我非燙掉一層皮不可。可在當時，真是覺得幸福啊！熱水，燙乎乎的。

媽媽是出色的家庭主婦，廚藝相當不錯。只有她才會那樣做黃鼠肉，讓人可以吃下去，儘管大家認為黃鼠肉不太好吃。黃鼠肉攤在桌子上，隔老遠就能聞到它噁心的味道，獨一無二的令人討厭的氣味。可是，我們家沒有別的肉可吃，什麼都沒有。於是，我們就吃這些黃鼠肉。

鄰居住著一位非常好、非常善良的女人。我們家的所有不幸她都看在眼裡，她對媽媽說：「讓您的女兒幫我做些活吧。」當時我已經非常虛弱了。她去田間勞作時，我和她的小孫子留在家裡。她指給我看，孩子躺在那裡，讓我餵餵他，自己也吃些東西。我走到飯桌前，看著食物，卻不敢動。總覺得，如果我拿什麼吃的，食物就會立刻消失，就像是在做夢。不僅僅是吃的東西，我甚至也不敢用手指去碰一下小娃娃——這些千萬別消失啊！我最好只是看著，久久地看著，或者從側面，或者從後面，走近了看，我的眼睛一刻都沒敢閉上。就這樣一整天一點東西沒往嘴裡放，而這位女主人家裡有奶牛、有山羊，還有雞。她給我留下了黃油、雞蛋……

女主人傍晚回到家，問我：「吃東西了沒有？」

我回答：「吃了。」

「喏，回家吧。把這個帶回去給你媽媽。」她給了我一個麵包，「明天你再過來吧。」

我往回家的路走，這個女人立刻跟在我的後面。我好害怕，難道她發現家裡丟了什麼東西了嗎？但她親吻著我，哭著說：「你怎麼這樣啊，小傻瓜，什麼都沒吃。為什麼所有東西還在那裡擱著？」她不停地摸著我的頭。

哈薩克的冬天非常冷，沒有什麼可以拿來取暖，但牛糞救了我們。你一大清早就得起來，等著，等那些奶牛走出院子，你提著桶子湊近牠們的屁股。從一頭牛跑向另一頭牛。要知道，可不是我一個人這樣，所有疏散的難民都在這裡等著呢。收滿了一桶，倒在自己家門口，趕快再跑回去。然後，把牛糞和麥稈攪拌在一起，曬乾，就成了一餅餅的乾牛糞。我們用這樣的乾糞餅燒火取暖。

爸爸死了。也許，是因為他為我們操碎了心，他的心臟早就有問題。

我被招進了技工學校，他們發給我一套制服：大衣、皮鞋，還有一張糧食供應卡。我剪了一頭短髮早早地去上學，當時我的頭髮已經長長了，先前我都梳著小辮子。學校給我發了共青團員證，為報紙拍照片時，我把團員證拿在手裡，而不是放在口袋裡。對我來說，它如此珍貴，我怕放在口袋裡，萬一弄丟了呢。我的心臟劇烈地跳動，咚咚咚。要是爸爸現在能看到多好，他會有多幸福啊！

如今我回想：「多麼可怕的時代，多麼出色的人啊！」我很驚訝，那時候我們的信心有多堅定，讓人不想忘記這一切。我早已經不再相信史達林了，不再相信共產主義思想了。我曾想過要忘掉自己人生的這一部分，但是心裡卻想珍藏起那些痛苦，我不想忘掉當時的感受，那些珍貴的感受。

那個晚上，媽媽準備了真正的茶點，用開水沖泡的茶。那還用說，是在這樣的好日子啊！她還慎重地往我的杯子裡額外加了些好東西——半勺白糖……

房子，別著火！

妮娜．拉奇茨卡婭，當時七歲。
現在是工人。

有時候非常清晰，一切都回到了眼前。

德國人是怎麼騎著摩托車到這兒的……每個人都有一只水桶，他們像這些水桶發出的聲音一樣嘰里咕嚕地說話。我們都躲了起來，我還有兩個弟弟：一個四歲，一個兩歲。我們藏到了床底下，一整天都待在那裡。

我很驚訝，一個年輕的法西斯軍官住到了我們家裡，他戴著眼鏡。當時我的感覺是，只有老師才戴著眼鏡。他和一個勤務兵占據了我們家的一半，而我們住在另一半。我們最小的弟弟感冒了，咳嗽得很厲害，發起了高燒，全身通紅，整晚都在哭。隔天早上，軍官走到我們住的這一邊，對媽媽說，如果小孩子再哭，吵得晚上讓他睡不好覺，那麼他就會把弟弟「啪，啪」，他邊說邊指了指自己的手槍。深夜，只要弟弟一開始咳嗽或者想哭，母親就把他裹到被子裡，抱到街上去，在那裡搖晃著他，直到把他哄睡或者安靜下來。啪，啪……

我們家所有的東西都被搶走了，全家人都在餓肚子。他們不讓我們進廚房，只給自己做飯。

弟弟很小，他聞到味道，就順著這個味道從地板上爬過去。他們每天都煮豌豆湯，味道很香。過了五分鐘，我的弟弟喊叫起來，發出可怕的哭號聲。在廚房裡，他們把滾燙的開水淋在他身上，因為弟弟向他們要吃的。他是那麼餓，甚至哀求媽媽：「請把我的小鴨子煮了吧。」小鴨子是他最喜歡的玩具，從前他誰都不給玩，他和它一起睡覺。

我們小孩子在說著話……我們坐在一起商量：「如果逮住老鼠（戰爭期間這些老鼠遍地都是，房子裡，田野間），是不是可以吃？山雀能不能吃？喜鵲能不能吃？為什麼媽媽不給我們用肥肥的金龜子熬湯喝呢？」

還沒等馬鈴薯長好，我們就用雙手刨開泥土，認真查看：它長得是大是小呢？為什麼所有的東西都長得這麼慢呢？那些玉米，那些向日葵……

在最後一天，德國人撤退前，點火燒了我們的房子。媽媽呆立著，望著大火，臉上一滴淚水也沒有。而我們三個孩子奔跑著，叫喊著：「房子，別著火！房子，別著火！」從房子裡來不及搶救什麼東西，我只抓了一冊自己的識字課本。整個戰爭期間我都保護著它，珍惜著它，和它一起睡覺，把它壓在枕頭底下。我非常想學習。後來，當我們在一九四四年上一年級時，這成了我們十三個學生和整個年級擁有的唯一一本識字課本。

印象比較深刻的，還有戰爭結束後學校的音樂會。人們又是唱又是跳的，我拍疼了手掌。鼓掌，不停鼓掌，我太高興了，直到一個小男孩走到台上，朗誦了一首詩。他朗讀的聲音很大，詩很長，但我聽見了一個單詞——戰爭。我回頭看了一下，所有人都很平靜。我卻被嚇壞了，戰爭才剛結束，難道又要來一場戰爭嗎？我不能聽到這兩個字。我跳起來，跑回家。我衝進家門，看到媽媽正在廚房裡煮東西，那也就是說，沒有什麼戰爭。我趕緊又跑回了學校，繼續看音樂會，繼續鼓掌。

爸爸沒有從戰爭中回來，媽媽收到了一份文件，說他失蹤了，杳無音信。媽媽要去上班，我們三個孩子聚在一起哭，因為爸爸沒了。我們把家翻遍了，尋找那張寫著爸爸消息的紙。我們認為那上面沒有寫明爸爸已經死了，那上面寫的是——爸爸沒了音信。我們只要撕掉這張紙，就會有爸爸的消息了，但是我們沒有找到那張紙。媽媽下班回來，她搞不清楚，為什麼家裡頭亂七八糟的。她問我：「你們這是幹什麼了？」最小的弟弟代替我回答：「我們找爸爸了……」

戰爭前，我喜歡聽爸爸講童話故事，他知道許多故事，講得有聲有色。戰爭結束後，我再也不想讀童話書了。

她穿著白大褂，就像媽媽

薩沙·蘇耶金，當時四歲。
現在是鉗工。

我只記得媽媽。第一個畫面……

媽媽總是穿著一身白大褂。父親是軍官，媽媽在軍醫院工作，這是後來哥哥告訴我的。我只記得媽媽的白大褂，甚至想不起她的容貌，只記得白大褂……還有一頂白色的帽子，經常立在一張小桌子上，說是立著而不是放著，因為它總是漿洗得很硬挺。

第二個畫面……

媽媽沒有回家，在那之前，爸爸經常不在家，我都已經習慣了。但是，以往媽媽是經常回家的。我和哥哥兩個人在房間裡待了好幾天，哪裡也不去，萬一媽媽回來了呢？有幾個陌生人來敲門，給我們穿上衣服，不知要帶我們去哪裡。我哭著說：「媽媽！我的媽媽在哪裡？」

「別哭，媽媽會找到我們的。」哥哥安慰我，他比我大三歲。

我們有時住在不知是什麼建築的長長房子裡，有時是在地窖裡，睡在床板上。我總是覺得肚子餓，吸吮著襯衫上的鈕釦，它們很像父親出差時給我買回來的水果糖。我盼望著媽媽。

第三個畫面……

有一個陌生的男人把我和哥哥塞到床板角落裡，蒙上被子，又扔過來一些亂七八糟的衣服。我開始哭，他就撫摸著我的頭。我漸漸平靜了下來。

就這樣每天重複著。但是有一天，我實在厭倦了這樣長時間地蒙在被子下面，起初只是小聲地，後來我就放聲大哭起來。有人從我和哥哥身上把破爛衣服扯開，拽走了被子。我睜開眼一看，我們的面前站著一個穿白大褂的女人。

「媽媽！」我向她爬過去。

她也撫摸著我。先是腦袋，然後是胳膊，最後她從一個金屬盒裡拿出一件什麼東西。但是我沒注意，我只看見白大褂和白帽子。

突然！手臂上一陣刺痛，我的手臂上插著一根針管。我還沒來得及叫出聲，瞬間就失去了知覺。當我醒過來時，前面坐著的還是那個男人，那個把我們藏起來的男人。哥哥躺在我的旁邊。

「別害怕，」他說，「他沒死，他在睡覺。」

「那個人不是媽媽？」

「不是。」

「她穿著白大褂，就像媽媽一樣。」我嘴裡不停念叨著，不停念叨著。

「我給你做了一個玩具。」男人扔給我一個用碎布頭做的球。

我拿著玩具，不哭了。

往後的事，就再也想不起來了。是誰把我們從德國人的集中營救出來的呢？在那裡，他們抽孩子的血為自己的傷患治病。所有的孩子都死了。我和哥哥是怎麼來到保育院的？戰爭結束後，又如何得知父母犧牲的消息？我的記憶不知出了什麼問題，記不得那些人，也記不得那些話。

戰爭結束了。我上了一年級，別的孩子一首詩讀上兩三遍就能記住，我讀了十遍也記不住。但是不知為什麼，老師從來沒有給過我低分，他們給過別的孩子，就是沒有給過我。

這就是我的故事。

阿姨，請您把我也抱到腿上吧

瑪麗娜・卡利亞諾娃，當時四歲。
現在是電影工作者。

我不喜歡回憶往事，不喜歡。一句話，我不喜歡。

你向所有人打聽一下：什麼是童年？每個人都會說出自己的一點什麼事。可是對我來說，童年就是媽媽、爸爸和糖果。整個童年我都在想念媽媽、爸爸和糖果。戰爭期間，我連一塊糖果都沒有嘗過，甚至連糖果的樣子都沒有看過。戰爭結束後，過了好幾年，我才吃到了第一塊糖。過了三年，我已經是個大孩子了，都十歲了。

無論如何我都想不透，為什麼有人會不想吃巧克力糖果。哦，怎麼會這樣？這是不可能的。

我沒有找到媽媽和爸爸，甚至連自己真正姓什麼都不知道。人們是在莫斯科北方火車站*撿到我的。

「你叫什麼名字？」在保育院有人問我。

*即現今的雅羅斯拉夫爾火車站，一九二二至一九五五年間稱為北方火車站。

「瑪麗娜。」

「姓什麼？」

「我不記得了。」

他們就這樣登記了：瑪麗娜．謝維耶爾納亞＊。

我一直覺得肚子餓，想吃東西。但是最希望的，還是有人能抱抱我，說些溫柔安撫的話。然而，溫情太少了，正在打仗，所有人都很痛苦。我走在街上，看到前面有一位媽媽帶著自己的兩個孩子，一個孩子抱在懷裡，另一個孩子牽著。他們坐在長椅上，她把小的孩子放在自己的膝蓋上。我站著，站著，看啊看，然後走上前去，對她說：「阿姨，請您把我也抱到大腿上吧。」她嚇呆了。

我再一次請求她：「阿姨，求您了……」

她開始輕輕搖晃，像搖晃布娃娃

季瑪・蘇夫朗科夫，當時五歲。
現在是機械工程師。

在此之前，我只怕老鼠。但當時一下子出現了那麼多可怕的東西！成千上萬種恐懼……在我童年的意識裡，「戰爭」這個字眼遠不如「飛機」對我們的打擊更大。「飛機！」媽媽趕緊把我們從炕爐上抱起來。可是，我們害怕從炕爐上下來，害怕走出屋子，她剛把一個孩子抱下來，另一個又爬了回去。我們──一共有五個孩子，還有一隻可愛的小貓。

飛機朝我們開槍掃射。

年紀小的弟弟，媽媽用圍巾把他們拴在自己身上，而我們，稍大些的，就自己跑。在你很小的時候，你是生活在另一個世界上，你不是從高處向下看，而是生活在接近地面的地方。在這裡，飛機更加可怕，炮彈更加可怕。我記得，我羨慕過甲蟲，牠們個頭那麼小，總是能夠找個地方躲藏起來，鑽到地底下。我曾想像，等我快死的時候，我就變成某種野獸，我要跑進森林裡。

＊瑪麗娜是在莫斯科北站被撿到的，俄語北方的 северный（陰性-ая）音譯為謝維耶爾納亞，故以此為姓。

飛機朝我們開槍掃射。

我的堂姊，當時才十歲，抱著我三歲的弟弟。跑著，跑著，沒力氣了，摔倒在地上。他們在雪地裡趴了一個晚上，弟弟凍死了，她活了下來。人們挖了一個坑，埋葬弟弟，她不讓：「米舍恩卡，你不要死！為什麼你要死啊？」

我們逃離了德國人，住在沼澤地裡……住在小島上。大家幫自己搭起了窩棚，就住在裡面。窩棚，就是一種簡陋的棚子，用光滑的原木搭成，頂上有個窟窿，用來排煙。下面就是泥水。冬天、夏天，我們都住在裡面，睡在松樹枝上。我和媽媽曾離開森林，回過一次村子，想從自己家裡拿些東西。但是，有德國人。那些回去的人，被敵人趕到了學校裡，讓他們跪在地上，用機槍掃射。就是這樣，我們這些孩子，都是伴著機槍掃射長大的。

我們聽見森林裡有射擊聲。德國人叫喊：「游擊隊員！游擊隊員！」他們趕緊往汽車那裡跑，飛快地逃竄了；而我們，都往森林裡跑。

戰爭結束後，我害怕鐵。地上有塊炮彈皮，我害怕它會再次爆炸。鄰居家有個小女孩，三歲兩個月大，我記得媽媽在她的棺材前重複說著這一句話：「三歲兩個月……三歲兩個月……」小女孩撿了一顆檸檬形的手榴彈，搖晃著玩，就像搖晃布娃娃一樣。她用破布片把它裹起來，搖晃它，手榴彈很小，像玩具一樣，只是重一些。母親沒來得及跑過去。

戰爭結束後的兩年裡，在我們彼得利科夫斯基地區的老戈羅夫契采村，還在埋葬孩子。戰爭留下來的廢鐵到處都是，報廢的黑坦克、裝甲運輸車、地雷、炸彈碎片……我們當時沒有玩具可玩。後來，這些廢鐵都被收集起來，送到了不知哪裡的工廠。媽媽解釋說，這些廢鐵熔化後可以製造拖拉機，還能造機床和縫紉機。此後，看到新拖拉機，我都不敢走近，怕它會爆炸。它們都是黑色的，就像坦克車一樣……

我知道，它是用什麼樣子的鐵製造的。

已經給我買了識字課本

莉莉婭．梅利尼科娃，當時七歲。
現在是教師。

我該上一年級了。

大人已經給我買了識字課本和書包。我是家裡的老大，大妹拉婭五歲，小妹托瑪奇卡三歲。我們住在羅梭納，父親是林場的經理，但戰爭前一年，他就去世了。我們和媽媽一起生活。

當戰爭打到我們這裡的那一天，我們三個孩子都在上幼兒園，最小的也是。所有的孩子都被接走了，只剩下我們沒有人來接。我們都很害怕。媽媽是最後一個跑來的，她在林場工作，他們燒毀了一些文件，掩埋了，因此她耽擱了。

媽媽說，我們要被疏散到別的地方，配給了我們一輛大馬車。我們要隨身帶上生活必需品。我記得走廊裡放著一個筐子，我們把筐子放到馬車上，小妹拿了自己的布娃娃。媽媽想把布娃娃留下，布娃娃太占空間了，但妹妹哭鬧著：「我不想留下她！」我們走到羅梭納郊外時馬車翻了，筐子撒了，從裡頭掉出一雙鞋子來。這才發現，我們竟然什麼都沒有帶出來，沒有吃的，也沒有換穿的衣物。媽媽驚慌失措，她把筐子弄混了，拿的是那只裝了皮鞋打算去清洗的筐子。

我們還沒來得及撿起這雙鞋子，敵機就飛來轟炸了，他們用機槍掃射。我們的布娃娃被子彈打穿了許多洞，但小妹安然無恙，甚至沒擦破一點皮。她哭著說：「反正我不會丟下她的。」

等我們回到家後，已經是生活在德國人的控制下了。媽媽拿了父親的東西去賣，我記得，第一次她是用爸爸的西服換來豌豆，整整一個月我們喝的都是豌豆湯。湯喝完了，我們家還有一床老被子，棉布做的。媽媽用它去改做平底細氈靴，如果有人要，多少給點錢，她就幫他們做。當時，我們就是喝些寡湯稀粥，一家人分吃一顆雞蛋，但常常是什麼東西都沒得吃。媽媽只能抱著我們，撫摸著我們。

媽媽沒有說，她在暗中幫助游擊隊，但我猜到了。她經常出去，卻不說去哪裡。當她去換東西的時候，我們知道，但如果她是因為游擊隊出去的，我們就什麼都不知道了。我為母親感到驕傲，對自己的妹妹們說：「很快的，我們的軍隊就要來了。萬尼亞叔叔（爸爸的弟弟）就要來了。」他參加了游擊隊。

有一天，媽媽在我們瓶子裡倒了牛奶，親吻了我們，然後她就走了，還把門反鎖上。我們三個小孩爬到桌子下面，桌子上垂下一塊大大的桌布，下面很暖和，我們玩起了「女兒，媽媽」的扮家家酒。突然間，聽到了摩托車的馬達聲，隨後是可怕的敲門聲，傳來一個男人的聲音，他把媽媽的姓名叫錯了。我有一種不祥的預感。我們家通向後院的窗子下豎著一把梯子，我們悄悄地順著梯子爬了出去，動作敏捷。我把一個妹妹抱在懷裡，第二個騎到我的脖子上，我們把這個叫作「騎大馬」，我們逃到了外面。

那裡聚集了很多人，還有許多孩子。那些來找媽媽的人，沒有認出我們，也沒有找到我們。他們撞壞了門。媽媽出現在路上，她是那麼矮小，那麼瘦弱。德國人看見了她，他們跑向小山丘，抓住了媽媽，扭住她的手臂打她。我們三個孩子奔跑著，叫喊著，竭盡全力地呼喚：「媽媽！媽媽！」敵人把她推到摩托車上，她衝著鄰居喊叫了一句：「親愛的菲妮婭，請幫忙照管一下孩子。」鄰居把我們從路上拉走，但每個人都害怕把我們領到自己家裡，害怕要是敵人再來逮捕我們，怎麼辦？於是，我們躲到溝裡去哭。不能回家，我們聽說，鄰村逮捕了一對父母，還把他們的孩子燒死了，關在房子裡，放火燒死了。我們不敢回到自己家裡……就這樣，大約持續了三天。我們不是蹲在雞窩裡，就是藏到我們的菜園子裡。雖然我們很餓，但菜園子裡的東西我們都沒碰，因為先前我們拔過胡蘿蔔、摘過豌豆，它們都還沒長好，媽媽罵過我們。我們什麼都沒動，互相勸告，我們的媽媽不在，她會擔心我們把菜園子給糟蹋了。她當然會這麼想，因為她不知道我們什麼也沒動。我們都很聽話。大人和孩子會給我們送些吃的，有人給的是煮好的大頭菜，有人給的是馬鈴薯，有人拿來了一個紅甜菜……

後來，阿麗娜阿姨收留了我們。她身邊就剩下一個小男孩，另外兩個孩子在逃難時失散了。我們時時刻刻都在想著媽媽，阿麗娜阿姨帶著我們找到監獄的頭兒，請求見一下母親。監獄的頭兒說，唯一的條件是，不能和媽媽說話，他允許我們看看——從她的牢房小窗口走過去。

我們走過小窗口，我看到了媽媽。他們催趕著我們走快點，就我一個人看到了媽媽，妹妹都沒來得及看到。媽媽的臉是通紅的，我明白她被狠狠地打過。她也看到了我們，只是喊了一句：「孩子們！我的女兒啊！」就再也看不到了。後來，有人告訴我們，她看到我們之後就昏了過去。

過了幾天，我們知道媽媽被槍決了。我和妹妹拉婭明白，我們的媽媽已經不在人世了，而最小的妹妹，托瑪奇卡，還在念叨著媽媽就要回來了，如果我們惹她生氣，沒有抱抱她，她就告訴媽媽。其他人送吃的過來，我把最好的一塊給她吃。就這樣，我懂事了，我當起了媽媽。

媽媽被槍決後的第二天，一輛汽車開到了我家門口。有人往車上裝運東西，鄰居招呼我們：「快去吧，孩子，請求他們把氈靴留下，把厚大衣留下。很快就要過冬了，你們還穿著夏天的衣服呢。」我們三個孩子站在那裡，最小的托瑪奇卡騎在我的脖子上，我說：「叔叔，請把氈靴給她吧。」這時候，正好一個員警提著那雙氈靴，要拿走。我還沒來得及對他說，他就踹了我一腳，妹妹摔了下來，腦袋撞在一塊石頭上。

隔天早晨，我們看見她的額頭腫了個大包，還在不斷腫大。阿麗娜阿姨有一塊厚手巾，她幫妹妹包在了頭上，可是還能看得見那個大包。晚上我抱著妹妹，她的頭腫得大大的。我很害怕，擔心她會不會死。

游擊隊員知道了這個情況，就把我們接了過去。在游擊隊裡，他們盡其所能地關愛我們。有一段時間，我們甚至忘記了爸爸和媽媽已經不在人世了。有人的襯衫破了，把袖子捲一捲，畫上眼睛和鼻子，當成玩具娃娃送給我們；有人教我們讀書，甚至還把我寫進了一首詩裡，寫的是我不喜歡用涼水洗臉。依森林裡的條件，冬天大家只能用雪洗臉。

莉莉婭坐在浴盆裡，

莉莉婭唉聲又歎氣：

「哎呀，倒楣，倒楣，真倒楣，

好涼好冷好濕的水。」

當局勢變得非常危險的時候，我們被送回了阿麗娜阿姨身邊。游擊隊指揮官——傳奇人物彼得·米羅諾維奇·馬舍羅夫，他問：「你們需要什麼？你們想要什麼東西？」我們想要的東西太多了，排在第一位的，就是軍便服，綠色的那種裙子，裁掉了口袋的。游擊隊員給我們三個都穿上了氈靴，都縫製了皮大衣，還織了手套。我記得，把我們送到阿麗娜阿姨家時，大車上還裝著一個大袋子，袋子裡是麵粉和米，甚至還給了一塊皮革，讓她幫我們做皮鞋。

當有人來阿麗娜阿姨家調查時，她就說我們是她自己的孩子。那些人對她盤查了很久，問她為什麼我們長得這麼白，而她的兒子那麼黑。他們嗅出了些什麼，把我們和阿麗娜阿姨跟她的兒子都押上車，帶到了伊戈里茨基集中營。這時已經是冬天，大家都睡在地上，睡在只鋪了麥稈的木板上。我們是這樣躺著的：我，然後是小托瑪、拉婭，接著是阿麗娜阿姨和她的小男孩。我在最邊邊，睡在我另一邊的人經常變換。半夜時，我碰到了一條冰涼的手臂，我明白這個人已經死了。早晨起來我一看，他就像活的時候一樣，只是身子冰涼了。有一次，把我嚇壞了，我看見幾隻老鼠咬破了一個死人的嘴唇和臉頰。老鼠長得肥大而狡猾，我最怕牠們了。我們的小妹在游擊隊時頭上的腫包已經好了，但在集中營裡又重新長了出來。阿麗娜阿姨一直在遮掩這個膿包，因為她知道要是讓敵人發現，小女孩病了，就會被槍殺。她用厚厚的手巾把妹妹的頭包起來，深夜我聽見她在祈禱：「上帝啊，如果你帶走了她們的媽媽，就保佑這些孩子吧。」我也祈禱，我請求上帝：「哪怕讓我們最小的托瑪奇卡一個人留下來也好，她還那麼小，她還不能死。」

敵人把我們從集中營運往某個地方，那是用來裝運牲畜的車廂，地板上是乾牛糞。我記得，我們只是到了拉脫維亞，當地的居民就把我們分頭領到了家裡。第一個被領走的就是托瑪奇卡。阿麗娜阿姨抱著她，交給了一位拉脫維亞老人，她跪在地上哀求：「求求您救救她吧，求求您救救她吧。」老人說：「如果我把她帶回家裡，她就能活下來。但我要走兩公里的路，要渡過一條河，然後是墓地……」我們大家都被不同的人家收留了，阿麗娜阿姨也被人領走了。

我們聽見了，有人告訴我們——勝利了。我去了一戶人家，妹妹拉婭就待在他們家裡。「媽媽沒了，我們去接我們的托瑪吧。我們應該去找阿麗娜阿姨。」

於是，我們就去找阿麗娜阿姨。我們還真的把她找到了，簡直是奇蹟，能夠這麼快就找到她，多虧了她的裁縫手藝很出色。我們走進一戶人家找水喝。他們問：「你們去哪裡？」我們回答：「在尋找阿麗娜阿姨。」女主人的小女兒立刻招呼我們：「走吧，我告訴你們，她住在哪裡。」阿麗娜阿姨看到我們時，驚叫了起來。我們瘦弱得像肉乾，當時是六月末，一年中最沉重的時刻：舊糧吃完了，新糧還沒有下來。我們吃麥穗兒，還綠乎乎的，來不及搓乾淨，就吞了下去，甚至來不及咀嚼，簡直餓壞了。

離我們住的地方不遠，是克拉斯諾夫市。阿麗娜阿姨說，我們應該到這個城市去，找家保育院。她當時病得很厲害，求人把我們帶過去。我們到達那裡時，是個大清早，大門還關著，送我們過來的人讓我們坐在保育院的小窗口下，然後就走了。太陽升起來了，從房子裡跑出來許多孩子，他們都穿著紅色的鞋子、短褲，沒有穿背心，手裡拿著毛巾。他們跑向河邊，歡笑著。我們坐在那裡看著，無法相信世界上還有這樣的生活。那些孩子發現了我們，我們坐在那裡衣衫襤褸，渾身髒兮兮的。他們喊叫起來：「來了新人啦！」他們叫來了教導員。誰也沒有向我們要任何文件，立刻給我們送來了一塊麵包和罐頭。我們不敢吃，害怕幸福會立刻消失。這是不可能有的幸福，但她們安撫我們說：「小女孩，你們先在這裡坐會兒，我們去往浴盆裡加滿水，給你們洗洗澡，然後告訴你們住在哪裡。」

傍晚時，院長來了，她看見了我們，說這裡已經超收了，要把我們送到明斯克的兒童收容所，再決定把我們分配到哪個保育院裡。我們一聽到又要把我們弄到別處去，立刻就大哭了起來，請求他們收留我們。院長說：「孩子，別哭了。我不能再看到你們流淚了。」然後，她不知往哪裡打了個電話，就把我們留在了這家保育院裡。這是一座非常美麗、環境非常好的保育院，保育員阿姨都非常善良，也許現在都沒有像她們那樣的人了。經歷了那麼殘酷的戰爭，她們的善良是如何保留下來的呢？

我們受到特別關愛，還教導我們應該和其他孩子如何相處。他們告訴我們，如果你給誰糖果吃，不要從一袋糖果中拿出一塊，而是要遞上整袋；而被請吃糖果的人，應該只拿一塊糖果，而不是把整袋都拿走。教導員教我們這些事時，有個小男孩剛好不在。沒多久有個小女孩的姊姊來看她，帶來了一盒糖果。這個小女孩把一盒糖果遞到小男孩面前，他就把一盒糖果都接了過去。我們都笑了起來。他不好意思地問：「那我該怎麼做呢？」大家告訴他，應該只拿一塊糖果。於是，他清楚了：「現在我明白了，應該永遠和大家分享。不然的話，只有我一個人好，你們都不好。」沒錯，我們就是受到這樣的教育，大家都要好，而不是只有一個人好。教育我們很容易，因為我們都曾經飽受磨難。

年紀大一些的女孩幫大家縫製書包，用破舊的裙子做的。過節時，保育院院長都會給我們用生麵團擀製一張像床單大小的麵皮。每個人幫自己切下一塊，做成甜餡餃子，想要做成什麼樣子的都可以：小的、大的、圓的、三角形的……

當時，我們有許多孩子，大家都玩在一起，很少想起爸爸和媽媽。可是，一旦生病躺在隔離室，沒什麼事可做，就會說起自己的事，或是講怎樣來到保育院的。一個小男孩告訴我，他的家人全都被燒死了，當時他正好騎馬去了鄰村。他說，他很心疼媽媽，也很心疼爸爸，但是最讓他心疼的還是小妹妹娜金卡。小娜金卡躺在白色的襁褓裡，被燒死了。有時，我們會聚在空地上緊緊圍成一個圓圈，彼此講述家裡的事，講戰爭前我們是怎麼生活的。

保育院裡送來了一名小女孩。大家問她：「你姓什麼？」

「瑪麗婭．伊萬諾夫娜。」

「你叫什麼名字？」

「瑪麗婭．伊萬諾夫娜。」

「你媽媽叫什麼名字？」

「瑪麗婭．伊萬諾夫娜。」

她只會說「瑪麗婭．伊萬諾夫娜」。我們有位女老師也叫瑪麗婭．伊萬諾夫娜。

新年晚會的時候，小女孩給大家讀瑪爾夏克的一首詩〈我家有隻美麗的母雞〉。於是，孩子們都給她起了個綽號——母雞。孩子畢竟是孩子，已厭倦了叫她瑪麗婭．伊萬諾夫娜。後來，我們這裡的一個小男孩去技工學校看望朋友，那所技工學校的老師也教我們做手工。他和朋友吵了起來，原來他叫另一個小男孩「母雞」。那個男孩很生氣：「為什麼你叫我母雞？難道我像一隻母雞嗎？」我們院裡的小男孩說：「你讓我想起了我們保育院裡的一個小女孩，她有跟你一樣的鼻子、一樣的眼睛，我們大家都叫她『母雞』。」於是，他講了為何這樣叫她的原因。

原來，這個小女孩就是那個男孩的親妹妹。他們重逢時，都回想起了怎樣坐著馬車逃難的……奶奶用罐頭盒給他們熱了東西吃，大轟炸的時候，奶奶被炸死了。他們還回想起一位老鄰居，是奶奶的好朋友，呼喚著死去的奶奶：「瑪麗婭．伊萬諾夫娜，快起來吧，你怎麼能拋下孫子孫女不管呢？你怎麼能死啊，瑪麗婭．伊萬諾夫娜？為什麼你要死啊？瑪麗婭．伊萬諾夫娜！」原來，小女孩記住了這些，她的耳裡只回響著瑪麗婭．伊萬諾夫娜……

我們都非常高興，她找到了自己的哥哥，因為我們都還有親人在身旁，但她只有一個人。比如說，我有兩個妹妹，有的人有兄弟或者堂兄弟或姊妹。還有的人雖然沒有親人，但會彼此認親，你當我的兄弟，或是我當你的姊妹，互相關懷，彼此愛護。在我們的保育院裡，就有十一個叫塔瑪拉的女孩：塔瑪拉．涅伊斯維耶斯特納婭、塔瑪拉．涅茲納果瑪婭、塔瑪拉．別茲米亞納婭、塔瑪拉．巴里沙婭、塔瑪拉．馬列尼卡婭……*。

---

* 塔瑪拉是女孩常用名，因為孩子們沒有姓，為了區別她們，就分別稱呼她們為涅伊斯維耶斯特納婭（俄語意思是無名的）、涅茲納果瑪婭（意思是陌生的）、別茲米亞納婭（意思是無名的）、巴里沙婭（意思是大的）、馬列尼卡婭（意思是小的）。

我還記得什麼呢？我記得，在保育院裡我們很少挨罵，應該說從來沒有人罵過我們。我們和有家的孩子一起滑雪橇。我看過有母親罵自己的孩子，甚至打自己的孩子，就因為他光著腳穿氈靴。當我們光著腳跑到外面時，誰也不會罵我們。我還特意這樣穿過氈靴，希望有人能罵罵我。我非常希望，有家人能那樣罵我。

我很認真學習，老師告訴我，我需要跟一個小男孩補補數學課，他是村子裡來的。我們一起學習，在保育院、村子及學校一起上課。我需要去他家裡補課，去他住的房子。我非常忐忑不安，心想：「他家有些什麼東西，是怎麼擺放的，擺放在哪裡？我到了他家裡應該怎麼做？」家，對我們是某種不可企及的東西，也是最希望擁有的東西。

我敲了敲他家的門，心臟幾乎都要停止跳動了。

既不是未婚夫，也不是士兵

薇拉・諾維科娃，當時十三歲。
現在是有軌電車站調度員。

多少年過去了，但我仍然害怕。

我記得陽光燦爛的那一天，微風吹動著蜘蛛網。我們的村子著火了，我們的房子著火了。我們從森林裡出來，年幼的孩子們叫喊著：「篝火！篝火！真漂亮！」但其他的人都哭了，媽媽也在哭。她畫著十字，祈禱著。

房子燒了，我們在灰燼裡翻揀，但什麼也沒有找到。只有一些燒彎的叉子，火爐還在，保留了下來，但是裡面的食物——軟餅都燒爛了，馬鈴薯都燒糊了。媽媽用雙手把一只煎鍋刨了出來，她說：「吃吧，孩子們。」軟餅難以下嚥，散發著煙味，但我們都吃了，因為沒有其他可吃的東西，除了草，什麼也沒有。只剩下了草和泥土。

多少年過去了，但我仍然害怕。

我的堂姊被吊死了，她的丈夫是游擊隊隊長，當時她已經懷孕了。有人給德國人告密，他們就來了，把所有人趕到了一個廣場上，命令誰也不許哭。在農莊委員會附近有一棵高大的樹，他們驅趕著一匹馬，堂姊就站在雪橇上，她的辮子很長很長。敵人把絞索拋到上邊，她從繩套裡把自己的辮子抽出來。馬拉著雪橇猛然一拽，她的身子旋轉著被吊了起來。女人都喊叫了起來，沒有淚水地喊叫，用同一個聲音喊叫。但是不能哭，不能心疼。誰哭，敵人就會走上前來，把他打死。那些十六、七歲的小夥子被槍殺了，因為他們哭了。

都那麼年輕，他們既不是未婚夫，也不是士兵。

為什麼我要給你們講這些呢？現在比起當時來，我更害怕。所以，我不願回憶……

哪怕是留下一個兒子也好啊！

薩沙．卡夫魯斯，當時十歲。
現在是語文學副博士。

當時我已經在上學了。

我們跑到街上，正在玩耍，像平常一樣。這時法西斯的飛機飛來了，往我們的村子投下了炸彈。先前有人告訴過我們西班牙發生的戰爭，西班牙兒童的不幸遭遇。如今炸彈落到了我們頭上。上了歲數的婦女趴在地上祈禱著，情形就是這樣，我一輩子都記得列維坦*的聲音，他宣布戰爭開始了，但我不記得史達林的聲音。大家一天天地站在集體農莊的揚聲器附近，等待著什麼，我也站在父親的身邊……

第一批進入我們米亞傑里斯基區波魯斯村的是憲兵執法隊。他們開槍打死了所有的狗和貓，然後刺探消息，「積極份子」住在哪裡。戰爭前，在我們家設過村委會，但沒有一個人指認父親，沒有人出賣他。晚上我做了一個夢，夢到敵人開槍打死了我，我躺著，心想，為什麼我死不

＊蘇聯廣播電台播音員，二戰期間負責播報戰況與鼓舞士氣，被視為蘇聯之聲。

了呢？

我還記得一個場景，德國人追趕著母雞。抓住後，把牠高高舉起來，旋轉著甩動，直到在手裡甩沒了雞腦袋。他們哈哈大笑。我好像覺得，我們的雞在叫喊，就像人一樣，人一樣的嗓音，還有那些貓、那些狗，敵人開槍射擊牠們的時候……在這之前，我從未見過死亡，既沒見過人死去，也沒有見過其他動物死去。只有一次在森林裡看過死掉的小鳥，這就是全部，我不曾看過其他的死亡……

我們村子是在一九四三年被燒毀的。那一天我們正在挖馬鈴薯。鄰居瓦西里曾經參加過第一次世界大戰，懂得一點德語，他說：「我去找德國人，向他們求情，別燒咱們的村子。那裡住的都是一些孩子啊。」他去了，結果被敵人燒死了。學校也被燒毀了，所有的課本都燒了。我們的菜園也被燒了，還有果園也不見了。

我們該往哪兒去呢？父親帶著我們去找科津斯基森林中的游擊隊。我們走著走著，遇到了另外一個村子裡的人，他們的村子也被燒了，他們說德國人就在附近……我們爬進了一個大坑裡：我、弟弟瓦洛佳、媽媽和小妹，還有父親。父親拿著手榴彈，我們商量好，萬一德國人發現我們，他就拉開引信。我們相互道別。我和弟弟抽掉皮帶，打了個結，套在脖子上，想要上吊。媽媽親吻了我們大家，我聽見她對父親說：「哪怕給我留下一個兒子也好啊！」父親當時就說：「讓他們逃跑吧。他們年輕，也許會得救。」我非常捨不得媽媽，我不走。就這樣，我沒走。

我們聽見狗在叫，聽見陌生的口令聲，聽見射擊的聲音。而我們的森林生長得這麼茂密，松樹一棵挨著一棵，密密麻麻，十公尺之外就什麼都看不見了。即便一切都離得很近，可是聽起來，就像離得很遠。當四周寂靜了下來，媽媽連站都站不起來，她的雙腿不聽使喚。爸爸把她扶了起來。

過了幾天，我們遇到了游擊隊，他們認識父親。我們虛弱地勉強能夠邁步，肚子非常餓，雙腳都磨破了。我們走著，一位游擊隊員問我：「你想在松樹下面找到什麼，糖果，餅乾？還是麵包？」我回答：「一把子彈。」後來，游擊隊員很長一段時間都會想起我的這句話。我是如此憎恨德國鬼子，因為一切，因為媽媽。

我們經過被燒毀的村莊，莊稼沒有燒完，馬鈴薯還在生長，蘋果落了一地，還有梨子……但一個人影都沒有。貓和狗四處亂跑，無家可歸。就是這樣，沒有人了，沒有半個人。只有飢餓的貓和狗。

我記得，戰爭結束後我們的村子就剩下一本識字課本，而後來我找到並讀完的第一本書，是一本算術習題集。

我像讀詩一樣地讀這本習題集，就是這樣……

他用袖子擦著眼淚

奧列格．波爾德列夫，當時八歲。
現在是工匠。

這是個問題，怎樣會更好呢？是回憶，還是忘記？也許，是沉默？

到塔什干*我們用了一個月的時間，一個月！這是大後方。父親作為專家被派遣到了那裡。重工業工廠、輕工業工廠，都往那裡搬遷。整個國家都疏散到了後方，祖國的腹地。真好，國家這麼大。

到了那裡我才知道，哥哥在史達林格勒保衛戰中犧牲了。我急切地想上前線，可是他們甚至不想讓我進工廠上班，因為我還小。「你還差半年才十歲，」母親搖著頭說，「把這種幼稚的念頭從腦子裡扔出去吧。」父親也皺著眉頭說：「工廠不是幼兒園，要連續工作十二個小時。你怎麼幹得了！」

工廠生產地雷、炮彈、空投炸彈。少年被允許從事磨光的工作，把金屬鑄件一個一個磨光，工藝很簡單——在高壓下，礦砂從軟管裡流出來，溫度高達攝氏一百五十度，砂粒很輕，從金屬上飛濺起來，打在臉上，打在眼睛上，很痛很痛。沒有幾個人能堅持超過一周，這需要堅強的性格才能挺得住。

但是在一九四三年，我不過剛滿十歲，父親就把我帶在身邊，讓我到第三車間焊接炸彈的導火管。

我們三個人一起工作：我、奧列格和瓦紐什卡，他們都比我大兩歲。我們收集導火管，而亞可夫（他的名字深深刻在我的記憶裡）是一位出色的師傅，他的焊接技術非常棒。為了能搆到老虎鉗，我們要爬到箱子上，把導火管的接線盒夾住，用絞盤和絲錐把導火管內部的螺絲按要求分類。這工作我們幹得很熟練也很快，接下來就更簡單了：把保險絲裝進箱子裡。等裝滿了，再搬回原來的位置。箱子裝得很滿，分量很重，真的，大約有五十公斤，不過我們兩個人就能搬動。我們儘量不去打擾亞可夫，他做的是最精細的工作，是責任最重大的工作——焊接！

最令人不舒服的是電焊的弧光，雖然我們儘量避開藍色的電焊光，但是在十二個小時內總會不由自主地瞄一眼，眼睛就被這亮光刺痛得就像進了沙子一樣。你怎麼揉也不管用。不知是否因為這樣，或是電焊供電的發電機單調的轟鳴聲，又或者是單純的疲憊，有時候我們會睏得特別厲害。尤其是在深夜，很想睡覺，真的很想睡覺！

如果被亞可夫看到，只要有點可能，他就會讓我們去休息片刻，他命令道：「齊步走，到電

＊烏茲別克首府，位於烏茲別克東部。

焊條廠房！」

其實不用他說，整個工廠裡再沒有比那個角落更舒服、更溫暖的地方了。我們在那裡用熱風來烘乾電焊條。我們倒在溫暖的木地板上，瞬間就睡死了過去。等過了十五分鐘，亞可夫就會走進來，把我們叫醒。

有一次，我自己醒來，比他來叫我們要醒得早一些。我看見亞可夫看著我們，拖延著時間，正在用袖子擦著眼淚。

牠吊在繩子上，就像個小孩

柳巴·亞歷山德羅維奇，當時十一歲。
現在是工人。

我不想，不想再說出「戰爭」這個字眼了。

戰火很快就燒到我們這裡。七月九日，才過了幾個星期，我記得，當時為了爭奪我們的地區中心塞諾市展開了激戰。出現了許多難民，多到沒有地方安置，房子不夠用。比如說我們家，就安置了六個帶著孩子的家庭。每一家都是這樣。

首先湧進來是一波波的人潮，然後是疏散的牲畜。這我記得清清楚楚，因為場面太可怕，那麼多恐怖的畫面。離我們最近的車站是柏格丹車站，現在還有這個車站，位於奧爾沙和列佩里之間。往這裡，往這個方向疏散的牛羊，不僅是來自我們的農委，還有整個維捷布斯克州。夏天天氣炎熱，大群的牲畜：奶牛、山羊、豬、小牛和馬群是分開驅趕過來的。那些驅趕牲口的人，簡直累壞了，對他們來說，牲畜怎樣都無所謂了。

飢餓的奶牛衝進了院子，要是不把牠們趕走，會一直衝到台階上。路上會給牠們擠奶……還有豬，牠們忍受不了炎熱和漫長的路途，走著走著就倒在地上。因為天氣太熱，這些死屍很快就發脹，簡直太嚇人了，我甚至晚上都不敢走出家門。到處躺著死去的馬、羊、牛，人們來不及掩埋牠們的屍體，每天都因為炎熱而腐爛膨脹……不斷脹大……像是被吹得鼓鼓的。

農民知道養大一頭牛需要付出多少心血，需要多長時間。他們看著動物死去而落淚，就像死去的是親人。這不是草木，倒下了不發一聲，這是活物，牠們叫喚著，呻吟著，痛苦地死去。

我記得爺爺說過的話：「唉，這些無辜的牲畜，牠們為什麼要死？牠們甚至不會說些什麼。」爺爺在我們家是最有學問的，他經常在晚上讀書。

我的大姊戰前在區黨委工作，她被留下來做地下工作。她從地區黨委圖書館帶回許多書、畫像、紅五星，我們把這些東西埋在園子裡的蘋果樹下。還有她的黨證。我們是趁深夜挖坑掩埋的，但我有一種感覺，紅色，鮮紅的顏色，埋在地下也會被看見。

德國人是怎麼到來的，我已經記不清了。我只記得，他們早就在這裡，驅趕著整個村子的人。他們用機槍在前面押解著，訊問：「游擊隊員在哪裡，去過誰家？」大家都不說話。於是，他們就找出三分之一的人，帶走槍決了。一共槍殺了六個人：兩個男人、兩個婦女和兩個少年。然後，他們就走了。

當天晚上下了大雪，新年快到了。在這場新雪下面躺著被槍打死的人，沒有人幫他們下葬，沒有人幫他們釘好棺材。男人躲到了森林裡，老婦人點燃木頭，想讓結凍的土地化開些，好挖掘墳墓。她們用鐵鍬在結凍的土地上敲打了很久……

很快德國人又回來了，才過了幾天。他們召集起所有的孩子，一共有十三個人，讓孩子走在隊伍的前面，因為他們害怕游擊隊的地雷。我們走在前面，他們跟在我們後面。有需要的話，譬如他們安營或打水的時候，會先讓我們下到井裡去。就這樣我們走了十五公里，男孩子不是太害怕，女孩則邊走邊哭。敵人跟在我們後面，坐在車上。你不能跑，我記得，我們是光著腳走路的，而那時春天才剛到來。戰爭最初的那些日子……

我想忘記，想忘記這一切……

德國鬼子一家一家地搜查，把那些有孩子參加游擊隊的家庭集合起來，砍掉了他們的腦袋；而我們被命令：「你們看著。」有一家一個人也沒被找到，於是他們逮住了那家的貓，吊死了。牠吊在繩子上，就像個小孩。

我想忘記這一切……

現在你們就是我的孩子

尼娜·舒恩托，當時六歲。
現在是廚師。

哎呀！心立刻就疼起來了……

戰爭前我們跟爸爸一起生活，媽媽死了。爸爸上前線後，我們就跟著姨媽。我們的姨媽住在列別里斯基地區的紮多雷村。爸爸剛把我們送到她家不久，她的眼睛就不小心戳到樹枝，眼睛被刺穿了，血液受到感染，沒幾天就過世了。她是我們唯一的姨媽，結果只剩下了我和弟弟，而弟弟年紀還很小。我們一起去尋找游擊隊，不知為什麼我們就是覺得爸爸會在那裡。我們必須找個地方過夜，我記得有一次狂風暴雨，我們躲在一個草垛裡過夜，我們扒開乾草，挖了一個坑，藏到了裡面。像我們這樣的孩子，當時很多，大家都在尋找自己的父母。即便他們知道父母已經被打死了，仍然會告訴我們，他們在尋找爸爸和媽媽，或是在尋找自己的親人。

走啊，走啊，我們到了一個村子，有一戶人家開著窗戶。透過窗子可以看見，有烙好的馬鈴薯餡餅。我們走上前，弟弟聞到了餡餅的香味，腿軟倒在了地上。我走進這戶人家，想幫弟弟要一塊餡餅吃，因為他餓得都站不起來了。我拉不動他，力氣不夠。房子裡沒有半個人，我忍不住撕了一塊餅。我們坐著等主人回來，我們不想吃完就溜走。主人回來了，她一個人住，她沒放我們走，她說：「現在你們就是我的孩子。」

她剛說完這句話，我和弟弟就在桌子旁睡著了。我們住得很好，我們有了家。

可是，很快的，這個村子也被燒毀了。所有人都被燒死了，包括我們的新阿姨，而我們倖存了下來，因為一大清早我們就去採果子了。我們坐在小山丘上，看到了大火，於是一切再明白不過了。我們不知道何去何從，怎樣才能再找到一個阿姨？我們只喜歡這個阿姨。我們甚至已經商量好，要叫這個阿姨媽媽。她這麼善良，總是在晚上親吻我們。

游擊隊員收留了我們，我們坐上飛機去了前線。

戰爭給我留下了什麼？我只知道沒有人是陌生人，因為我和弟弟就是在陌生人之中成長的，陌生人救了我們。對我們來說，他們怎麼能算陌生人呢？所有人都是自己的親人。雖然經常失望，但我還是懷著這樣的感情生活著。和平時代的生活，又是另一回事。

我們親吻了她們的手

大衛・戈里德貝格，當時十四歲。
現在是音樂人。

我們正準備過節。

那天是「塔里卡」少年先鋒隊夏令營的隆重開營儀式，我們等待邊防戰士來做客，一大清早我們就去了森林採集野花；還有節日壁報，入口的拱門也裝飾得非常漂亮。選擇的地點非常好，天氣也非常棒。我們正開心地過暑假，以至於飛機轟隆隆的引擎聲都沒有讓我們多加提防，它們一早就開始響起，但我們依然快樂地走來走去。

突然，一個命令下來，要我們全體集合，排成一字橫隊，然後聆聽宣布：早晨當我們還在睡覺時，希特勒入侵了我們的國家。在我的印象中，一提起戰爭，我想的是哈勒欣河事件*，這場戰爭發生在距離我們很遠的地方，而且很快就結束了。我們的軍隊是戰無不勝、堅不可摧的，我從來沒懷疑過，我們擁有最好的坦克和飛機，學校是跟我們這麼說的，家人也這樣講。男孩子都信心滿滿，而許多女孩子卻都嚇哭了。那些年紀大點的男孩，就去安撫她們，特別是那些小女孩。入夜後，會給十四、五歲的孩子發小口徑的步槍。真是太棒了！我們覺得非常自豪，束緊腰帶，挺直了腰板。夏令營裡有四支步槍，我們三個人一組站崗，守護著夏令營。這事讓我非常喜歡，我背著步槍走進森林，想考驗一下自己是不是會害怕？我不想表現得像個膽小鬼。

我們等了好幾天，等家人來接我們，但是誰也沒有等到。我們就自己走到了布霍維奇車站，在車站等了很久。值班員說，從明斯克再也不會有火車來了，聯絡中斷了。突然有個孩子跑過來，叫喊著說來了一列拉著重要物資的貨車。我們站到鐵軌上，先是揮動手臂，後來摘下了紅領巾，揮動著紅領巾，好讓火車停下來。列車員看到了我們，向我們打手勢，意思是他不能停下火車，不然就開不走了。「如果可以的話，讓孩子到月台上去！」他喊著。月台上坐著一些人，他們也叫喊著：「救救孩子！救救孩子！」

火車這才放慢速度，從車上伸出受傷的手臂，抓住了孩子。這列火車把所有人都拉上車了，這是從明斯克發來的最後一列火車。

走了很久很久，火車走得很慢，可以清楚地看見路基上躺滿了死屍，排列得很整齊，就像枕木一樣。留在記憶裡的，是我們如何遭遇轟炸，我們如何發出刺耳的尖叫，炸彈碎片也在尖叫。婦女們來到車站給我們送吃的，她們不知從哪裡聽說了，火車上載著的都是孩子，我們親吻著她

＊哈勒欣河戰役發生於一九三九年五月至九月，蘇聯與蒙古軍隊在哈勒欣河下游與入侵的日軍交戰，最後日軍慘敗求和。

們的手。有個小男孩和我們坐在一起，他的母親被打死了。車站上一位女士看到了他，從頭上拿下頭巾，給了他當包巾。

不說了！夠了！我太激動了，我不能太激動。心臟疼得厲害。如果您不知道，那我跟您說：「戰爭期間那些孩子，那些最早失去父親的人，都到前線打仗去了。年紀比那些當兵的還小，還要小一些……」

我已經埋葬了多少朋友啊！

我用小女孩的眼睛看著他們

濟娜・古爾斯卡婭，當時七歲。
現在是研磨工人。

我用小女孩的一雙眼睛看著他們，一個農村小女孩的眼睛，睜得大大的眼睛。

那麼近距離地看見了第一個德國人，高高的個子、藍色的眼睛。我非常驚訝：「這麼漂亮的一個人，卻在殺人。」也許，這是我印象最深刻的，也是我對戰爭最初的印象。

我們一起生活，有媽媽、姊姊、弟弟和一隻母雞。家裡就剩下了這隻母雞，牠和我們住在屋子裡，和我們一起睡覺，還和我們一起躲避轟炸。牠習慣了跟在我們後面，就像條小狗。我們不管肚子有多餓，還是保住了這隻母雞。大家都餓壞了，過冬的時候，母親把羊皮袍子和所有皮鞭都煮了，聞起來散發著肉香。弟弟還在吃奶，媽媽幫他用開水煮雞蛋，把雞蛋湯當牛奶餵他喝。於是，他不再哭鬧，也沒有死掉。

每天都躲不開死亡，殺人，殺馬，殺狗……整個戰爭期間，我們那裡所有的馬都被殺光了，所有的狗也被殺光了。真的，只有貓倖免於難。

白天德國人來了：「大媽，給個雞蛋。大媽，給點醃肉。」不給，他們就開槍。深夜，游擊隊員來了，大冬天的，他們要想辦法在森林裡活下去。他們摸黑敲打著窗戶，有時是友善地拿走東西，有時會動用武力……他們也把我們家的奶牛牽走了。媽媽大哭，游擊隊員們也哭。他們不說話，什麼都不說。

媽媽和奶奶一起去田裡耕地，先是媽媽戴上牛軛，而奶奶扶著犁走在後面。然後，她們兩個交換位置，另一個人又變成了馬。我希望快些長大，我覺得媽媽和奶奶很可憐。

戰爭結束後，整個村子就只剩下一條狗（從別處跑來的），還有一隻母雞。我們不吃雞蛋，我們想攢起來，讓它們孵小雞。

我上學了。我從牆上撕下一塊壁紙，當成我的練習本，用瓶子的軟木塞代替橡皮擦。秋天的時候，紅甜菜成熟了，我們非常高興，因為煮甜菜的水可以當成墨水。這種湯放上一兩天，就會變成黑色的。我終於有了可以寫字的墨水了。

我還記得，媽媽和我都喜歡平針刺繡，而且一定要使用鮮豔的顏色。我不喜歡黑色的線。

直到現在，我還是不喜歡黑色……

我們的媽媽沒有笑過

濟瑪・莫爾濟奇，當時十二歲。
現在是無線電設備操作員。

我們家有三姊妹——列瑪、瑪雅和濟瑪。列瑪，意思是「電氣化與和平」；瑪雅，意思是「五一國際勞動節」；而濟瑪的意思是「青年共產國際主義者」。是父親給我們取了這樣的名字，他是共產黨員，很早就入了黨，他也這樣教育我們。我們家裡有許多藏書，還有不少列寧和史達林的肖像。戰爭開打後，我們把它們都藏到了地窖，我只給自己留下了一本儒勒・凡爾納*的《格蘭特船長的兒女》，那是我最喜歡的一本書。整個戰爭期間我都在讀，一讀再讀。

媽媽時常到明斯克郊外的村子裡，用頭巾去換些食物。她有兩雙很好的鞋子。她還把自己唯一的一條中國綢裙子也拿去換吃的。我和瑪雅坐在家裡等著媽媽，我們儘量回想一些快樂的事，比如說在戰爭之前我們跑去湖邊玩耍、游泳或曬太陽，還有在學校的娛樂晚會上跳舞。那條

---

*儒勒・凡爾納（Jules Gabriel Verne，一八二八～一九〇五），法國小說家、博物學家，代表作品有《格蘭特船長的兒女》、《海底兩萬里》及《地心探險記》等小說。

通往學校的林蔭道是多麼長啊！媽媽在院子裡的石頭上生火煮櫻桃果醬，散發出香甜的味道⋯⋯這一切都變得好遙遠，但又那麼美好。有人告訴我們列瑪的事，她是我們的大姊。戰爭期間，我們都以為她犧牲了。自從六月二十三日她去工廠上班後，就再也沒有回家。

戰爭接近尾聲時，媽媽到處寄信查詢，尋找列瑪。在通信處的一張桌子旁，永遠都擠滿了人，大家都在尋找親人。我一次次地往那裡帶去媽媽的信，但沒有給我們的回信，一次都沒有。每逢休息日，媽媽會坐在窗口，等著郵遞員送信。可是他總是走過我們家，從來沒停下來過。

有一天，媽媽下班回家時，鄰居來到我們家，她對媽媽說：「我們來跳舞慶祝一下吧。」她把手藏在背後，拿著什麼東西。媽媽猜到了，那是一封信。她沒有跳舞，一下子就坐到了凳子上，站不起來，一句話都說不出來。

就這樣，大姊找到了，她被疏散到了後方。媽媽開始會笑了。整個戰爭期間，在沒有找到大姊以前，我們的媽媽沒有笑過。

我不習慣自己的名字

列娜・克拉夫琴科，當時七歲。
現在是會計。

以前我當然對死亡一無所知，沒有人來得及向我解釋，我就看到了它……當機關槍從飛機上向下掃射時，我覺得所有的子彈都會向我飛來，向我的方向掃射過來。我請求：「媽咪，躺到我的身上吧。」她就用自己的身體把我蓋住，那樣的話，我就什麼也看不到，什麼也聽不見了。

最可怕的事是失去媽媽。我看見一個被打死的年輕女人，小孩還在吸吮著她的乳房，一分鐘前她被打死了。孩子甚至沒有哭，而我就坐在旁邊。

千萬不要讓我失去媽媽……媽媽總是把我抱在懷裡，撫摸著我的頭說：「一切都會好起來的。一切都會好起來的。」

我們坐上了一輛車子，所有孩子的頭上都被套上了水桶。我不聽媽媽的話……然後，我記得——我們被驅趕著排成一列縱隊……他們從我身邊抓走媽媽，我拉住她的手，扯著她的裙子，這條裙子本來是不應該在戰爭期間穿的。這是她最漂亮的一條裙子，最漂亮的。我不放手，一直哭叫著，法西斯份子先是用步槍打我，當我倒在地上後，他們又用穿著皮靴的腳踢我。一個陌生的女人把我拉開了，我和她坐進了一個車廂裡，車子開走了。去哪裡呢？她叫我「阿涅奇卡」，我心想我不叫這個名字，我記得我有另外一個名字，但我忘記是什麼了，因為太恐懼、太害怕了，他們抓走了我的媽媽。我們這是去哪兒呢？我好像從大人的談話中聽明白了，這是要把我們載到德國去。我還記得當時自己的想法：「為什麼德國人需要我這樣的小女孩呢？我去他們那裡能做什麼？」天色變黑之後，那些女人把我叫到了車門口，直接把我推了出去：「快跑！說不定，你會得救的。」

我滾落到一個溝裡，在那裡睡著了。天氣很冷，我做了一個夢，夢見媽媽把我抱到一個溫暖的地方，說著溫柔的話。我一輩子都在做這樣的夢……

戰爭結束後，過了二十五年，我只找到我的一個姨媽。她叫出了我的真實姓名，我久久都不能習慣。

我沒有應聲回答……

他的軍便服濕漉漉的

瓦麗婭．馬丘什科娃，當時五歲。
現在是工程師。

您可能會覺得驚訝！我本來想回憶些好笑的事、快樂的事。我一向喜歡笑，我不想哭。唉！我怎麼開始哭了……

爸爸帶著我去產房看望媽媽，他對我說，我們很快就會有一個小男孩了。我便想像，將來會有一個什麼樣子的弟弟呢？我問爸爸：「他是什麼樣子的呢？」他回答：「小小的。」

突然，我和爸爸站在一個高高的地方，窗子裡冒出了濃煙。爸爸抱著我，我請求他回去拿我的兒童包。我很任性。爸爸沒有說一句話，只是緊緊地抱著我，抱得這麼緊，我都感覺呼吸困難了。很快的，爸爸就不在了，我和一個陌生婦人走在街上。我們沿著一條繩子往前走，繩子上拴的全是戰俘。天氣很熱，他們想喝水，但我的口袋裡只有兩塊糖。我把糖扔到繩子那邊。它們是打哪來的，這些糖塊？我已經不記得了。有人扔麵包、黃瓜……護衛隊開槍，我們就跑……

這一切我都記得，清楚地記得那些細節。

然後，我記得我到了兒童收容所，四周圍著鐵絲網。德國士兵和德國狼狗看守著我們。那裡有的孩子還不會走路，在地上爬。他們餓壞了，就舔地面的泥土吃，他們很快就死掉了。伙食非常差，給我們的麵包吃了舌頭會發麻，甚至都不能說話了。我們只想吃東西，才剛吃了早飯，就想：「午飯會有什麼呢？」吃著午飯，又會想：「晚飯會給點什麼呢？」我們從鐵絲網下鑽出去，溜到城市裡，目標只有一個：餿水桶。如果能找到一點鯡魚皮或是馬鈴薯皮，就會高興死了。我們都是生著吞下去的。

我還記得，有天在餿水桶旁邊被一個叔叔抓住了。我非常害怕：「好心的叔叔，我再也不敢了。」

他問：「你是誰家的孩子？」

「誰家的都不是。我是從兒童收容所出來的。」

他把我帶回家，給我吃東西。他家裡只有馬鈴薯。煮好後我吃了整整一鍋。

我們從兒童收容所被轉送到了保育院，保育院在醫學院的對面，那裡曾經是德國軍醫院。我記得有低低的窗口、沉甸甸的護窗板，入夜時會關得很嚴實。

保育院的伙食要好一些，我長胖了。有位婦人很喜歡我，她在那裡打掃房間。她同情所有的孩子，對我更是特別好。有人來給我們抽血時，所有的孩子都會躲起來。「醫生來了。」她把我藏在一個角落裡。她一直重複著一句話，說我像她的女兒。藏在床底下的其他孩子被拉了出來，他們哄騙那些孩子，有時給一塊麵包，有時給一件玩具。我記得有過一顆紅色的皮球……

醫生走了，我回到房間。我還記得有個小男孩躺在床上，他的手從床上垂下來，紅色的血沿著他的手臂流了下來。其他孩子都在哭……過了兩三周，又換了另一批孩子。其中一些不知道被送到哪裡，他們蒼白又虛弱，然後又運來了另一批，養胖了的。

德國醫生認為，不滿五歲的孩童血具有神奇的療效，能幫助傷患迅速恢復健康。這是我後來才知道的，當然是後來才知道的……

但是當時，我好想得到漂亮的玩具，那顆紅色的皮球。

德國人逃離明斯克時——他們撤退了，那位救過我的婦人，把我們帶到門口，她說：「有親人的，就去找吧。沒有親人的，就隨便到一個村子，那裡的人會幫你們的。」

我也走了，後來住在一個老奶奶家裡。我不記得她姓什麼，也忘了村子的名稱。我只記得，她的女兒被抓走了，剩下我們兩個人，一老一小。一星期就只有一塊麵包吃。

我們的戰士來到村裡，我是最後一個知道的。當時我生病了。一聽到這個好消息，我趕忙爬起來，跑到學校。我看到第一個士兵，一下就撲到他的身上。我記得，他的軍便裝濕漉漉的。

人們擁抱他，親吻他，都哭了。

彷彿她救出來的是他的女兒

蓋妮婭·札沃伊涅爾，當時七歲。
現在是無線電設備操作工人。

在那些日子裡，我的記憶中保留最多的是什麼？

父親被抓走了，他穿著棉背心，面孔我已不記得，已經完全從我的記憶中消失。我記得他的雙手，他們用繩子把他的雙手捆了起來。爸爸的雙手……但是我太害怕了，以至於是什麼樣的人抓走了他，我也不記得了。他們有好幾個人……

媽媽沒有哭，一整天她都站在窗子旁。

父親被抓走後，我們被趕到隔離區居住，生活在鐵絲網裡。我們的房子在路邊，每天院子裡都會飛落下一些棍子。在我們的柵欄門口，我看見一個法西斯份子，一隊人被押著去槍斃的時候，他用這些棍子抽打他們。棍子斷了，他就扔到他們的背上，飛落到我們的院子裡。我想把他看得清楚些，不光是背影。有一次我看清了：他個頭矮小、禿頂，他累得哼哼出聲，大聲地喘著氣。我有些失落，他竟然是這麼一個普通的人。

我們在房間裡找到了被打死的奶奶，我們把她埋了，我們那個開朗又有智慧的奶奶。她熱愛德國音樂，熱愛德國文學。

媽媽拿了東西去換食物，而隔離區裡開始了大洗劫。我們通常會躲到地窖裡，但這次我們爬到了頂層閣樓。閣樓的一面已經完全損壞了，沒想到卻救了我們。德國人走進我們家，用槍托敲打著天花板。他們沒有爬上閣樓，因為它太破舊了，這次他們往地窖裡投下了幾顆手榴彈。

大洗劫持續了三天，這三天我們都躲在閣樓裡，但媽媽沒跟我們一起。我們惦記著她。大洗劫結束後，我們站在大門口，等著。媽媽是否還活著？突然從大門旁邊看見了我們以前的鄰居，他直接走過去，沒有停下腳步，但我們聽見他說：「你們的媽媽還活著。」媽媽回來時，我們三個還站著，看著她，誰也沒有哭，眼淚都沒了，出現了某種少有的平靜，甚至我們都沒有感覺到肚子餓。

我們和媽媽站在鐵絲網附近，一個漂亮的女人從旁邊走過。她在鐵絲網的另一側，在我們旁邊停下時，她對媽媽說：「我真同情你們。」媽媽回答：「如果您覺得孩子可憐，請帶走我的一個女兒吧。」「好。」女人想了想說。其他事情，她們兩人壓低了聲音商量著。

第二天，媽媽把我帶到隔離區大門口：「蓋妮婭，你用娃娃車推著布娃娃去找瑪露霞姨媽。」瑪露霞姨媽是我們的鄰居。

我還記得，當時我穿的衣服：藍色短上衣，點綴著白色絨球的高領毛線衫。很漂亮，像過節一樣。

媽媽拉著我走向隔離區的大門口，而我緊緊貼著她。她推著我，眼淚止不住地流。我還記得，我是怎麼走出去的……我記得，大門在哪裡，哪裡有守門的崗哨。

我推著娃娃車，到了媽媽叫我去的地方，有人給我換上了皮大衣，讓我坐到馬車上。我們坐車走了多久，我就哭了多久，邊哭邊說：「媽媽，您去哪兒，我就跟您到哪兒。媽媽，您在哪裡……」

我被帶進了一個村子，放在一條長長的凳子上。我來的這個家庭，有四個孩子，現在他們又領養了我。我想，所有人都應該記住這位女士的名字，是她救了我。她叫奧林匹婭．波日阿里夫斯卡婭，住在沃羅任斯基地區的蓋涅維奇村。我在這個家裡住了多長時間，恐懼就持續了多長。我們隨時都可能會被打死，全家人一起，包括那四個孩子……只因為他們偷偷收留了一個猶太孩子，從隔離區出來的猶太孩子——我是他們的死神。這得要多大的勇氣，多偉大的心靈，超越了所有人類的品格。只要德國人一出現，他們就把我打發到別處去。森林就在附近，森林救了我們。奧林匹婭特別疼我，像對待親生子女一樣。如果她給自己的孩子什麼東西，也會給我一份，如果她親吻其他孩子，也不會漏了我，安撫孩子也一樣。我叫她「媽姆」。我的媽媽不知道在哪裡，但這裡有媽姆。

坦克車開進村子裡時，我去放牛了，看到坦克車後，我就藏了起來。我不相信，那些坦克是我們自己人的，直到看清了上面的紅星，於是我出來走到了路上。從第一輛坦克下來一名軍人，他抱著我把我高高地舉起來。這時奧林匹婭跑了過來，她是如此幸福、如此美麗，真想跟她一起分享這些美好的事物，她們也為戰爭的勝利做出了貢獻。她告訴大家，她是如何把我救出來，一個猶太小女孩……這個軍人把我緊緊抱住，我是那麼瘦小，他也擁抱了奧林匹婭。他擁抱她的神情，彷彿她救的是他的女兒。他說，他的家人都死了，戰爭就要結束了，等他回家時會帶我去莫斯科。而我說什麼也不同意，儘管我當時還不知道我媽媽是不是還活著。

別人也都跑了過來，他們擁抱了我。所有人都說，他們早猜到奧林匹婭把我藏在農莊裡。

後來媽媽來接我。她走進院子，雙膝跪在了奧林匹婭和她孩子的面前……

大家把我抱在懷裡，從頭到腳地拍打我

瓦洛佳·阿姆皮羅果夫，當時十歲。
現在是鉗工。

戰爭爆發時，我十歲，正好十歲。這可惡的戰爭！

我和其他男孩正在院子裡玩「救命棒」的遊戲。開來了一輛大汽車，從裡面跳出幾個德國士兵，他們抓住我們，把我們扔到粗帆布篷的車廂裡，運到了火車站，汽車屁股朝後倒退到火車車廂前，他們像扔麻袋一樣，把我們扔到了車廂裡，丟到了麥稈上。

車廂裡擠滿了人，起初我們只能站著。沒有成年人，清一色的兒童和少年。車門緊閉著，火車走了兩天兩夜，我們什麼也看不到，只聽到車輪撞擊鐵軌的聲音。白天還有光線從車廂的縫隙裡透進來，晚上非常可怕，所有孩子都哭了：這是要把我們拉到遙遠的地方，而我們的父母都還不知道我們在哪裡。第三天，車廂的門打開了，一個士兵往車廂裡丟進一些黑麵包。離車門近的，來得及搶到麵包，瞬間就吞吃下去。我在離門最遠的一頭，沒看到麵包，只覺得那一刻聞到了麵包的香味，當時我還聽到有人喊叫：「麵包！」但我只聞到了麵包味。

我已經不記得我們在路上走了多少個晝夜，只記得快要無法呼吸了。因為車廂裡又是大便，又是小便……還遭遇到轟炸……我們車廂的車頂被炸飛了。我不是一個人，還有我的夥伴格利沙，他和我一樣也是十歲，戰爭前我們在同一個班裡上學。從轟炸的第一分鐘起，為了不走散，我們兩人就緊拉著手。當車頂炸飛後，我們決定從車廂上面逃跑，逃跑！我們已經明白了，這是要把我們運送到西邊，運送到德國去。

森林裡漆黑一片，我們觀察著：列車著火了，熊熊大火，火苗竄得很高。我們走了整整一個晚上，接近早晨時，我們好像走到了一個村子的前面，但是村子已經沒了，在原來是房子的地方（這是我第一次看到這樣的景象），都是黑色的爐子。霧氣瀰漫，我們走著，像是走在墓地裡，走在黑色的墓碑中間。我們想找些能吃的東西，但爐灶都空空的，冷冰冰的。我們繼續往前走。到傍晚時，我們又到了一片被燒毀的地方，只有空空蕩蕩的火爐子。走啊，走啊……格利沙突然倒在地上死了，他的心臟停止了跳動。整個晚上我坐在他的身邊，等待黎明到來。早晨，我用手刨了一個沙坑，把格利沙埋了。我想記住這個地方，但是怎麼能記得住呢，周圍的一切都是這麼陌生。

我繼續走著，餓得頭暈目眩。突然，我聽到一聲叫喊：「站住！小男孩，往哪兒去？」我問：「你們是什麼人？」他們回答：「我們，是自己人，游擊隊員。」我從他們的口中得知，我已經到了維捷布斯克州，遇到的是阿列克謝耶夫斯基游擊隊。

等我稍稍恢復體力後，就請求他們讓我參加戰鬥。大家都用開玩笑的態度回應我，他們讓我到炊事班幫忙打雜。但後來發生了一件這樣的事，一次意外。我們三次派偵察員去車站，但都沒有回來。三次之後，隊長召集大家，他說：「我不能再下命令派第四個人去偵察了。有志願者要去嗎？」

我站在第二排，聽見有人問：「有誰自願的？」就像在學校一樣，我把手舉了起來。但是我的棉襖太長了，袖子拖到了地上。我舉起手，但他們都看不到，只有袖子舉著，但沒有看到手從袖子裡伸出來。

指揮官說：「志願者，請向前走一步。」

我向前跨出一步。

「你這小子……」指揮官對我說，「你這小子……」

他給了我一個小袋子、一頂破舊的護耳皮帽，其中一邊護耳已經斷了。

我剛剛走到大道上，總覺得後面有人在跟蹤我。我回過頭，一個人也沒有。這時候，我注意到路口有三棵茂密的松樹，小心翼翼地望了一眼，發現上面坐著德國狙擊手。從森林裡走出來的任何人，都逃脫不了他們的視線。但從林子邊冒出來的這個背著袋子的小男孩，他們沒有理會。

等我回到隊伍時，立刻向指揮官報告，說松樹上坐著德國狙擊手。深夜的時候，我們沒花一槍一彈就活捉了他們，押了回來。這是我的第一次偵察任務。

一九四三年末，在別申科維奇地區的老切爾內什金村，我被德國的黨衛軍抓住了，他們用步槍抽打我，用釘了馬蹄鐵的皮靴踢我，皮鞋硬如鐵石。刑訊之後，他們又把我拖到大街上，在我全身上下澆冷水。那時是大冬天，我被包裹在一層鮮血淋漓的冰殼子裡。沒想到的是，我還聽得見外面的敲擊聲。他們立起了絞刑架，把我抬起來，綁到了木頭上，我看到了絞刑架。最後的情景是什麼，我所記住的是樹木的新鮮氣息，一種活生生的氣息……

皮帶綳緊了，但很快就被割斷……游擊隊員早已埋伏在附近。當我恢復知覺，我認出了我們的醫生。「如果再晚兩秒鐘，你就完蛋了，我都來不及救你了。」他說，「你真走運，小子，你還活著。」

大家把我抱在懷裡送回部隊，從頭到腳地拍打我。我渾身疼得厲害，心想：「我還能不能長大了呢？」

為什麼我這麼小？

薩沙・斯特列里佐夫，當時四歲。
現在是飛行員。

父親甚至都沒有看過我。

我出生時，他已經不在人世了。他經歷過兩次戰爭，和芬蘭的戰爭結束後，剛回到家，又開始了衛國戰爭*。他第二次離開了家。

印象中還留下一些對媽媽的記憶，我們一起步行去了森林，她教我：「你不要走得太急，聽，樹葉在掉落，森林在喧嘩……」我和她坐在路旁，她用小樹枝在沙地上給我畫小鳥。

我還記得，我想長成大個子，就問媽媽：「爸爸個子高嗎？」

媽媽回答：「他個子非常高大，模樣英俊，但他從來不驕傲。」

「那為什麼我個子這麼小啊？」

我正要開始成長，家裡沒有留下一張父親的照片，我需要證明，我長得像他。

「你長得像爸爸，非常像。」母親安慰我說。

一九四五年，我們聽說，父親犧牲了。媽媽太愛他，所以瘋了，誰都認不得，甚至連我也不認得了。後來，我只記得，是姥姥一個人陪伴著我。姥姥名字叫舒拉，為了不讓人們弄混，我和她商量好：我叫舒利克，她就叫薩沙外婆。

薩沙外婆沒有講過童話故事，她從清晨忙到深夜，洗衣服、掃地、煮飯、漂白，她還放牛。過節的時候，她喜歡回憶我出生時的樣子。我跟你說，現在我耳邊還經常回響著外婆的聲音：「那是一個暖和的日子。伊戈納特爺爺家的母牛生小牛了，大家都溜進了老雅基姆舒克家的花園裡。然後，你就來到了人世……」

農舍的上空一直有飛機盤旋著，我們的飛機。上二年級的時候，我下定決心要成為飛行員。外婆去了兵役委員會。人們向她要證明，她沒有我的證明，但是她隨身帶去了父親的陣亡通知書。回到家後，她說：「我們刨些馬鈴薯，然後坐車去明斯克蘇沃羅夫學校。」上路前，她不知從誰家借了些麵粉，烙了些餡餅。政委讓我坐到他的汽車上，說：「你受到這樣的待遇，都是因為你父親獲得的榮譽。」

我長這麼大第一次坐汽車。

過了幾個月，外婆來到學校，還給我帶來了禮物——一顆蘋果。她對我說：「吃吧。」

但是，我不想立刻就和她給我的禮物說再見……

＊此指發生於一九四一至一九四五年的蘇聯反抗納粹德國及其歐洲盟國侵略而進行的戰爭，即第二次世界大戰。

人的氣味會把牠們吸引過來

娜佳・薩維茨卡婭，當時十二歲。
現在是工人。

我們等待當兵的哥哥從軍隊回來。他寫了信給我們，說六月會回家。我們都在想，等哥哥回來，要給他蓋一間新房子。父親已經用馬車拉回了木頭，傍晚的時候，我們就坐在那堆木頭上。我記得，媽媽對父親說，房子要蓋得大大的，他們會有很多孫子。

戰爭開打了，當然，哥哥不能從軍隊回來了。我們家總共有五個女生，只有一個男生，那就是我的哥哥，孩子中最年長的。整個戰爭期間，媽媽每天都在哭；整個戰爭期間，我們都在等著哥哥回來。我清清楚楚地記得，我們每天都在等著他。

我們要是聽見哪裡有押送我軍戰俘的消息，就趕快跑去看。媽媽烙好十張餅，就往那裡趕過去了。有一次，我們實在沒什麼可以帶的，看到田野裡長著成熟的黑麥，就揪下了麥穗，在手裡搓出麥粒。結果，被德國人逮住了，他們在巡邏，看守莊稼。他們弄撒了我們的麥粒，教訓我們：「站住，我們要開槍了！」我們都哭了，媽媽親吻著他們的靴子，他們騎在馬上，很高很高，她抓住他們的靴子，親吻著，哀求著：「老爺！求你們了……老爺，這都是我的孩子。你們看看，她們都是女孩啊。」他們沒有朝我們開槍，騎著馬走掉了。

等他們一離開，我就開始大笑。我笑啊笑，十分鐘過去了，我還在笑；二十分鐘過去了，我還在笑。我笑得倒在地上。媽媽罵我，不管用，媽媽拜託我，也不管用。我們走了多遠，我就笑了多久。回到家，我還在笑。頭埋進枕頭裡，無法平靜下來——還在笑。一整天我就這樣笑著。大家都覺得我……呃，你們懂的。大家都很害怕，很擔心我精神出了毛病，怕我瘋了。

直到今天，我還落下了這個毛病：一受到驚嚇，就會開始大笑，笑聲很大很大。

一九四四年，我們被解放了，當時我們收到了一封信，信上說哥哥犧牲了。媽媽哭啊哭，哭瞎了眼睛。我們住在村外的德軍掩蔽部裡，因為整個村子都燒毀了，我們的老房子和建新房的木頭都燒光光了。家裡一件完好的東西也沒有留下，我們在森林裡撿到了一個鋼盔，就用它煮飯。德國人的頭盔很大，就像鐵鑄的一樣結實。我們在森林裡生活，採野果和蘑菇時非常危險。德國人留下了很多狼狗，牠們見了人就撲上來，還咬死過小孩。牠們都是用人肉、人血訓練出來的，只要一聞到新鮮的氣味，牠們就……如果我們去森林裡，會湊一群人，二十多個；母親還教我們，在森林裡要邊走邊叫，把狗嚇跑。在漿果沒有裝滿一籃子之前，我們就這樣叫喊著，嗓子都啞了，咽喉都腫了。

然而，那些大狗，像狼一樣。人類的氣味會把牠們吸引過來。

為什麼他們要朝臉上開槍？媽媽這麼漂亮

瓦洛佳・科爾舒克，當時七歲。
現在是教授，歷史學全博士。

那時候我們住在布列斯特市，在最靠近邊境的地方。

那天晚上，我們三個人去看電影：媽媽、爸爸和我。我們三個人很少有機會一起外出，因為父親總是忙個不停。他在州國民教育局工作，經常得出差。

戰爭來臨前的最後一個黃昏，最後一個夜晚。凌晨媽媽就把我叫醒了，只聽見四周一片轟鳴聲、撞擊聲、汽笛聲。天色還很早，我記得，窗外還是漆黑一團。父母忙亂一通，收拾皮箱。

我們有自己的房子，有個大花園。父親不知去了哪裡，我和媽媽看著窗外：花園裡站滿了不明身分的軍人，用斷斷續續的俄語交談著，他們穿的是我們的軍服。媽媽說，這是搞破壞活動的敵人特工。我無論如何也想不通，在我們的花園裡，小桌子上還放著昨晚喝茶的茶炊，突然，眼前就冒出了敵人的特工！我們的邊防戰士去哪裡了？

我們步行離開了城市。我眼看著前面一棟石頭房子頃刻間散了架，從窗子裡飛出一部電話機。街道中間扔著一張床，上面躺著一個死去的女孩，用被子蓋著。好像這張床是從哪裡搬來的，擺放到了這裡，一切都是完好的，僅僅是被子稍微燒毀了一些。到了郊外就是黑麥田，飛機用機槍掃射我們，所有人都不敢沿著道路走，都跑到了麥田裡。

我們進了森林裡，才比較沒那麼害怕。我看到一輛接著一輛的大汽車從森林裡開出來。這是德國士兵，他們大聲說笑，陌生的語言傳過來，裡頭包含許多近似俄語的顫音。

父母一直問著彼此：「我們的軍人在哪兒？我們的軍隊在哪兒？」我自己在心中想像著，布瓊尼騎在軍馬上突然出現，嚇得德國敵人屁滾尿流地逃跑了。全世界都沒有能跟我們的騎兵軍旗鼓相當的——前不久，父親還驕傲地對我這樣說。

我們走了很久。深夜時來到了一個村子，人們給了我們一些吃的，讓我們烤火暖暖身子。許多人都認識父親，父親也認識許多人。我們走進了一戶人家，至今我還記得住在這座房子裡的老師，他的名字叫帕烏克*。他們有兩棟房子，新的和舊的並排著。他們建議我們留下來，給我們一間房子住，但是父親拒絕了。主人把我們送到一條大道上，媽媽打算給他些錢，但他搖著頭說：「在這麼艱難的時刻，友誼是無法用金錢買的。」我記住了他的話。

就這樣，我們到達了烏茲德市，父親出生的地方。我們住到了姆羅奇基村的爺爺家。

在這裡，我第一次看到了游擊隊員，那時是冬天。從那時起，他們給我留下的印象就是穿著

---

*「蜘蛛」的意思。

白色偽裝服的人。父親很快就跟著他們去了森林，剩下我和媽媽住在爺爺家裡。

媽媽不知在縫製什麼，不對，她坐在一張大桌子前，用繡花架子繡著什麼，而我坐在火炕上。德國人帶著村長進了我們屋子，村長指了指我的媽媽：「就是她。」他們命令媽媽站起來。當時我嚇傻了。他們把媽媽帶到院子裡，她叫喚我，想和我道別，而我則縮在長條凳下，他們沒有把我拽出來。

他們把媽媽和另外兩個女人押到一起，那兩個人的丈夫也參加了游擊隊，就這樣被帶走了。把她們帶到哪裡去了？往哪個方向走的？誰也不清楚。第二天，在離村子不遠的地方，她們被人發現了，三個人躺在雪地上，大雪下了整整一夜。我還記得些什麼呢？人們把媽媽拉回來。怎麼會這樣，為什麼他們要朝著臉開槍呢？媽媽的臉頰上有幾個黑色的槍眼兒。我一直問爺爺：「為什麼他們要朝臉上開槍呢？我的媽媽這麼漂亮……」其他人把媽媽埋了，爺爺、奶奶和我跟在棺材後面。大家都很害怕，他們都趁著晚上摸黑來跟媽媽道別。整個夜裡，我們家的大門都沒有關上。到了白天，就只剩下我們一家三口。我不明白，他們為什麼要殺死我的媽媽，她什麼壞事都沒有做。她就坐在那裡，繡著花……

有一天深夜，爸爸回來了，他說要把我帶在身邊。我很幸運。在游擊隊裡最初的生活，跟在爺爺家幾乎沒有什麼分別。父親去執行任務，就把我留在一個村子裡的某戶人家。就這樣，我還記得一位女主人，我曾經在她家住過一次，人們用雪橇把她被打死的丈夫拉了回來。她用頭撞著桌子，桌子上放著棺材，她嘴裡一直重複著：「暴徒。」

很久很久沒有看到父親，我盼望著他，心想：「我沒有了媽媽，奶奶和爺爺在很遠的地方，我這麼小，如果爸爸也被用雪橇拉回來，我一個人要怎麼辦？」等待爸爸回來，像是過了一個世紀。我等著他的時候，對自己許諾，再見到他，我只稱呼他「您」。我用這樣的方式強調，我有多麼愛他，有多麼想他，我只有他一個親人了。很明顯，父親剛開始沒有發覺我是怎麼稱呼他的，後來他問我：「為什麼你稱呼我要用『您』？」我向他坦承自己許下了什麼諾言，為什麼要這樣做。他跟我解釋：「你也是我唯一的兒子，所以我們應該互相稱呼『你』。我們是世上最親近的人。」我請求他，我們再也不要分開了。「你已經長大了，你是男子漢了。」他對我說。

父親的愛讓我銘記在心。敵人是怎樣瘋狂掃射我們的……我們躺在四月冰冷的地上，草還沒有長出來。父親找到了一個坑，對我說：「躺到下面，我在上面，如果我被打死了，你還能活下來。」在游擊隊裡，大家都很疼愛我。我記得，一位上了年紀的游擊隊員走近我，摘下我的帽子，久久地撫摸著我的頭，對父親說：「我也有個這麼大的孩子，現在不知在哪裡亂跑呢。」我們穿越沼澤地的時候，水有齊腰深。父親試著想抱著我渡過，但很快就累了。於是，游擊隊員就輪流把我抱在手上，這令我永遠難忘。我不會忘記，當他們找到一些酸模，全都讓給我吃；而他們自己卻餓著肚子睡覺。

我到了戈梅里斯基保育院，他們用飛機把我和另外幾個游擊隊員的孩子一起送到了這裡。當時城市剛剛解放，有人從父親那裡給我帶了些錢，一張很大很紅的鈔票。我和其他男孩去了集市，把這些錢全用來買了糖果，買了很多，足夠大家吃。保育員阿姨問我：「你父親給你的錢你是怎麼花的？」我承認都買了糖果。「全都花掉了？」她很驚訝。

明斯克解放了……有個陌生的男人來接我，他對我說，要帶我去找父親。坐上火車很困難，男人上了火車坐下來後，有人把我從車窗送進去給他。

我和父親重逢了，我再次請求他，我們永遠永遠都不要再分開了，因為一個人太難熬。我記得，他不是一個人來接我的，還有一位新媽媽。她抱著我的頭貼近自己，而我也很想得到母親的溫暖，對於她摩娑我的頭，心下非常喜歡，我趴在她的肩膀上，立刻就在車上睡著了。

十歲的時候，我上了一年級。那時我已經很大了，會讀書了，過了半年就跳到了二年級。但我只會讀，不會寫。老師把我叫到黑板前，叫我寫字母「y」。我站在那裡，害怕地想字母「y」應該怎麼寫呢。但是當時我已經會射擊了，我的射擊水準很不錯。

有一天，我找不到父親的手槍，翻遍了整個櫃子，還是沒有。

「怎麼回事?你現在做什麼工作?」我問爸爸，他剛剛下班回到家。

「我在教育孩子。」他回答。

我覺得非常失望，心裡想著，工作，只能是拿著槍打仗……

你求我，讓我開槍打死你

瓦夏・巴依卡喬夫，當時十二歲。
現在是培訓技師。

我常常會回想起這些事，童年最後的時光。

放寒假時，我們全校都參加了軍事競賽。在此之前，我們學習了列隊，使用木製的步槍操練，縫製了白色的偽裝服和衛生員穿的白大褂。從軍營派來的教官是坐著「玉米機」*來的，讓我們感到非常驚喜！

六月，德國人的飛機已經在我們的頭頂上盤旋，空降下來一些密探。他們都是年輕的小夥子，穿著灰格子上衣，戴著鴨舌帽。我們和大人一起抓住了不少這樣的人，交給了村委會。我們為自己能參加軍事行動而自豪，這讓我們聯想到寒假的軍事競賽。但是很快就發生了一些事，見到的德國人不再是穿著灰格子上衣、戴著鴨舌帽，而是一身綠軍裝，捲著袖口，腳穿長統靴，釘著馬蹄鐵，脊背上是沉甸甸的背囊，腰間是長長的防毒罐，斜挎著步槍。他們一個個都長得肥壯

* 蘇聯衛國戰爭期間使用的一種輕型夜襲低飛的教練機。

高大，唱著喊著：「茨瓦依馬拿特，莫斯科完蛋。」父親解釋說：「茨瓦依馬拿特，就是兩個月的意思。」總共用兩個月？總共？這種戰爭完全不像我們不久前玩過的，我非常喜歡的那種軍事競賽。

起初，德國人沒有駐紮在我們馬列維奇村，他們去了日羅賓車站。我的父親在那裡工作，但他已經不再去車站上班了，他在等待我們的戰士打回來，把德國人趕回邊境。我們都相信父親，也在等待我們的部隊，等了一天又一天。可是，我們的士兵躺下了，躺得到處都是：道路上，森林裡，水溝中，田野間……在郊外……泥炭坑中，躺滿了他們的屍體，和自己的步槍並排躺著，以及自己的手榴彈。天氣炎熱，他們的屍體因高溫而膨脹，變得一天比一天胖大。一整個軍隊。沒有人去埋葬他們。

父親套好馬車，我們去了田野。我們收集那些死屍，挖掘好墳坑，一個坑裡放進去十個人十二個人，我的書包裡裝滿了他們的證件。我記住了地址，他們都是來自古比雪夫州，烏里揚諾夫斯克市。

過了幾天，我在村子外面找到了死去的父親和我最要好的朋友，十四歲的瓦夏．舍夫佐夫。我是和爺爺一起去那個地方……轟炸開始了，我把瓦夏埋了，但沒有來得及掩埋父親。轟炸過後，我們已經什麼也找不到了，沒有一點痕跡。我們在那塊地方插上了一個十字架，只能這樣了。一個十字架，下面埋的是一件父親過節時穿過的西服。

過了一周，已經無法再收集士兵的屍體了，他們已經抬不起來了，從軍便服向外滲出了水。我們把他們的步槍收集起來，還有士兵的證件。

又一次轟炸中，爺爺也被炸死了。

往後該怎麼生活？沒有了父親該怎麼活？沒有了爺爺該怎麼活？媽媽一直哭，一直哭。這些武器怎麼辦？我們把收集來的武器都埋在了一個可靠的地方，要把它們交給誰呢？沒有人可以商量。媽媽一直在哭。

冬天，我們跟地下工作者取得了聯繫。他們為我們的禮物而高興，武器轉交給了游擊隊。

過了一段時間，有多長，我已記不清了……或許，大約四個月吧。我記得，在那一天，我在去年種的馬鈴薯地裡刨凍了的馬鈴薯。回到家，全身濕淋淋的，肚子非常餓，我拎回了滿滿一桶的馬鈴薯。我剛剛脫下鞋子，脫下濕答答的樹皮鞋，就聽到地窖頂上有聲音，當時我們都住在地窖裡。有人問：「波依卡喬夫在這裡嗎？」我剛剛探出地窖口，一隊人就圍了上來。因為匆忙我沒來得及戴護耳帽，戴的是布瓊尼式軍帽，因此馬上就遭到了一頓皮鞭抽打。

地窖旁站著三匹馬，騎在上面的是德國人和偽警察*。一個偽警察下馬，用繩子套住我的脖子，再拴到馬鞍上。母親急忙求情：「讓我再給他吃點東西吧。」她爬回地窖，去拿凍馬鈴薯做

*背叛祖國、替納粹德國侵略者效力的蘇聯警察。

成的馬鈴薯餅，可他們催動馬匹，小跑著就走了。拉著我就這樣跑了五公里，到了微笑雷村＊。

在第一次審問時，法西斯軍官只提了些普通的問題：「你姓什麼，叫什麼名字，生日……父親和母親是誰？」負責翻譯的是一個年輕的偽警察。在審問結束時，他說：「現在你去收拾一下刑訊房，小心看好那裡的凳子。」他們給了我一桶水、一把樺樹枝、一塊抹布，命令我過去。

到了那裡，我看到了很恐怖的畫面：房間中央擺著一張寬寬的長板凳，上面綁著皮帶——三道皮帶，用來捆綁人犯的脖子、腰部和雙腳。角落裡是一堆粗粗的樺木棍子和盛滿了水的小桶子，水都是紅色的。地上淌滿了血窪兒，還有尿、糞便……

我一趟一趟提水進去。那塊抹布，儘管反覆沖洗，仍然是紅色的。

早晨，軍官叫我過去：「武器在哪裡？跟哪個地下工作者保持聯繫？接受了什麼任務？」問題一個接著一個拋過來。

我只是反覆回答說我什麼也不知道，我還小，我在田野裡收集的不是武器，是去挖結凍的馬鈴薯。

「把他押到地窖去。」軍官命令一個士兵。

他們把我丟進了灌了冷水的地窖裡。在此之前，他們還指給我看一個游擊隊員，剛剛才把他從裡面拖出來。他忍受不住嚴刑拷打，沉到了水底，現在他躺在外面。

我能感覺到水淹到了喉嚨，我的心臟劇烈跳動，血在血管裡流動，把我身體周圍的水都弄暖了。我很擔心，告訴自己千萬別失去知覺，千萬不要打盹，千萬不要沉到水底淹死。

下一次提審時，軍官用槍管對著我的耳朵，開了一槍，一塊地板劈啪斷裂了。他們是朝地上開的槍！他們用棍子敲擊我的頸椎，我倒下了。在我面前站著一個身材高大、壯實的傢伙，從他身上散發出火腿和熏人的酒氣。我感到一陣噁心，只能吐出一些酸水。我聽見他在叫嚷著：「立刻用舌頭舔乾淨，吐到地板上的東西，用舌頭，明白嗎？明白嗎，小赤佬？」

我躺在牢房裡不能入睡，疼痛令我失去了知覺。恍惚中覺得，我站在學生的隊伍裡，女老師柳波芙·伊萬諾夫娜說：「秋天你們就要升上五年級，現在我和大家先說聲再見，孩子們。一個夏天你們就會長大。瓦夏·巴依卡喬夫是最小的，到時會長成最大的。」柳波芙·伊萬諾夫娜微笑著說。

我又彷彿看到，和父親一起走在田野上，尋找著我們犧牲的戰士。父親走在前面，而我在一棵松樹下發現了一個人……不是一個人，而是肢體不全的人體。沒有了手，沒有了腳，但他還活著，他請求我：「把我打死吧，孩子。」

牢房裡，有一位老人躺在我的旁邊，他把我叫醒：「不要喊叫，孩子。」「我喊叫什麼了？」「你求我，讓我開槍把你打死。」

數十年過去了，我還在驚疑：「我，還活著嗎？」

---

* 微笑雷村是俄語 Весёлый（高興、快樂）的意譯。

我頭上連塊三角巾都沒有

娜佳．戈爾巴喬娃，當時七歲。
現在是電視工作者。

在戰爭期間讓我感興趣的是一些莫名其妙的事，直到現在我還會時常想起。但是對於父親怎麼去前線的，我卻不記得了。

大人保護著我們，不讓我們知道發生什麼事。那天一早，爸爸把我和妹妹送到幼兒園，就跟往常一樣。傍晚，我們當然會問父親怎麼不見了，但是媽媽安慰我們說：「他很快就會回來的，再過幾天。」

我記得一條大街上，有一輛又一輛的車子從上面開過，車廂裡裝滿了牛，擠滿了豬。在其中一輛車子上有個小男孩，他抱著一盆仙人掌，由於車子太顛簸，他從車廂這頭被顛到另一頭。我和妹妹覺得他非常可笑，在車廂裡顛來顛去的。那時，我們還都是小孩子……我們看到了田野，我們看到了蝴蝶，我們喜歡乘車出行。媽媽很疼愛我們，我們都躲在媽媽的「翅膀」底下。不管哪裡發生了不幸，只要和媽媽在一起，我們都會覺得沒事。她讓我們躲避炸彈，遠離眾人嚇人的交談，躲開所有不好的事情。如果我們能夠讀懂媽媽的表情，會從上面讀到一切。但是我已記不得她的臉龐了，我只記得一隻大蜻蜓，飛落到了妹妹的肩膀上，我大聲叫了起來：「飛機！」大人不知怎麼回事，都從馬車上站了起來，開始抬頭仰望天空。

我們坐車到了戈羅傑茨村的爺爺家。他有一個大家庭，我們住在夏季使用的廚房裡。別人稱呼我們是「避暑人」，就這樣一直到戰爭結束，才停止那麼叫。我不記得我們曾經玩耍過，戰爭開打的第一年，我們確實沒有玩過夏天的遊戲。最小的弟弟長大了一點，我們要抱著他，因為媽媽要翻地、播種、縫縫補補。我們被留在家裡，洗勺子盤子、擦地板、燒炕爐，為明天準備好木柴，往水缸裡儲水，我們提不動滿滿的一桶水，就半桶半桶地提。傍晚時，媽媽就會給我們分派好工作：你，負責收拾廚房，你，負責照看弟弟。每個人都有自己承擔的工作。

雖然我們都在餓肚子，但是我們還是收養了一隻貓，然後又加一條狗。牠們也都是家庭成員，我們有什麼吃的，都會分給牠們。如果食物不夠分給貓和狗吃，我們每個人會悄悄地從自己的那一份裡儘量給牠們藏下一小塊。貓被彈片炸死時，我們都非常傷心，甚至覺得沒有力氣挪動牠。我們哭了兩天，為牠出了殯，流著淚水把牠安葬了。我們豎起了一個十字架，在墓地上種了花，澆了水。

直到現在，當我一想起我們流下了多少淚水，我就不能養貓。女兒還小的時候，求我給她買一隻小狗，我沒敢答應她。

後來，在我們身上發生了一些事。我們不再害怕死亡。

一輛輛的德國大汽車開了過來，把大家從家裡頭趕了出來，讓他們站好，開始數人頭：「一，二，三……」媽媽是第九個，而第十個被槍斃了，是我們的鄰居。媽媽懷裡抱著小弟，他從媽媽的手裡掉到了地上。

我記住了那種氣味，如今當我看到電影中的法西斯份子，立刻就能聞到士兵的氣味——皮革的、優質呢料的、汗水的氣味。

那一天，妹妹照看著弟弟，而我在園子裡除草。我在馬鈴薯地裡彎著腰，別人看不到我，您知道，小孩子眼裡一切都顯得那麼大、那麼高。當我發現飛機後，它已經在我的頭頂上盤旋，我清清楚楚地看見了飛行員年輕的面孔。短促的自動步槍射擊聲——啪啪！啪啪！飛機第二次轉圈回來，他不想立刻打死我，他在拿我取樂。當時，連我這個小孩子都明白怎麼回事了，但我頭上連塊三角頭巾也沒有，沒什麼可以遮蔽。

唉，這都是些什麼事？該怎麼解釋呢？很有趣吧：這個飛行員不知是否還活著？他會回想起什麼嗎？

到了這樣生死交關的時刻，你會想是被子彈打死好呢，還是被嚇死好呢？剛躲過了一個不幸，下一個不幸還不知道藏伏在哪裡，其中也穿插著許多可笑的事。人們會相互打趣，相互開玩笑，誰在哪裡藏起來了，怎麼逃跑，子彈怎麼飛，但沒有被打中……這些我都記得清清楚楚。甚至我們這些小孩子，聚在一塊時也會相互取笑，誰嚇壞了，而誰很勇敢。笑與哭，是同時的。

我現在回想起戰爭年代，是想弄明白出了什麼事……不然，幹嘛要回憶呢？

我們家養了兩隻母雞，只要對牠們說：「安靜！德國人！」牠們立刻就不叫了。牠們會一聲不吭地和我們躲藏在床底下，沒有一隻發出聲音。因此，後來再看馬戲表演時，看到那些馴養的母雞，不管牠們多聽話，我都不會感到驚訝。我們家的母雞還能處變不驚地在床下的箱子裡下蛋——每天兩個。我們當時都覺得自己是那麼富足！

不管怎麼樣，新年時我們都要擺放聖誕樹。當然，日子是媽媽記得的，我們那時還是小孩子。我們從書上剪下彩圖，用紙做成小球，白的，黑的；還用舊毛線編成花帶。在這一天大家都特別高興，彼此微笑以對，代替禮物的，是我們放在新年樅樹下的紙條。

在自己的紙條上，我給媽媽寫道：「親愛的媽媽，我非常愛你，非常！非常！」我們互相贈送祝福的話語。

一年一年過去了，我讀了那麼多的書。對於戰爭，卻沒比當時多了解幾分。當時的我還是個孩子。

大街上沒有可以一起玩的小夥伴

瓦麗婭・尼基堅科，當時四歲。
現在是工程師。

所有一切都銘刻在童年的記憶裡，就如同相簿一樣，存著一張張相片……

媽媽對我說：「跑，跑啊！快跑，快跑啊！」她的雙手都拿著東西。可是我卻耍著性子：「我的腳好疼。」

三歲的弟弟口齒不清地推著我說：「快『飽』啊，德國人就要追上來了！」於是，我就不吭聲地跟著一起「飽」。

轟炸時，我把布娃娃藏了起來，布娃娃的手和腿沒有了。我哭叫著，讓媽媽給她包紮好……

有個人給媽媽帶來了一張紙。我已經知道，那是什麼——那是從莫斯科來的信。他們告訴外婆，我聽明白了，我們的舅舅參加了游擊隊。我們的鄰居住的是偽警察一家人。孩子都會這樣，喜歡在外頭誇耀自己的爸爸，他們家的男孩跟我們說：「我爸爸有槍……」

我也跟著炫耀：「舅舅給我們來了封信……」

偽警察家的那位媽媽聽到了，就找到了我媽媽警告：「如果我兒子再聽到你女兒的話，或者別人家的孩子轉告你女兒的話，那你們家就要倒大楣了。」

媽媽把我從街上叫回家，勸我：「女兒，別再說了，好嗎？」

「我要說！」

「不能再說。」

「他可以說，為什麼我不可以說？」

於是，媽媽從掃帚上抽出一根枝條，但她捨不得打我。她讓我站在牆角：「不要再說了，不然他們會打死媽媽的。」

「舅舅會坐著飛機從森林裡飛出來救你。」

後來，我窩在角落裡睡著了……

我們的房子著火了，大人把熟睡的我從裡頭抱了出來。大衣和鞋子都燒沒了。我就穿著媽媽的上衣，它長得垂到了地面。

我們住在地窖裡。有次我從地窖裡鑽出來，聞到了加了黃油的米粥清香。直到如今，對我來說，沒有什麼比加了黃油的米粥更美味的了。有人喊叫：「我們的軍隊來啦！」在瓦西麗薩大嬸——媽媽這樣叫她，孩子們稱呼她是「瓦霞奶奶」——住家的院落裡，搭起了行軍廚房。戰士給我們往飯盒裡盛粥，我清楚記得，用的是飯盒。我們沒有勺子，當時是怎麼喝粥，我不知道……

他們還給了我一杯牛奶，在戰爭期間，我都快忘記它的味道了。牛奶倒在碗裡，碗掉到了地上，打碎了。我立刻哭了起來。大家都以為，我是因為打碎碗才哭的，但我哭是因為牛奶灑了。它的味道那麼好，我擔心他們再也不會給我了。

戰爭結束後，疫病開始流行。所有人、所有孩子都生病了。生病的人比戰爭期間還要多。我弄不清楚，這是不是真的？

因為白喉，許多小孩子死了。我從鎖著的家裡跑出去，去參加鄰居一對雙胞胎男孩的葬禮，我和他們是好朋友。我穿著媽媽的上衣，光著腳，站在他們的小棺材旁邊。媽媽拽著我的手，把我扯了出來。她和外婆擔心我會染上白喉。我沒有，我只是咳嗽。

村子裡除了我，一個孩子也沒剩下。大街上沒有可以一起玩的小夥伴。

深夜我打開窗子，把紙條交給風

卓婭・瑪日阿羅娃，當時十二歲。
現在是郵局工作人員。

我看見了天使。

他顯現了，他來到了我的夢中，當時我們正被運送到德國去。坐在車廂裡，裡頭什麼也看不見，甚至一小塊天空也看不見。此時，他來了……

你不怕我嗎？不怕我說的這些嗎？我時而聽見某種聲音，時而看到天使……我現在就開始說吧，不是每個人都想聽這麼久。大家很少請我去做客，很少請我坐到節日的宴席上，甚至是鄰居。我說啊，可能是上了歲數吧？我不能停下來……

就讓我從一開始講起吧。戰爭的第一年，我和爸爸媽媽生活在一起。我收過莊稼，耕過地，割過草，也碾過麥穗，所有的收成都上繳給德國人：糧食、馬鈴薯、豌豆……秋天他們騎著馬來了。挨家挨戶搜查，把大家召集到一起，這叫什麼來著？我已經快忘記這個詞了：收租＊。我

＊德國占領初期，曾解散集體農莊，將土地分給民眾耕種，再向人民收租。

們的偽警察也跟在他們後面晃來晃去，大家都認識他們，是鄰村的。我們就是這樣生活的，可以說，都已經習慣了。他們對我們說，希特勒已經進攻到了莫斯科，進攻到了史達林格勒。

深更半夜的時候，游擊隊員來了。他們說的一切都正好相反：史達林無論如何都不會交出莫斯科，也不會交出史達林格勒。

我們呢，還是照常耕地、收割。休息日或節日的晚上，我們還辦舞會，在街上跳舞。一派和諧的景象。

我記得，這件事發生在復活節前的禮拜天。我們折了柳枝，去了教堂。大家聚集在街道上，等著拉手風琴的人到來。突然，來了一隊德國人，他們乘坐著一輛大敞篷汽車，牽著狼狗，包圍了我們，命令道：「快爬到車子裡去。」他們用槍托推搡著我們。有人哭，有人叫，等我們的父母趕來時，我們都已經坐到了車上，坐在粗帆布的車篷下。離我們村子不遠，就是火車站，我們被運送到了車站，那裡已經停靠著一列準備好的空車廂。偽警察想把我拽上車廂，但我掙扎著不走。他把我的辮子纏繞到自己的手上：「別叫，傻瓜。元首已經把你們從史達林的統治下解放了。」

「那把我們弄到外國去幹什麼？」在這之前，他們就慫恿我們去德國，許諾去那裡會過著幸福的生活。

「要你們幫德國人民戰勝布爾什維克。」

「我想要媽媽。」

「你會住上大瓦房，有巧克力糖果吃。」

「我要找媽媽……」

哎呀！如果一個人知道了自己的命運，估計他活不到隔天早晨。

我們被裝上車，運走了。我們走了很久，走了多久，我不知道。在我坐的車廂裡，都是我們維捷布斯克州的人，來自不同的村莊，全都是孩子，像我一般的年齡。別人問我：「你是怎麼被抓來的？」

「在舞會上。」

因為飢餓和恐懼，我失去了知覺。我躺著，閉著眼睛，也就是在那一刻，我第一次看到了天使，很小的天使，翅膀也是小小的，就像小鳥的翅膀。我看到他想救我。「他怎麼能救我呢？」我心想，「他是那麼小。」這是我第一次看見他。

我好渴，我們都被飢渴折磨著，一直想喝水。感覺整個身體都乾透了，甚至舌頭都伸到了外面，收不回去。白天，就這樣伸著舌頭，張著大嘴，到了晚上稍微感覺輕鬆些。

我會記一百年，一輩子都不會忘記。

在我們車廂的角落裡放著幾個小桶子，列車在行駛中，我們都往裡面小便。有個小女孩，她爬到了小桶子前，雙手抱住一個桶子就伏到上面開始喝。大口大口地喝，然後她就開始嘔吐，吐完了，又爬到小桶子前再喝。哎呀呀！如果一個人知道了自己接下來的命運……

我記住了馬德堡*，在那裡，我們都被剃光了頭，渾身塗滿了白色的藥水。據說這是為了預防疾病。這種溶液塗在身體上，皮膚像被燒灼一樣，身體就像被點燃了，脫了一層皮。不要啊！我不想活了，我已經誰也不心疼了，不論是自己，或是爸爸和媽媽。你抬起眼睛看看，他們就站在四周，牽著狼狗，狼狗的眼神太可怕了。狗從來不和人的眼睛對視，牠會移開視線，可是這些狼狗會盯著你，直視著我們的眼睛。我不想活了……和我一起來的，有個熟悉的小女孩，我不知道怎麼回事，她和媽媽都被抓來了。也許，媽媽追趕上她，爬上了車子……我不知道。

我會記一百年，一輩子都不會忘記。

這個小女孩站著一直哭，因為當我們被驅趕著去做疾病預防時，她和媽媽失散了。她的媽媽很年輕，是個漂亮的媽媽。我們當時一直都坐在黑漆漆的車廂裡，沒有人給我們打開車門，運貨的車廂沒有一扇窗子。她一路上都沒有看到自己的媽媽，整整一個月。她站著一直哭，有一個上了歲數的女人也被剃光了頭，向小女孩伸出手，想安慰她。但是她逃開這個女人，直到女人叫她：「女兒啊！」聽聲音她才猜出，這個女人就是她的媽媽。

哎呀！如果……如果一個人知道了……

大家都一直餓著肚子走來走去。我想不起來，到過哪裡，運往哪裡。名稱、地點……因為太餓了，能活著就像是在夢中……

我記得，我往彈藥工廠搬過什麼箱子。那裡一切都散發著火柴的氣味，還有煙味，沒有煙，但是散發著煙味。

我記得，在某個農場擠過牛奶，劈過柴，一天要工作十二個鐘頭。

我們吃的是馬鈴薯皮、蕪菁和加糖精的茶。我的搭檔會把我的茶搶過去，她是一個烏克蘭女孩，比我大，長得壯實些。她說：「我得活下去，只剩我媽媽一個人在家裡了。」

她在田間唱烏克蘭歌曲，非常好聽。

我一次……一個晚上也說不完。我來不及說完，我的心臟會承受不了。

這是哪裡？我不記得……但是我知道是在集中營。很顯然的，我已經被關進了布痕瓦爾德集中營†。

在那裡，我們從車上卸下屍體，把他們堆成垛，一層層地疊起來——一層死屍，一層塗了樹脂的枕木，一層，兩層……從早到晚，我們準備好了篝火堆。堆起的篝火，很顯然的，這是用死屍堆起的篝火。在死人中間偶爾還會有活著的，他們想對我們說點什麼，想說些什麼話。但是，

＊馬德堡（Magdeburg）位於易北河畔，德國重要的中世紀城市之一。二次大戰期間在炮火下幾乎全毀。

†布痕瓦爾德集中營（Konzentrationslager Buchenwald）是納粹在德國建立的最大一個勞動集中營，在一九四五年四月美軍到達前，總共有五萬六千人受害。

我們不能在他們身邊停留。

哎喲！人類的生活，我不知道，樹木、被人類馴服的那些動物，是否過得更輕鬆自在些。比那些牲畜，那些家禽……但我了解人類的一切。

我想死，我沒有什麼可以留戀的了。我已經準備好了，我四處找刀子。我的天使飛了過來，這已經不只一次了，我不記得，他用什麼樣的話語安慰我，但那些話語都很溫柔。他勸說了我很久，當我向別人說起自己的天使，他們都覺得我瘋了。身邊早已看不到熟悉的人了，四周都是陌生人，清一色的陌生人，誰也不想和別人結識，因為明天不是這個就是那個會死。為什麼要相識呢？但是有一次，我很喜歡一個小女孩，她叫瑪什卡，皮膚白白的，性格溫和。我和她交了一個月的朋友，集中營裡的一個月就是整個人生，就是永遠。她第一個走近我：「你有鉛筆嗎？」

「沒有。」

「那紙呢？」

「也沒有。你要這些幹嘛？」

「我知道，我快死了，我想給媽媽寫封信。」

在集中營裡這都是不該有的，無論是鉛筆或是紙。但是我們幫她找來了，所有人都喜歡她——這麼小，這麼安靜，嗓音也是輕輕的。

「你怎麼把信寄出去呢？」我問她。

「我深夜打開窗子，把紙條交給風……」

她可能八歲，或許十歲。怎麼能憑著一副骨架子就猜出年齡呢？在那裡，不是人在走來走去，而是骷髏。很快她就病倒了，不能起身，不能去工作。我請求她起來，第一天我甚至把她攙扶到了門前，她扶著門，不能再往前走了。她躺了兩天，到了第三天，就有人把她用擔架抬走了。集中營就一個出口，穿過煙囪，立刻就上了天。

我會記一百年。一輩子也忘不了。

深夜我和她聊天：「天使飛來找過你嗎？」我想向她講一講我的天使。

「沒有。但媽媽來看過我。她永遠穿著那件白色上衣，我記得她這件繡著藍色矢車菊的上衣。」

秋天，我活到了秋天。這是怎樣的奇蹟？我不知道。早晨，我們被驅趕著到田裡幹活。我們拔胡蘿蔔、砍包心菜，我喜歡做這種工作。我已經好久沒有到過田裡，好久沒看到過綠色的東西了。在集中營裡，因為黑煙，看不到天空，也看不到土地。煙囪高高地聳立，黑乎乎的，白天黑夜不停往外冒出濃煙。在田裡，我看到了一朵黃色的小花，我已經差不多快忘記它們是怎麼開花了。我撫摸了一下這朵小花，其他女人也都過來摸了一下。我們知道，我們焚化爐裡的骨灰是往這裡運送，每個人都有死去的親人在這裡。有的人是姊妹，有的人是媽媽，對我來說，是我的瑪什卡。

假如我知道，我能活下來，我該問一下她媽媽的地址。但是我沒有想到。

經歷了千百次死亡，我是怎麼活下來的？不知道，應該是我的天使救了我，他說服了我。他現在還會出現，他喜歡這樣的夜晚，月亮明晃晃地照耀著窗子。白花花的光芒……

你和我聊天不害怕嗎？聽我說話……

挖掘一下這裡吧！

瓦洛佳・巴爾蘇克，當時十二歲。
現在是白羅斯「斯巴達克」體育委員會主席。

我們全家人立刻就參加了游擊隊。全家人是指：爸爸、媽媽、我和哥哥。哥哥有了一支步槍，我非常羨慕，他教我練習射擊。有一次，哥哥去執行任務沒有回來，媽媽好長一段時間都無法相信他會犧牲。轉達到游擊隊的消息說，有一支游擊小隊被德國鬼子包圍了，他們為了不讓敵人抓住當俘虜，拉響了反坦克地雷。媽媽猜測，也許其中就有我哥哥亞歷山大。他沒有被派遣到這個游擊小隊，但他可能遇到過他們。她去找連隊的指導員，她說：「我覺得，犧牲的隊員裡面有我的兒子。請允許我去那裡看看。」

他們派了幾名戰士給媽媽，我們就出發了。這就是母親的心！士兵開始在一個角落裡挖掘，而媽媽指著另一個地方說：「請你們挖一下這裡吧。」

於是，戰士們開始在那裡挖掘，一下就找到了哥哥，他已經難以辨認了，全身漆黑。媽媽根據哥哥闌尾炎的縫合處，以及口袋裡的梳子認出了他。

我總是回憶起媽媽……

我記得，我第一次抽菸的事。她看到了，就喊父親：「你看看，我們的沃夫卡*在幹什麼！」

「幹什麼呢？」

「他在抽菸。」

父親走近我，看了看說：「讓他抽吧。戰爭結束後我們再說。」

在整個戰爭期間，我們都在回憶戰爭前我們是怎麼生活的。大家住在一起，幾家親屬共同住在一棟大房子裡。生活得和睦又愉快，列娜姨媽在發工資的日子會買回來許多甜點和乳酪，召集所有的孩子，讓他們分享美食。但是她也犧牲了，還有她的丈夫和兒子。我所有的叔叔舅舅都犧牲了……

戰爭結束了。我記得，我和媽媽走在街上，她提著馬鈴薯，這是她工作的工廠分給她的。一個德國戰俘從建築廢墟裡朝我們走過來，他說：「女士，請給我個馬鈴薯吃吧。」

媽媽說：「不給你。說不定，就是你打死了我兒子。」

德國人慌了神，嚇得一聲不吭。媽媽走開了，後來她又折返回來，掏出幾個馬鈴薯給了他：「拿去吃吧。」

現在輪到我吃驚了，這是怎麼回事？

冬天時，我們還有幾次踩在凍僵的德國鬼子的屍體上滑雪，城市郊外好長時間都還能找到他們的屍體。我們就像滑雪橇一樣，踩著他們的屍體，用腳踢這些死人，在他們身上跳來跳去。我們一直都憎恨著他們。

媽媽教育了我，這是戰爭後她給我上的愛的第一課。

＊瓦洛佳的暱稱。

我們把爺爺埋在了窗戶下面

瓦麗婭・維爾科，當時六歲。
現在是織布工。

我記得那個寒冷的冬天。在那個冬天，我們的爺爺被打死了。爺爺是在我們家的院子裡被打死的，就在那個大門口。後來，我們只能把他埋在自己家的窗戶下面。

他們不讓我們把爺爺埋葬到墓地裡，因為他打了一個德國人。偽警察站在籬笆門口，不放人進到我家來，既不讓親屬進來，也不許鄰居進來。媽媽和奶奶兩個人用不知什麼箱子做了一口棺材，她們自己把爺爺清洗乾淨，這種事應該由旁人來做，因為親人給死者擦洗身子是犯忌諱。我們的風俗就是這樣，我記得在家裡聽過這樣的說法。她們抬起棺材，到了大門口，偽警察喊了起來：「轉回去！要不然開槍打死你們！像埋狗一樣，就把他埋在自己家院子裡。」

就這樣連續三天，她們抬到大門口，又回來，被他們趕回來。

第三天，奶奶就在窗戶下開始挖坑，外面是攝氏零下四十度的嚴寒，奶奶一輩子都記得，那天氣溫降到了零下四十度。在這樣寒冷的天氣下葬非常困難。那個時候，也許我是七歲，也可能是八歲，我幫著她。媽媽哭著把我從坑裡拉了上來。

在那裡，在那個地方，埋葬爺爺的地方，長出一棵蘋果樹，代替十字架立在那裡。現在它已經是一棵長得很高的蘋果樹了。

即便是很小的孩子也沒有哭

列昂尼德・沙金科，當時十二歲。現在是畫家。

敵人是怎樣開槍打我們的……

敵人把我們一整個村子的人驅趕到隊長家的房子前。天氣溫暖，草也曬得暖和。有人站著，有人坐著，女人蒙著白色的頭巾，孩子光著腳丫。我們被趕到的這個地方，經常會舉辦一些節日的慶祝活動。大家唱歌，舉行收割儀式，那是收割完莊稼的慶祝儀式。那時也是這樣，有的人坐著，有的人站著。在這裡，還有過群眾集會。

現在，沒有人哭，沒有人說話。當時，這種情形讓我很驚訝。我從書裡讀到過，在臨近死亡之前，人會痛哭、叫喊——但我不記得有人掉過一滴淚，甚至一點點淚花都沒有。如今，當我回憶這些往事時，我開始思考：或許，在那一刻我聾了，才什麼都沒有聽到，不然為什麼會沒有人流淚叫喊呢？

孩子單獨圍攏成一群，雖然沒有人把我們跟成年人分開來。但不知為什麼，我們的母親都沒有把我們拉到自己身邊。為什麼？直到如今我也不明白。以往我們男孩子通常很少會跟小女孩交朋友，都這樣以為——對她們只能是揍一頓，或揪揪她們的小辮子。而此時，我們卻都緊緊擠在了一起。你知道嗎？甚至連家裡養的狗也不叫一聲。

在距離我們幾步遠的地方豎起了一挺機關槍，在它旁邊坐著兩個黨衛軍的士兵，他們平靜地不知在談著什麼，開著玩笑，甚至還笑了。

我清楚地記住了這些細節。

一個年輕軍官走了過來，翻譯官把他的話翻譯給我們聽：「軍官先生命令大家說出與游擊隊保持聯繫的人員名字，要是不說，就全部槍斃。」

眾人像以前那樣，還是繼續坐著或站著。

「給你們三分鐘時間，不說就統統槍斃。」翻譯官說，舉起了三根手指頭。

現在，我一直盯著他的手。

「還有兩分鐘，再不說就統統槍斃。」

我們大家挨得更緊了，有人說了些什麼，不是用語言，而是用手勢、眼神。比如我，清楚地感覺到，他們會打死我們，我們再也活不了了。

「最後一分鐘，你們就要完蛋了。」

我看見一個士兵拉開槍栓、上膛，端起了機槍。有的人距離兩公尺，有的人距離十公尺……站在人群最前面的，共有十四個人，德國人發給他們每人一支鐵鍬，命令他們挖坑。我們挨得更近了，看著他們挖坑。他們挖得很快、很快，塵土飛揚。我記得，坑很大很深，有一個大人的身高那麼深。就在房子前面，人們挖了幾個這樣的大坑。

每一次開槍，都打死了三個人。他們就站在大坑邊，直接開槍，倒入坑中。其他的人就這樣看著……我不記得，是父母和孩子告別，還是孩子和父母告別。一位母親掀起裙子的下襬，蒙住了女兒的眼睛。但是，即便是很小的孩子也沒有哭泣。

一共殺死了十四個人。他們開始埋坑，我們這些孩子在一旁站著，看著他們怎麼填土，怎麼用穿了靴子的腳去踩踏。他們還用鐵鍬在土堆上拍打了好一會兒，好讓它們漂亮一點，整齊一點。你知道嗎？他們甚至把邊角也切割整齊，清理乾淨了。其中一個上了年紀的德國人用手帕擦了擦額頭上的汗，就像是剛剛在田間幹活一樣。一隻小狗跑到了他的面前，誰也不知道牠是打哪來的，是誰家的小狗。他撫摸著牠……

過了二十天，才允許人們去挖出死者，運回家安葬。到了這時候，女人才叫喊了起來，整個村子都在哭，哭悼死去的人。

有許多次，我拿起畫筆。我想畫下這些，可是畫出的，卻是一些別的東西：村莊、花草……

我要幫自己縫一條連衣裙

波利婭・帕什凱維奇，當時四歲。
現在是裁縫師。

當年我四歲，從來都沒想過會發生戰爭。

我對戰爭的想像是這樣的：巨大的黑色森林，戰爭就發生在裡頭。戰爭是很可怕的東西。為什麼要發生在森林裡呢？因為在童話故事裡，最可怕的故事都是在森林裡面發生的。

很多大部隊經過我們的別雷尼奇村，當時我不明白，這是在撤退。他們把我們拋棄了。我記得，家裡來了許多軍人，他們把我抱在懷裡，都很喜歡我，想給我點東西吃，但他們什麼也沒有。早上當他們離開的時候，家裡的窗台上有他們留下來的許多子彈，還有扯斷的紅色絲帶、獎章，我拿了這些東西在玩，弄不明白這是些什麼玩具。

這些事是後來姨媽告訴我的。當德國人入城後，手裡有一份共產黨員的名單。黑名單上有我們的父親，還有住在我們對面的一個老師。他們有個兒子，我和他是好朋友，我們都叫他「小玩偶」。而他的名字大概叫伊戈爾，我現在想起來了。在我的記憶裡殘留下來的，不是名字，而是他的綽號——小玩偶。

敵人把我們的爸爸押走了，就在我眼前。媽媽在街上被開槍打死了，她倒在地上，大衣釦子開了，被染成了紅色，媽媽周圍的雪也都變成了紅色。

後來，很長一段時間我們都被關在一間不知什麼用途的破棚子裡。我們很害怕，又是哭又是喊叫。我還有個妹妹和一個弟弟，一個兩歲半，一個一歲，而我當時四歲，我是老大。我們儘管年紀很小，但已經熟悉了炮彈攻擊。我們知道這不是飛機扔下的炸彈，而是大炮射出來的炮彈。聽聲音，我們就能辨認出是我們的飛機，或是敵軍的飛機在飛，投下的炸彈離我們是遠或近。我們很害怕，非常害怕，把頭藏起來，看不見就不那麼害怕了。

接下來，我們坐在雪橇上，不知要去哪裡。我們姊弟三個，在一個村子裡有群女人把我們分開帶走了。弟弟很久都沒有人想領走，他哭著說：「誰要我啊？」我和妹妹嚇壞了，一旦分開，我們就再也不能在一起了。一直以來，我們都是生活在一起的。

有一次，一條德國狼犬差點把我吃掉。我當時坐在窗邊，街上過來幾個德國人，他們牽著兩條大狼犬。其中一條狼犬撲向了窗子，撞碎了玻璃。大人急忙把我從窗台上抱了下來，但我還是被嚇著了，從那天開始說話就結結巴巴，甚至到現在我都還會怕狗。

戰爭結束後，我們被送到了保育院，離公路不遠。德國戰俘很多，他們白天黑夜不停地走過這條公路。我們向他們丟擲土塊、石頭，押送人員會驅趕我們、罵我們。

保育院裡的孩子，都在等著父母接他們回家。只要出現陌生男人或陌生女人，所有的孩子都會跑過去，喊叫著：「我的爸爸……我的媽媽……」

「不是，他是我的爸爸！」

「不對，這是來接我的！」

我們非常羨慕被父母接走的孩子，他們不讓別人靠近自己的媽媽和爸爸：「不要碰，她是我的媽媽。」或是說：「不要碰，他是我的爸爸。」他們片刻都不放父母離開自己身邊，害怕會被別的孩子搶走，或者是擔心媽媽和爸爸又不知到哪裡去了。

保育院的孩子會和普通的孩子一起上學，那時，大家的生活都很艱苦，但是從家裡來上學的孩子，在他們的粗麻布書包裡，不是有一塊麵包，就是有一顆馬鈴薯；而我們這些保育院的孩子，什麼都沒有。我們穿一樣的衣服，年紀還小時，不覺得有什麼關係，但是當我們漸漸長大後，都覺得很苦惱。十二、三歲的女孩，都想要一件漂亮的連衣裙、一雙漂亮的便鞋，但我們所有人穿的都是皮鞋。男孩子這樣，女孩子也這樣。我們想要綁辮子的漂亮緞帶，也想要彩色鉛筆。我們想吃糖果，但只有在新年時才會有一小塊冰糖。老師給了我們很多黑麵包，我們吸吮著，就像吃糖一樣，我們覺得是那麼好吃。

我們有一個年輕的女老師，其他都是上了年紀的婦人，因此大家都非常喜歡她。她還沒到學校，我們就不上課。我們會坐在窗戶邊等著她：「她來了！來了……」她走進教室，我們每天都想要摸一下她，每天都想：「我要是有個這樣的媽媽，該有多好。」

我曾經幻想著等我長大了，上班了，我就幫自己買許多連衣裙，紅色的、綠色的、帶花點的、繫蝴蝶結的。尤其繫蝴蝶結的，是一定要的！七年級時，有人問我：「你想學什麼？」而我早就想好了答案：裁縫。

我要幫自己縫製連衣裙。

他怎麼會死呢？今天又沒開槍

愛德華．沃羅什洛夫，當時十一歲。
現在是電視工作者。

我只會跟媽媽講戰爭的事，自己的媽媽，自己最親近的人。

當時，游擊隊還駐紮在我們村子裡，有一位老頭死了，正好我住在他家。埋葬他的時候，一個七歲的小男孩走過來問：「為什麼老爺爺躺在桌子上？」

大人回答他：「老爺爺死了。」

小男孩很驚訝：「他怎麼會死呢？今天又沒有開槍。」

小男孩只有七歲，可是他已經聽了兩年的槍聲了。人人都是在開槍的時候被打死的。

我記住了這些……

我要從游擊隊開始講起，但我不是一開始就遇上他們，一直要到戰爭第二年的年底。我和媽媽在戰爭爆發的一個星期前，坐車到了明斯克，她把我送到了明斯克郊外，去參加少年先鋒隊夏令營。

在夏令營我們唱歌，唱〈如果明天就是戰爭〉、〈三個坦克手〉、〈跨過平原，越過山岡〉。我父親非常喜歡最後一首歌，他經常哼唱。當時剛剛上映《格蘭特船長的兒女》，我很喜歡電影中的插曲〈愉快的風兒，請為我們歌唱〉。我經常伴隨著歌聲，起床去做早操。

那天早上沒有做體操，飛機在我們的頭頂上盤旋。我抬眼看見，從飛機上分離出許多黑點，我們當時還不知道那是炸彈。少年先鋒隊夏令營的旁邊就是鐵路，我沿著鐵路去明斯克。原因很簡單，離媽媽工作的醫學院不遠就是火車站，如果我沿著鐵軌走，就能找到媽媽。我叫上一個小男孩跟我一起上路，他家離火車站不遠，他比我要小很多，哭得很厲害，走得也很慢；而我喜歡徒步，我和父親曾經去過列寧格勒所有的城堡。當然，我向他發火了……最後我們總算走到了明斯克火車站，到了西大橋時，開始了連續不斷的大轟炸，我和他走散了。

媽媽沒在醫學院裡，她的同事戈魯博教授住得不遠，我找到了他的家。但裡面一個人也沒有，空蕩蕩的。許多年之後，我才知道發生了什麼事：敵機剛剛開始轟炸城市時，媽媽就搭上了一輛便車，沿著去拉托姆卡的公路接我。她到了那裡，看見的是被炸毀的夏令營營地。

人群離開了城市，四散奔逃。我覺得，到列寧格勒要比去莫斯科遠，我爸爸在列寧格勒，但他去了前線，我姑媽住在莫斯科，他們哪裡也不會去的。他們不會離開的，因為他們就住在莫斯科，住在我們的首都。沿途，我跟上了一位帶著小女孩的婦人。她是個陌生人，但她明白我一個人什麼也沒有，餓著肚子，就叫我過去：「來我們這兒吧，我們一起走。」

我記得，當時我是第一次吃洋蔥醃豬油＊。一開始我皺著眉頭，後來還是吃了下去。只要遇上轟炸，我都會留意這位女士和她的小女孩躲在哪裡。傍晚時，我們躲藏到一條溝裡，躺下休息。轟炸一刻都沒有停，女士回頭望了一眼，大叫一聲，我也起身向著她看的那個方向張望，我看見一架飛機貼著地面俯衝下來，伴隨著馬達聲，機翼下面噴出一條火舌；火舌掃過的道路上騰起一片塵土。我反射性地整個人栽到了溝底，機槍從我們的頭頂上掃射過去，飛機飛向了遠方。我抬起頭，看見這位女士躺在溝沿上，滿臉血跡斑斑。我嚇壞了，從溝裡跳起來，拔腿就跑。從那時起直至現在，有個問題始終在折磨著我：那個小女孩怎麼樣了？我再也沒有見過她。

我到了一個不知名的村落，街道上的大樹下躺著一些受傷的德國士兵。這是我第一次看到德國人。

村裡的人都被從家裡驅趕了出來，被迫去打水，德國衛生人員把大桶架在篝火上燒開水。早晨，他們把傷員抬上汽車，每輛車裡都會坐一兩個小孩。德國人發給我們水壺，要我們幫忙：給這個傷員弄濕毛巾，放到額頭上；給那個傷員濕潤一下嘴唇。有個傷員請求我：「瓦謝爾，瓦謝爾†……」我把水壺放到他的嘴唇邊，全身都在打哆嗦。到現在，我還是說不清當時的那種感受。厭惡？不是。仇恨？也不是。那是一種複雜的感覺。其中也夾雜著憐憫……人類的仇恨也需

＊醃豬油是俄羅斯的傳統食品，把生的豬板油用鹽醃漬一段時間後直接食用。

† 瓦謝爾即德語 wasser 的音譯，水的意思。

要一個形成過程，不是從一開始就有的。學校裡教育我們要善良，要友愛。唉，我的話題又跑遠了。當第一個德國人揍我的時候，我感到的不是疼痛，而是另一種感覺：他怎麼會打我呢？他有什麼權利打我？這讓我非常震驚。

我又回到了明斯克。

我和基姆交上了朋友，我們是在街上認識的。我問他：「你和誰住在一起？」

他回答：「沒人。」

後來我知道，他也和家人失散了，就建議道：「那我們一起生活吧。」

「好啊。」他很高興，因為他沒有地方住。

於是，我們住進了戈魯博教授丟下的房子裡。

有一次，我和基姆看見街上走著一個比我們大些的年輕人，手裡提著擦鞋的托架。我們認真聽了他的建議：需要什麼樣的箱子，怎麼製作鞋油。為了製作鞋油，需要弄到煤灰，而這種東西城裡到處都是，把它收集起來，和隨便哪種油脂拌一下就是鞋油了。一句話，這是一種散發著各種怪味的混合物，但必須是黑色的。如果把它均勻塗抹到皮鞋上，還會泛著油光。

有一次，一個德國人走到我跟前，抬起一隻腳放在箱子上，他的皮靴非常髒，黏在上面的泥土都有很長時間了，已經乾透了。我們早就領教過這樣子的皮鞋，為了先清理掉這些泥巴，我還專門配備了一把刮刀，先刮再刷鞋油。我拿起刮刀，剛清理了兩下，就惹得他很不高興。他抬腿踢倒了箱子，又朝我臉上踹了一腳……

我長這麼大，還沒有人打過我。孩子之間的打架不算數，在列寧格勒的學校裡，這是常有的事。但在這之前，大人沒有打過我一次。

基姆看著我的臉，叫著：「你別那樣看著他！不要啊！他會打死你的。」

那時候，我們第一次在街頭碰見了大衣上、西服上縫著黃布條的人。我們聽說了隔離區，大家提到這個詞的時候，都壓低了聲音……基姆是猶太小孩，他剃光了頭，我們都說他是韃靼人。後來他的頭髮長出來，捲曲的黑髮，誰還會相信他是韃靼人？我為朋友擔心，半夜醒來，看著他濃密的頭髮無法入睡，我想，我應該想個辦法，別讓他們把基姆抓到隔離區裡。

我們找來了一把推剪，我幫他理了光頭。天氣已經冷了，在冬天沒法擦鞋。我們又有了新的計畫。德國軍隊指揮部在城裡開辦了一家賓館，接待到達的軍官們。他們都隨身攜帶著大背包、大箱子，而車站到賓館的距離不近。我們不知怎麼奇蹟般地搞到了一輛大雪橇，守候在火車站。火車到站，我們把兩、三個人的行李搬到雪橇上，拉著它，穿過整個城市。我們服務換得的報酬有時是麵包，有時是香菸。把香菸拿到市集上，可以換到一切東西，隨便什麼食物都行。

基姆被抓走的那一天，深夜的火車誤點了，遲到了很長時間。我們兩個都快凍僵了，但已經宵禁了，不能離開車站。我們從車站大樓裡被趕了出來，在外面等候。火車終於到站了，我們往雪橇上裝滿行李，就拉著上路了。我們使勁拉著，皮帶勒得雙手生疼，他們還驅趕著我們：

「快，使力！使盡吃奶的力氣。」我們走不快，他們開始揍我們。

我們把東西搬進賓館，等著和他們結帳。一個傢伙命令我們：「滾！」還推了基姆一把，基姆頭上的帽子掉了下來。他們立刻喊了起來：「猶太人！」上前抓住了他。

過了幾天我才知道，基姆被關進了隔離區。我走到那裡，整天圍著隔離區轉來轉去，有幾次我隔著鐵絲網看到了他。我帶麵包、馬鈴薯、胡蘿蔔去給他，等崗哨轉過身去，走到角落，我就飛快地把東西扔進去。基姆就走上前，撿了起來。

我住的地方距隔離區有幾公里遠，但是每天深夜都能聽到從那裡傳來的叫喊聲，整個城市應該都能聽到。我被吵醒時會想：「基姆是不是還活著？我怎樣才能把他救出來？」在一次大整肅過後，我到了約定好的地方等他，那裡的人暗示我：基姆死了！

我很傷心，但還是抱著希望。

某天早晨，有人敲門。我從床上跳起來，第一個念頭就是：「基姆！」但不是他，叫醒我的是住在下面一層的一個小男孩，他說：「請你陪我到街上去好嗎？那裡躺著許多死人，幫我找找我的父親吧。」我和他走出家門，宵禁時間已經結束，但路上幾乎沒有行人。一場小雪染白了街道，雪蓋了薄薄一層，每隔十五或二十公尺，就躺著一些被槍殺的我方軍人。半夜他們被押解著穿過城市，那些落在隊伍後面的，德軍就衝著他們的後腦勺開槍。所有倒臥在街頭的軍人，都是臉朝下趴在地上。

小男孩沒有力氣翻轉死人，他害怕看到他的父親在裡面。當時我腦中浮現一個念頭：「為什麼面對死亡，我沒有一絲恐懼呢？」我早已習慣死亡了。我把那些死人翻了過來，讓小男孩查看每張臉孔。就這樣，我們走過了整條街道。

從那時起，我就再也沒有流過眼淚，甚至可能是最應該落淚的時候也沒有哭，我已經哭不出來了。整個戰爭期間，我就哭過那麼一次。因為我們游擊隊的護士娜塔莎犧牲了……她喜歡詩歌，我也喜歡；她喜歡玫瑰，我也喜歡，夏天時我還給她採了一大束野薔薇。

有一次，她問我：「戰爭前你念到了幾年級？」

「四年級。」

「等戰爭結束後，你會去上蘇沃洛夫軍校嗎？」

戰爭前，我非常喜歡父親的軍裝，也夢想著佩戴武器。但是我回答她：「不會，我不會去讀軍校。」

死去的她就躺在病房旁的松枝上，我坐在她身旁，哭泣。這是我看到死人後，第一次哭。

我和媽媽重逢了，當我們再見面時，她只是看著我，甚至沒有摸摸我，只是不停地重複著：「是你嗎？真的是你嗎？」

過了許多天，我們母子兩人才能夠互相講述戰爭期間的遭遇。

因為我們是小女孩，而他是小男孩

麗瑪・波茲尼亞科娃，當時六歲。
現在是工人。

當時我正在幼兒園裡玩著布娃娃。

有人叫我：「你爸爸來接你了。戰爭爆發了！」但是我哪裡都不想去，我只想玩，還哭鬧了起來。

戰爭，是什麼東西？它會殺死我嗎？會把爸爸打死嗎？當時我還聽到兩個陌生的字眼——難民。媽媽在我們的脖子上各拴了一只小袋子，裡面裝著我們的出生證明和寫有住家地址的小紙條。如果死了，好讓陌生人知道我們是什麼人。

我們走了很久很久，我們把爸爸弄丟了。我們都嚇壞了。媽媽說，敵人把爸爸抓進了集中營，我們要去那裡找爸爸。集中營是什麼地方呢？我們收拾東西，準備吃的，這算什麼食物啊？燒焦的蘋果。我們的房子著火了，園子也燒了，掛在樹上的蘋果都焦了，我們把它們摘下來吃。

集中營在德羅茲達，位於共青湖附近，現在已經屬於明斯克市了，但當時還是個小村子。我記得黑色的鐵絲網，人們也是全身黑色的，所有人的臉孔都很相似。我們沒有認出父親，而他認出了我們。他想摸一下我，但我不知道為什麼卻害怕地跑到了鐵絲網邊，扯著媽媽要回家。

爸爸什麼時候回家，怎麼回家的，我不記得了。我只知道，他在磨坊上班，媽媽讓我和妹妹托瑪去給他送午飯。托瑪個頭很小，我比她高一些，已經開始穿內衣了，戰爭前有過那種給孩童穿的內衣。媽媽給我們一個裝了食物的包袱，還往我的內衣放了一張紙條。紙條很小，是從學生的練習本上撕下來的，上面是她寫的字。媽媽帶我們到大門口，一邊哭一邊教我們：「除了爸爸，不要靠近任何人。」然後，她站在那裡，等著我們回來，直到看見我們好端端地回來為止。

我不記得當時是否害怕……既然媽媽要我們去，我們就去了。媽媽的話才是最重要的。但「害怕」它不聽媽媽的話，不想按她的要求去做。我們的媽媽很可愛，我甚至不能想像怎麼可以不聽媽媽的話呢。

天氣很冷，我們都爬到炕爐上，還有一件大皮襖，我們都鑽到了皮襖下面。為了燒熱爐子，我們甚至跑到車站去偷煤。我們跪著爬行，為了不讓站崗的人看到，就一路在地上爬，手指甲都要用力。為了弄回一小桶煤，我們把自己都變成清煙囪的人了，膝蓋、手掌、鼻子和額頭，都是黑乎乎的。

晚上大家躺在一起，誰也不想一個人睡。我們有四個兄弟姊妹：我、兩個妹妹，還有四歲的伯里斯——媽媽認的乾兒子。這是後來我們才知道的，伯里斯是女地下工作者列麗·列文斯卡婭的兒子，她是媽媽的朋友。當時媽媽跟我們說，有一個小男孩經常要一個人留在家裡，他非常害怕，也沒有吃的。她希望我們能夠接受他，喜歡他。我明白，這不是簡單的事，其他孩子可能不會喜歡他。但媽媽很聰明，不是她親自去把伯里斯帶回來，而是派我們去把他接回家：「就你們去吧，把這個小男孩帶回家來，和他好好相處。」於是，我們就去把他帶了回來。

伯里斯有很多美麗的圖畫書，他也把這些書一起帶上，我們幫他拿著。我們坐在炕爐上，他給我們講故事。就這樣，他讓我們喜歡上他，比親手足還親，因為他知道許多故事。我們在院子裡對所有人說：「你們不要欺負他。」

我們都是白皮膚，但伯里斯的膚色黝黑。他媽媽梳著又粗又黑的辮子，有一次來過我們家，送給我一面小鏡子。我把小鏡子藏起來，決定每天早晨起來都要照照鏡子，有一天我也會有那麼一條大辮子的。

我們在院子裡跑來跑去，孩子們大聲叫喊著：「誰家的伯里斯？」

「我們家的。」

「但為什麼你們那麼白，他那麼黑？」

「因為我們是小女孩，他是小男孩啊。」媽媽教我們要這樣回答。

實際上，我們早把伯里斯當成是我們家的人了，因為他媽媽和爸爸都被殺害了，有人想把他送到種族隔離區去。我們不知從哪裡聽到了這個消息，媽媽很害怕，希望他不要被認出來，不要被帶走。不論我們去哪裡，都會叫我們的媽媽為媽媽，但伯里斯叫的是阿姨。媽媽請求他說：

「請叫我媽媽。」然後給了他一塊麵包。

他拿著麵包，自己一個人走到一邊。「阿姨，謝謝。」他說。

他臉上的淚珠一直掉一直掉……

跟德國男孩玩，你就不是我兄弟

瓦夏・西卡廖夫——克尼亞澤夫，當時六歲。
現在是體育教練。

這是黎明時分……

射擊開始了，父親從床上跳了起來，跑到門口，剛打開門，就喊叫了一聲。我們以為他是被嚇壞了，但他倒在了地上，一枚子彈擊中了他。

媽媽抓起衣服披上，沒有點亮燈，因為射擊還在持續。父親不停呻吟著，翻轉著身子。從窗外透進微弱的光線，照在他的臉上。

「躺到地板上。」媽媽說。

突然，她抽抽噎噎地哭了起來。我們呼喊著跑到她身邊，我被父親的鮮血滑了一跤，摔倒在地。我聞到了鮮血的氣味，還有某種濃重的味道——父親的腸子被打斷了。

我記得一口長長的棺材，但父親的個頭並不高大。「為什麼給他用這麼大的棺材？」我心想。後來我想通了，父親的傷勢太重了，棺材大一點，他就不會那麼痛了。我也是這樣跟鄰居的小男孩解釋的。

過了一段時間，又是一個清晨，德國人闖進我家，抓住了我和媽媽。他們讓我們站在工廠前的廣場上，我們的父親戰前就在這個工廠上班（位於維捷布斯克州的斯莫羅夫卡村）。站在廣場上的，除了我們，還有兩個游擊隊員家庭，孩子比成年人還要多。我從媽媽那裡得知，這是一大家子：五個兄弟、五個姊妹，他們都參加了游擊隊。

他們開始打媽媽，整個村子的人都看著，包括我們這些孩子。有一個女人一直往下按著我的腦袋：「低下頭，閉上眼睛。」但我掙脫她的手，我看著……

村子後面有一片長著樹木的小山崗，德國人留下孩子，把大人帶去了那裡。我依偎著媽媽，而她推開我，叫喊著：「永別了，孩子！」我記得，當媽媽飛落土溝時，微風吹起了她的裙子。

我們的軍隊來了，我看見佩戴著肩章的軍官。我非常喜歡肩章，自己用樺樹皮做了一對，用煤炭畫上幾條橫槓。我把它們黏在自己的粗毛料上衣，這件衣服是姨媽幫我縫製的，我穿著一雙樹皮鞋，就這樣走到伊萬金大尉面前（我從姨媽那裡知道了他的姓氏），我說自己叫瓦夏．西卡廖夫，想跟他們一起去打德國鬼子。他們先是說笑取樂，一會兒後問姨媽我的父母在哪兒。得知我是孤兒後，士兵連夜為我用帳篷布縫製了一雙皮靴，改短了一件軍大衣，塞給了我一頂帽子、半個肩章。有人還特地幫我做了一條軍官才有的武裝帶。就這樣，我成了第二百零三排雷小分隊的孩子。我分派的任務是通信員，我做得非常賣力，但我既不會寫字，也不會讀。我媽媽還活著時，叔叔對我說：「去鐵路大橋那兒，數一數，那裡有多少德國人。」我怎麼數呢？他往我的衣服口袋裡塞了一把麥粒，每當我數一個敵人時，就把一顆麥粒從右邊口袋放到左邊口袋裡。回來後，叔叔再數這些麥粒。

「戰爭是戰爭，你應該要學會讀書寫字。」黨支部書記沙波什尼科夫對我說。

戰士們搜羅了一些紙，他親自為我做了一本練習本，在上面寫了乘法表和字母表。他教我學習，回答他的問題。他還弄來一個裝彈藥的空箱子，翻過來，說：「就在上面寫吧。」

在德國時，我們經常在一起的有三個小孩——瓦洛佳．波奇瓦德洛夫、維佳．巴里諾夫和我。瓦洛佳十四歲，維佳七歲，我當時是九歲。我們感情非常好，就像親兄弟一樣，因為我們都是沒有親人的孤兒。

但是有一次我看見，維佳和德國的小男孩一起玩「打仗」的遊戲，他還把自己一個帶五角星的船形帽給了其中一個德國小孩，我立刻衝他喊了起來：「你再也不是我的兄弟了！永遠也不會是我的兄弟了！」我掏出自己的戰利品手槍，命令他跟著我回去部隊駐地。在那裡，我把一個不知幹什麼用的貯藏間當作禁閉室，親自把維佳關了進去。他是列兵，我是下士，於是我覺得自己的軍銜比他高一些。

後來不知是誰把這件事告訴了伊萬金大尉，他把我叫過去問：「列兵維佳．巴里諾夫在哪兒？」

「列兵巴里諾夫關在禁閉室。」我如實報告。

大尉花了很長時間跟我解釋，他說你們都是好孩子，不管是俄羅斯或德國的孩子，誰都沒有錯，戰爭快結束了，你們要相互友好對待。

戰爭結束後，上級給我頒發了三枚獎章：一枚是獎勵抓捕蓋世太保的，一枚是獎勵攻克柏林的，第三枚是戰勝德國的。我們的部隊返回了日特科維奇，我們在這裡掃除田野裡的地雷。我偶然得知，我的哥哥還活著，住在維列依卡。

在去蘇沃洛夫軍校途中，我跑到了維列依卡，找到了哥哥，姊姊很快也趕過來與我們團聚，我們又有了一個家。我們在某個頂層閣樓上重新安置了下來，雖然當時食品短缺。我穿上軍服，佩戴好三枚勳章，去到了市執委會。我走進去，找到門牌上寫著「主席」的門，我敲了門，走了進去，像樣地行了個軍禮：「少士西卡廖夫前來申請國民保障事宜。」

主席微笑著，起身迎接我。

「你住在哪裡？」他問道。

我說：「住在閣樓上。」我給了他地址。

傍晚時，有人給我們送來了一袋子的捲心菜，又過了一天，送來了一袋馬鈴薯。

有一天，主席在街頭遇見了我，他給了我一個地址：「晚上過來吧，有人在那裡等著你。」有個女人出來迎接我，她是主席的妻子，名字叫尼娜．馬克西莫夫娜，主席叫阿列克謝．米哈依洛維奇。他們請我吃飯，我還洗了澡。我的個頭已經長高了，軍服顯得有點小，他們還給了我兩件襯衫。

我開始去他家做客，起初去得很少，然後經常去，最後是每天去。警衛看見我，問：「小夥子，你戴的是誰的勳章？你的父親呢？」

「我沒父親了。」

看來以後必須得隨身攜帶證件了。

有一次，阿列克謝·米哈依洛維奇問我：「你想做我們的兒子嗎？」

我回答：「想啊，太想了。」

他們就認了我做兒子，給了我一個姓氏——克尼亞澤夫。

很長一段時間，「爸爸」和「媽媽」我都叫不出口。尼娜·馬克西莫夫娜很疼愛我，弄到什麼甜食，就會為我留著。她極力想撫慰我，但我不太喜歡吃甜食，因為我從來沒吃過，也就不習慣吃。戰爭期間，我們過得很窮，也習慣了軍隊裡的所有規定。再說我也不是一個喜歡被寵愛的人，因為我生活在男人堆裡太久了。我甚至連句溫柔的話都說不出口。

有一次我深夜醒來，聽到尼娜·馬克西莫夫娜在柵欄後哭泣。顯然，她已經在那裡哭了好一陣子，但是我沒有看見，也沒有聽見。她邊哭邊埋怨：「他永遠都不可能像我們親生的，他忘不掉自己的父母，自己的血統。他不像個孩子，不習慣被疼愛。」我悄悄走到她跟前，摟住了她的脖子：「不要哭，媽媽。」她停止了哭泣，我看到她閃著淚光的眼睛。這是我第一次叫她「媽媽」。又過了一段時間，我才開始叫「爸爸」。只有一件事我做了一輩子，那就是永遠稱呼他們為「您」。

他們沒有把我養成一個戀家的懶散男孩，為此我非常感激。我清楚自己該做什麼：收拾房間，拍打擦腳墊，從板棚裡抱來木柴，放學後點著爐子……。沒有他們，我就沒有機會接受高等教育。因為戰爭結束後，他們一直勸導我要努力學習，好好學習。

我還待在軍隊時，當時我們的部隊駐紮在日特科維奇，指揮官就命令瓦洛佳、維佳和我三個人一起學習。我們三個人坐在同一張桌子，二年級時我們都有了自己的武器，誰都不服。我們不想服從國民教師的命令，他怎麼能命令我們呢，他又不穿軍裝！對我們來說，只有指揮官才是權威，才能讓我們唯命是從。老師走了進來，整個班級的學生都起立就敬禮，只有我們三個人坐著不動。

「為什麼你們不站起來？」

「我們不會回答您的問題，我們只服從指揮官的命令。」

課間休息時，我們讓所有學生站成一排，進行行列練習，還教他們唱軍歌。

校長去了部隊，向政委彙報我們的所作所為。我們被關禁閉，受到降職處分。瓦洛佳曾經是上士，現在是中士，我是中士則成了下士，維佳是下士，現在成了上等兵。指揮官分別跟我們三人進行過一次長談，開導我們說：「現在對你們而言，算術拿四分或五分比勳章還重要。」他還說，我們的戰鬥任務就是好好學習，但我們想練習射擊。他堅持說：「你們應該好好上學。」

即便如此，我們還是佩戴著勳章去上學。我保留了一張照片：我佩戴著勳章坐在課桌旁，為我們的《少年先鋒隊報》畫插圖。

我在學校考了滿分，一到家門口就喊：「媽媽，滿分！」

我已經能夠很輕鬆地叫「媽媽」了。

我們甚至都忘了這個詞

阿妮婭・古列維奇，當時兩歲。
現在是無線電工程師。

不知道是我自己記得，還是媽媽後來告訴我的。

我們走在路上，走得很艱難，媽媽生病了，我和姊姊年齡還小：姊姊三歲，我兩歲。我們怎樣才能得救啊？

媽媽寫了張紙條：姓氏、名字、出生日期，放進了我的小口袋裡，對我說：「去吧。」她指向一間房子，很多孩子正在那裡跑來跑去。媽媽希望我能夠疏散到後方，和保育院一起撤退，她怕我們大家都死了。她想救我們之中的任何一個。我應該一個人去，如果媽媽帶我去保育院，他們會把我們兩人一起趕出來。他們只收養那些失去父母的孤兒，而我有媽媽。我的命運取決於不要回頭看，否則就離不開媽媽，就像所有的孩子，摟著媽媽的脖子，哭得涕泗橫流。誰也沒有逼迫我留在保育院裡，這都是我的命……

媽媽說：「你走過去，然後打開那扇門。」於是我就這樣做了。但是這所保育院卻沒有來得及撤離。

我記得一個大廳，自己的小床靠著牆壁，那裡有許許多多這樣的小床。我們自己把床收拾得很整齊，非常認真。枕頭總是放在一個地方，如果不是那樣放，女教導員會罵的，特別是當那些穿著黑西裝的叔叔過來看的時候。我不知道他們是員警或是德國人，在記憶中，他們總穿著黑色的西裝。有沒有打過我們，我也記不得了，只是心裡一直有一種恐懼，隨時害怕他們會因為什麼事把我打死。我也想不起我們玩過什麼遊戲，給過我們什麼喜歡的東西。我們的運動量很大——打掃衛生、清洗，但這些都是工作。記憶中沒有孩童的歡樂、歡笑、撒嬌……都沒有。

從來沒有人摸摸我們，但我沒有因為想媽媽哭過。跟我在一起的那些小朋友，都沒有媽媽，我們甚至都想不起這個詞，我們都忘了。

我們的伙食是這樣的：一整天給我們的是一碗粥和一塊麵包。我不喜歡喝粥，所以把自己的那一份給了一個小女孩，而她把自己的麵包給了我，這就是我們之間的友誼。誰都沒有注意到這個，直到被一位女教導員發現。她處罰我，讓我跪在一個角落裡。我一個人在那裡跪了很長時間，在空蕩蕩的大廳裡……甚至後來，每當我聽到「粥」這個字眼時，都會立刻想哭。我長大了以後，怎麼想都不能明白：究竟從哪時候開始，這個字眼會讓我這麼厭惡？那時我已忘了保育院的事。

當時我已經十六歲了，不，也許是十七歲，我遇到了保育院的一位女老師。她坐在公車上，我看著她，她就像磁鐵般地吸引著我走到她面前，甚至錯過了下車的車站。我已記不得她了，但還是被她吸引了過去。後來我終於忍不住，哭了起來，我很氣自己：我怎麼會這樣呢？看著她，就像欣賞一幅畫一樣。我是什麼時候看到她來著，我忘了，但我想再看看她。我對她有某種親近的感覺，甚至覺得她就像媽媽，我想跟媽媽親近，但這個陌生的女人是誰呢？我不知道。就是這種惱怒和淚水，瞬間從我的身心裡奔湧而出！我轉過身，走向車門站著，還是一直哭。

女人看到了這一切，她走近我說：「阿妮婭，不要哭。」

我因為這句話，淚水更加止不住。

「我不認識您。」

「你最好看看我！」

「真的，我不認識您。」我哭著說。

她把我帶下車：「你好好看看我，一切你都會想起來的。我是斯捷帕尼達·伊萬諾夫娜。」

我呆呆地站著：「我不認識您，我從來沒有見過您。」

「你還記得保育院嗎？」

「什麼保育院？您，大概把我跟什麼人搞混了。」

「沒有，你想想保育院，我是你的老師。」

「我的爸爸犧牲了，但我有媽媽。什麼保育院？」

我甚至忘記了保育院，因為我已經和媽媽一起生活了。這位女士輕輕地摸著我的頭，我的淚水像斷線的珍珠一樣仍流個不停。後來她說：「把我的電話給你吧，如果你想了解自己的過去，可以給我打個電話。我清清楚楚記得你，你是我們那裡年紀最小的。」

她走了，我還站在原地，一動也不能動。當然，本來我應該追上去，好好地問清楚的，但我沒有跑過去，沒有追趕她。

為什麼我沒有這樣做？我是個害羞的人，非常靦腆，對我來說，所有人都是陌生的、危險的，我不該跟任何人談話。我經常一個人一坐就是好幾個小時，自言自語。我對所有一切都充滿了恐懼。

媽媽到了一九四六年才找到我，當時我八歲。她和姊姊被驅趕到了德國，她們勉強倖存了下來。回國後，媽媽找遍了白羅斯的所有保育院，對找到我幾乎已經不抱有任何希望了。但我就在不遠的地方——明斯克。因為我弄丟了那張紙條，媽媽給我寫的那張，所以他們幫我登記的是另外一個姓氏。媽媽在明斯克的保育院裡查看了所有叫阿妮婭的小女孩，她確定我就是她的女兒，根據我的眼睛，還有高高的個子。連續一整個禮拜，她天天都到保育院來看我：「她是不是我的阿妮婭呢？」我的名字保留了下來。當我看見媽媽時，內心湧出了一種莫名的感覺，沒有任何原因就哭了起來。不，這不是對某種熟悉事物的回憶，是另外一種感受。周圍的人都說：「媽媽，這是你的媽媽。」在我面前打開了某個全新的世界——媽媽！一道神奇的大門打開了。我對那些被稱作「爸爸」和「媽媽」的人一無所知，我很害怕，而其他人都很高興。大家都衝著我微笑。

媽媽帶來了戰爭前我們家的鄰居：「請從這群人裡面找出我的阿妮婭。」女鄰居立刻就指出了我：「這就是你的阿妮婭！不用再懷疑了，帶走吧，和你一樣的眼睛，一樣的臉龐……」

傍晚時，女保育員找到我說：「明天你就要被帶回家了，你就要走啦。」我感到非常害怕。

一早，他們幫我洗了澡，穿好衣服，所有人都對我很溫柔。老愛發火的老保母也在對我笑。我明白，這是我和他們相處的最後一天了，他們在跟我道別。突然間，我哪裡都不想去了。媽媽帶來的鞋子、洋裝，他們給我換上了。因為這些，我已經跟自己保育院裡的朋友不一樣了。我站在他們中間，就像個陌生人。他們看著我，好像第一次看見我似的。

在家裡印象最深刻的東西是無線電廣播。當時還沒有收音機，在角落裡掛著一個黑色的盤子，從那裡面發出聲音。每分鐘我都在盯著它，吃飯的時候往那邊看著，躺下睡覺的時候也往那邊看著。那些聲音是從哪裡來的，他們怎麼可以擠到裡面去？誰都無法跟我解釋清楚，要知道我的個性很孤僻。在保育院時，托瑪奇卡是我的朋友，我很喜歡她，她很活潑，經常笑，但誰都不喜歡我，因為我從來都不笑。我到了十五、六歲才開始笑，在學校裡我藏起了笑容，不讓人看到。要是微笑的話，我會覺得害羞。我甚至不會跟女孩交流，她們會在課間休息時聊天，我卻什麼都不會說，只是呆坐著，不發一語。

媽媽從保育院把我接回家，過了兩天是星期日，我和她去市場。我在市場看到了一個員警，立即歇斯底里地跑開，一邊叫喊著：「媽媽，德國人！」撒開腿狂奔。

媽媽追趕著我，人們為我讓路，而我全身顫抖地喊叫著：「德國人！」

在這之後，我有兩天沒有到街上去。媽媽跟我解釋，說那個人是員警，他會保護我們，維護街上的秩序。但媽媽沒辦法說服我，無論如何都不行……德國人穿著黑色大衣到過我們保育院，他們抽了血，把我們分別帶到單獨的房間裡……他們穿著白大褂，但白大褂的部分我不記得了，我只記得他們穿著軍服。

在家裡，我也不習慣面對姊姊。本來應該是感情很好的姊妹，但我第一次看到她時，卻想著她為什麼是我的姊姊呢。媽媽整天上班。早晨我們醒來時，她已經不在家了，爐子上放著兩個瓦罐，我們自己盛粥喝。一整天我都等著媽媽回來，就像等待是非比尋常的事，就像是等待某種幸福來臨一樣。但她每天回來都很晚，我們都已經睡著了。

我不知從哪裡找到了一個壞掉的玩具娃娃，我很喜歡它。這是我的快樂，從早到晚都抱著它，它是我唯一的玩具。我還想要一顆球，我到院子裡，孩子都有球，用專門的網袋裝著，它們就是這樣跟著網袋一起賣的，我請求他們，讓我玩一會兒。

十八歲時，我幫自己買了一顆球，用自己在鐘錶廠工作第一個月的薪水，願望實現了。我把球帶回家，帶著網兜一起掛在櫃子上。我不好意思帶著它到院子裡去，我已經長大了，我坐在家裡，看著它。

過了許多年，我打算去找斯捷帕尼達・伊萬諾夫娜。一個人去讓我猶豫不決，但是我先生支持我：「我們兩個人一起去吧。你為什麼不想知道自己的過去呢？」

「難道我不想嗎？我是害怕……」

我撥通了她家的電話，聽到的回答是：「斯捷帕尼達・伊萬諾夫娜去世了。」

我無法原諒自己……

你們都該去前線，卻在這兒愛我媽媽

雅妮婭．切爾尼娜，當時十二歲。
現在是教師。

平常的一天，這一天的開始跟往常沒什麼兩樣。

但是，當我坐到有軌電車上，人們已經在議論紛紛了：「太可怕了！太可怕了！」但我什麼都不明白，不知道發生了什麼事。我跑回家，看到媽媽正在和麵，淚水如雨點般從她的眼睛裡流淌了出來。我問媽媽：「出了什麼事？」她告訴我：「戰爭爆發了！轟炸了明斯克……」我們最近幾天才從明斯克回到羅斯托夫，我們去姨媽家做客了。

九月一日，我們仍然去上學，到了九月十日學校就關閉了。羅斯托夫開始疏散居民。媽媽說，我們應該收拾東西，準備上路，我不同意：「為什麼要疏散呢？」我到了共產主義青年團區委，請求他們儘快讓我加入共青團。他們拒絕了，因為團員需要滿十四歲，而我只有十二歲。我以為，如果加入共青團，就能夠參加所有活動，立刻就成了大人。那樣，我就能到前線去。

我和媽媽坐上火車，我們隨身帶了一只皮箱，裡面還裝了兩個布娃娃：一個大的，一個小的。我記得，當我把它們放進去時，媽媽甚至都沒有反對。到後來這兩個布娃娃救了我們，我一會兒再說……

我們抵達了高加索車站，火車遇到了轟炸。眾人都趴在一個露天的月台上。要去哪裡，大家都不清楚，只知道：離前線越來越遠，離戰場越來越遠。下著雨，媽媽用自己的身體幫我遮蔽風雨。在巴庫*近郊的巴拉扎拉車站，火車噴吐著潮濕而濃黑的蒸氣。大家都在餓肚子。戰前我們就過得很窮很窮，家裡沒有一件好東西能拿到市場去交換或出售，媽媽隨身帶的東西只有一本護照。我們坐在車站裡，不知道怎麼辦。要去哪裡呢？一個士兵走過來，是個小兵，年紀很小，皮膚黝黑，肩膀上挎著背包，綁著小飯鍋。看得出來，他剛剛參軍不久，他正要去前線。他在我們旁邊站住，我靠緊了媽媽。他問：「女士，你要去哪裡？」

媽媽回答：「不知道，我們是撤離的難民。」

他說的是俄語，但地方口音很重：「不要擔心，你們可以到村子裡找我媽媽。我們全家都被徵兵入伍了：我們的父親、我，還有兩個兄弟。就剩下她一個人在家。你們去幫幫她，一起生活。等我打仗回來，我就娶你的女兒。」

他說了自己家的地址，沒有東西可以寫下來，但我們記住了：葉夫拉赫車站，卡赫區庫姆村，穆薩耶夫．穆薩。這個地址我記了一輩子，雖然我們沒有到那裡去。有個孤身一人的女人收

---

*為亞塞拜然首府。是裏海最大港口，也是外高加索地區最大的城市。經濟一直由石油主導。

留了我們，她住在一個用膠合板搭建的臨時小屋裡，裡頭只放得下一張床和一個小凳子。我們是這樣睡覺的：我們的頭朝著走道，雙腿伸到床底下。

我們有幸遇到了不少好人。

我忘不了，有個軍人走到媽媽跟前，我們聊了一會兒，他說他全家人在克拉斯諾達爾都死了，他要去前線。同志們喊叫他，招呼他上軍用列車，可是他站著，捨不得離開我們。「看得出來你們很窮，請允許我把自己的軍人證留給你們吧。我一個親人也沒有了。」他突然說了這麼一段話。

媽媽哭了起來。我卻按自己的意思理解，衝著他叫：「正在打仗，您全家人都死了，您應該去前線，去向法西斯份子復仇。但您卻在這裡愛我的媽媽。您不覺得害臊嗎？」

他們兩個人站在那裡，都流著淚，但我不明白，為什麼我這麼善良的媽媽可以和這樣的壞人聊天。他不想去前線，他只在意自己的愛情，要知道愛情只有在和平時期才會有。為什麼我覺得他是在談戀愛呢？要知道，他的話裡提到了他的軍人證……

我還想說說塔什干的事。塔什干——這是我的戰場，我們住在工廠的宿舍裡，媽媽在那裡上班。它位於市中心，讓人們住在工廠的俱樂部裡。在前廳和觀眾席裡住的是一家一家的人，而在舞台上，住的是單身的人，人們稱他們是「光棍兒」，事實上他們都是工人，家人都疏散走了。

我和媽媽住的地方在觀眾席的一個角落裡。

上頭發給我們馬鈴薯供給證，媽媽從清晨到深夜都在工廠上班，我需要去領取這些馬鈴薯。那時不讓小孩排半天的隊，然後把一袋馬鈴薯拖在地上，走四五個街區，我背不動這些馬鈴薯。那時不讓小孩坐公車，因為正在鬧流感，宣布所有人都要檢疫。太不像話了，竟然不讓我坐公車。在離我們宿舍還剩下一條馬路時，我的力氣都用盡了，倒在袋子上，大哭了起來。陌生的大人過來幫忙，把我和馬鈴薯一起送回了宿舍。到現在，我都能感覺到那種沉重，我走過一個又一個街區，我不能丟掉馬鈴薯，這是我們的命根子。就算是我死了，也不能扔掉馬鈴薯。媽媽下班回來，肚子非常餓，總是臉色發青。

我們老是餓著肚子，媽媽甚至瘦得跟我一樣了。我心想，我也應該幫媽媽，不能置身事外。但是我們幾乎什麼都沒有，我決定賣掉我們唯一的一條絨布被子，用這些錢買些麵包。但法律禁止孩子買賣東西，員警把我帶到一個兒童室。我坐在那裡，等他們通知上班的媽媽。媽媽換班後來了，把我帶回家，我因為羞恥而痛哭，還因為媽媽在挨餓，但家裡一塊麵包也沒有了。媽媽得了支氣管哮喘，深夜裡咳得厲害，咳到喘不過氣。她要是能吃一口碎麵包渣兒，就能變得好受些。我總是在枕頭底下為她藏起一塊麵包。我覺得，我已經睡著了，但是仍然記得枕頭底下還放著一塊麵包，我非常想吃掉它。

我背著媽媽偷偷去工廠裡找工作。但我那麼小，典型的營養不良症患者，他們不想要我。我站在那裡，一直哭，有人覺得我可憐，就把我帶到工廠的會計室，給工人們填寫派工單，計算工資。我用打字機工作，它的樣子就像現在的電腦。現在的電腦工作時沒有聲音，而當時那部打字機簡直就像拖拉機一樣，不知為什麼工作時還會開著燈。十二個小時的工作把我的腦袋烤得像火熱的太陽，聽了一天打字機嗡嗡作響的聲音，我耳朵都快聾了。

我遇到了一件非常可怕的事：有個工人的工資應該是二百八十盧布，但是我卻算成了八十盧布。他有六個孩子，在發工資之前，誰也沒有發現我的錯誤。那天我聽見有人在走廊裡跑動，叫喊著：「我要殺了她！我要殺了她！我拿什麼來養活孩子？」

別人跟我說：「快躲起來，大概這是衝著你來的。」

門打開了，我緊貼著打字機，沒地方躲藏。衝進來的是一個高大的男人，手裡拎著一把沉重的傢伙：「她在哪裡？」

有人指著我說：「她在那兒。」

他看了我一眼，往牆壁後退了幾步。

「呸！不值得殺，她自己都這樣啦。」他轉過身，走了。

我倒在打字機上，大哭了起來。

媽媽在這家工廠的技術檢驗部上班。我們的工廠為「喀秋莎火炮」製造彈藥，炮彈有兩種規格：十六公斤和八公斤的。要在高壓下檢驗炮彈外殼的結實程度：把炮彈抬起來，固定好，施加一定強度的氣壓。如果外殼品質好，就把它取下來裝箱。如果品質不合格，卡扣承受不住，炮彈就會轟響著飛出去，飛向上面的廠房頂棚，然後掉到不知什麼地方。當炮彈飛出去後，那種轟響與恐懼，所有人都嚇得鑽到車床下面。

媽媽每天深夜都會在睡夢中驚醒，喊叫著。得我摟著她時，她才安靜下來。

眼看就到了一九四三年的年末，我們的軍隊早就反擊了。我明白，我需要上學。我去找廠長。他的辦公室裡放著一張很高大的桌子，從那張桌子後面幾乎看不到我。我開始說提前準備好的話：「我想辭職，我要上學。」

廠長發火了：「我們誰也不准辭，現在是戰爭期間。」

「我總是出錯，就像個沒文化的人。不久前我還給一個人算錯了工資。」

「你能學會的。我們這裡人手不夠。」

「戰爭結束後，需要有文化的人，而不是沒受過教育的人。」

「哎呀，你啊，真是個倔丫頭。」廠長從桌子後站起來，「你什麼都懂！」

我上了六年級。上文學和歷史課時，老師在上面講課，我們一邊坐著聽講，一邊給軍人織襪子、手套、荷包。我們邊織邊學詩，齊聲朗誦普希金*的詩。

---

*普希金（Aleksandr Sergeyevich Pushkin，一七九九～一八三七），俄國著名文學家，被視為俄國最偉大的詩人及現代俄國文學的奠基者。

我們終於等到了戰爭結束，這是多麼期盼的願望啊！我和媽媽甚至害怕提到這一天。媽媽在工廠上班，我們這裡來了一位全權負責人，問大家：「你們可以為國防基金奉獻些什麼？」他們也問了我。我們有什麼呢？我們什麼也沒有了，除了幾張債券，媽媽很珍視它們。大家多少都拿出了點東西，我們怎麼能不捐點出去呢！於是，我把所有債券都捐了出去。

我記得，媽媽下班回到家，她沒有訓斥我，她只是說：「這是除了你的娃娃之外，我們全部的家當了。」

我也跟自己的娃娃告別了。媽媽弄丟了麵包月票，我們處在餓死的邊緣。我的頭腦裡冒出了一個拯救我們的念頭，用我兩個一大一小的布娃娃去換些什麼東西吧。我們拿著布娃娃到了集市，一個烏茲別克的老頭走到我面前問道：「多少錢？」我們說，可以讓我們生活一個月，我們的票證沒有了。烏茲別克老頭給了我們一普特*的大米。就這樣，我們沒有被餓死。媽媽發誓：「等我們回到家後，我要給你買兩個漂亮的布娃娃。」

但是，等我們回到羅斯托夫，她沒有給我買布娃娃，我們還是過著窮困的生活。不過，我大學畢業時她給我買了兩個布娃娃——一個大的，一個小的。

最後，他們大聲叫喊自己的名字

阿爾圖爾・庫澤耶夫，當時十歲。
現在是旅館負責人。

有人敲響了鐘。敲啊，不停地敲……

我們這裡的教堂早已關閉了，我甚至不記得是什麼時候關閉的。在我記憶中，那裡一直是農莊的倉庫，大家往裡面儲存糧食。聽到早已經啞了很久的鐘聲突然響起，整個村子嚇呆了：「不好了！」媽啊，大家全跑到了街上。

戰爭就這樣開始了。

到現在閉上眼睛，我還會看見……

三個紅軍戰士被押解著走在大街上，他們只穿著褲子，雙手都被捆綁在背後。其中兩個年輕人，另一個是上了歲數的，他們低著頭，向前走著。

他們在學校附近被槍殺了，就在大馬路上。

＊俄國以前主要使用的重量單位，一普特等於十六點三八公斤。

最後一刻，他們大聲叫喊自己的姓名，希望有人能夠聽見、記住，將來轉告給他們的親人。

我透過柵欄的縫隙看見了，我記住了。

第一個人叫瓦涅契卡．巴拉依，第二個人叫羅曼．尼科諾夫。而那個上了年紀的人，喊的是：「史達林同志萬歲！」

當時，這條道路上正駛過大卡車，一輛輛沉重的德國大卡車。而他們躺在那裡，載著士兵和軍事物資的卡車就從他們的身上碾了過去，後面跟著的是摩托車隊。德國人的汽車一輛接一輛地疾馳過去。夜以繼日，好幾天。

而我不斷地在深夜醒來，一直重複念著：「瓦涅契卡．巴拉依、羅曼．尼科諾夫。」只有第三個人的名字，我不知道。

我們四個人都套在這個小雪橇上

季娜・普利霍契科，當時四歲。
現在是工人。

敵人在轟炸，大地在顫抖，我們的房子也在顫抖。

我們的房子不大，有一個小花園。我們躲藏在房子裡，關緊了護窗板。我們四個人坐在一起：我的兩個姊妹、我和媽媽。媽媽說，她關好了護窗板，現在不可怕了。我們也覺得她說得對，不那麼可怕了，但心裡還是害怕，只是不想讓媽媽難過。

我們跟在一輛大車後面走，後來，有人把我們這些小孩子抱上車，坐到了一個角落裡。不知為什麼我總覺得，萬一我睡著了就會被打死，於是儘量不閉眼，但眼睛自己就閉上了。當時我和姊姊就商量，為了不被莫名地打死，我先閉上眼睛睡會兒，她負責警戒，然後輪到她睡覺，由我來值班守衛。但是，我們兩個都睡著了。媽媽的叫喊聲把我們吵醒了：「別怕！別怕！」前面傳來射擊聲，人們大喊大叫。媽媽讓我們低下頭，但我們想瞧瞧。

射擊停止了，我們的車子繼續往前走。我看見了，路旁的溝渠裡躺著許多人，我問媽媽：

「這些人在幹什麼？」

「他們在睡覺。」媽媽回答。

「他們為什麼在溝裡睡覺呢？」

「因為打仗了。」

「就是說，我們也要在溝裡睡覺嗎？但我不想在溝裡睡覺。」我耍起脾氣來了。

直到看見媽媽的眼睛裡湧滿了淚水，我才停止了任性。

我們往哪裡走？我們往哪裡去？當然，我不知道，我也不明白。我只記得一些話語——阿扎里奇和電線，媽媽不准我靠近。戰爭結束後我才知道，我們被抓進了阿扎里奇集中營。我後來甚至還回去那裡看過，現在你還能看到什麼呢？荒草、野地，一切都很平常。如果有什麼東西留下來，只能是在我們的記憶裡。

當我講起這些事時，我會咬著手指咬到流血，為了不讓自己哭出來。

他們不知要把媽媽帶去哪裡，他們把她扔到地上。我爬向她，我記得，我是爬過去，而不是走過去的。我們叫著：「媽媽！媽媽！」我請求著：「媽媽，不要睡著！」而我們已經全身是血，因為媽媽倒在血泊中。我想，我們當時並不明白那是血，血是什麼東西，我們只覺得那是好可怕的東西。

每天都會進來一些車子，讓人坐到上面，開走了。我們問媽媽：「媽咪，我們也坐上車走吧，它去的方向或許是外婆住的地方。」為什麼我們會想起外婆呢？因為媽媽經常對我們說，離這裡不遠就是我們的外婆家，外婆不知道我們就在這裡。她以為，我們還住在戈梅拉。但媽媽不想坐車，每次她都把我們從車子旁邊拉開。每次我們都會哭，請求媽媽，勸說媽媽。一個早晨，媽媽同意了，這時已經是冬天，我們都凍僵了。

我咬著自己的手，不讓自己哭出來，但我不能不哭。

我們坐車走了很長一段時間，有人告訴媽媽，可能她自己也猜到了，他們載著我們要去槍決。車子停下來，命令大家下車。那裡有一個小村莊，媽媽問押解人員：「可不可以喝點水？孩子渴了，想喝水。」他允許我們走進一戶人家。我們走到房子前，女主人給了我們一大杯水。媽媽喝了一小口，喝得很慢，我想：「我這麼餓，想吃東西，為什麼媽媽卻想喝水呢？」

媽媽喝了一杯水，請求再喝第二杯。女主人嘆息了一聲，又給了她一杯水，說：「為什麼每天早晨都帶這麼多人進去森林裡，去了就沒有一個人回來。」

「您家有第二個門嗎？可以讓我們離開這裡？」媽媽問。

女主人用手一指，她家有兩個門，一個門朝著街道，第二個門朝著後院。我們逃出了這個房子，向前爬。我覺得，我們不是走去外婆家的，而是爬著去的。至於是怎麼爬的，爬了多久，我不記得了。

外婆把我們放到熱炕爐上，讓媽媽躺到床上。到了隔天早上，媽媽就奄奄一息了。我們呆呆地坐著，不明白怎麼回事。媽媽怎麼會死呢？爸爸不在，她怎能把我們扔下了？我記得，媽媽把我們叫到身邊，微笑著說：「永遠都不要吵架啊，孩子們。」

我們為什麼要吵架呢？為了什麼？什麼玩具都沒有。我們有一個大石頭娃娃，沒有糖果。沒有媽媽聽我們抱怨了。

早晨，外婆用一條白色大床單包裹著媽媽，把她放到雪橇上。我們四個人都套在這輛雪橇上拉著……

對不起，我說不下去了，我要哭了……

這兩個小男孩輕得就像麻雀一樣

拉雅·伊林科夫斯卡婭，當時十四歲。
現在是邏輯學教師。

我不會忘記，在故鄉葉里斯克椴樹散發出的芬芳。

戰爭期間，覺得戰前的一切都成了世界上最美好的。在我的記憶裡，就這樣永遠地保留了下來，關於那時候的一切。

我們從葉里斯克撤離，有媽媽、我和弟弟。我們停在沃羅涅什郊外的戈里巴諾夫卡村，想在那裡等待戰爭結束，但是剛到那裡沒幾天，德國人就逼近了沃羅涅什，緊跟著我們的腳步。

我們坐上了運貨列車，有人告訴我們，所有人都會被載到遙遠的東方。媽媽安慰我說：「那裡有許多好吃的水果。」我們坐車坐了很久，因為要經常停靠在備用道路上。停在哪裡，停多長時間，我們不知道，要弄到水，必須冒著很大的危險在車站等著。我們點起了小鐵爐子，整個車廂的人都在上面用水桶熬小麥粥。走了多久，就吃了多久這種粥。

火車停靠在庫爾干——丘別車站。就在安基讓市的郊外，陌生的自然風光讓我很驚訝，甚至忘記了戰爭。到處鮮花盛開，香氣瀰漫，陽光充足。我又變得活潑開朗了，從前的我又回來了。

他們把我們帶到「克茲爾尤爾」集體農莊。雖然事情過去了很久了，但這個名字我仍然清楚地記得，我自己也很訝異竟然沒有忘記。我記得，當時學著記住這個陌生的名字。我們住在學校的體育廳裡，一起住的有八個家庭。當地居民給我們送來了被子和枕頭。烏茲別克的被子是用各種顏色的布塊縫製的，枕頭裡塞的是棉花。我很快就學會了撿乾棉花柴，用它們來燒火煮飯。

當時我們沒有意識到，這裡也有戰爭。烏茲別克人給我們的麵粉很少，只夠吃很短的時間，我們只能挨餓，而烏茲別克人也在挨餓。我和烏茲別克的男孩追趕著駝隊，幸運的話，車隊會掉下些東西來。對於我們來說，最高興的事，就是撿到油渣、亞麻籽餅；棉花籽油渣很堅硬，黃色的，就像豌豆餅。

我弟弟瓦季克六歲，我們把他一個人留在家裡，我和媽媽到農莊去工作，給水稻培土、撿拾棉花。一開始不習慣時，我的雙手痠痛到深夜都不能入睡。有天晚上我和媽媽回到家，瓦季克飛跑著來迎接我們，他肩膀拴的繩子上吊著三隻麻雀，手裡拿著把彈弓。他首戰告捷的「獵物」已經在小河裡清洗乾淨了，我們等著媽媽煮湯喝。我們都好餓，我和媽媽邊喝湯，邊說麻雀都瘦成這樣了，煮的湯沒有一點油花。飯鍋的旁邊只有弟弟幸福的眼睛在發亮。

他和烏茲別克的一個小男孩交上了朋友，有一天，小男孩和他的奶奶來看我們。奶奶看著兩個小男孩，搖著頭對媽媽說了些什麼。媽媽聽不明白，這時工作隊長走了進來，他懂俄語，翻譯給我們聽：「她和自己的神——安拉說過了。她向祂抱怨，戰爭是男人的事、戰士的事，為什麼要讓孩子受罪？祂怎麼能讓這兩個孩子瘦小得像麻雀一樣，就像他們用彈弓打下來的那些麻雀一樣？」奶奶在桌子上撒下一把金黃色的杏干——乾硬、甘甜，就像糖塊，可以長時間含在嘴裡吸吮，咬下一小塊來，然後又砸碎果核，吃裡面閃光的杏仁。

她的孫子看著這些杏干，眼神也是餓得像要噴出火一樣！媽媽很傷感，奶奶摸著她的手安慰她，也把孫子摟到身邊。「他總會有一茶碗卡傑克吃，因為他在家裡住，和奶奶住在一起。」工作隊長翻譯說，卡傑克是一種酸羊奶。我和弟弟，我們在後方疏散了很長時間，什麼可口的東西都沒有嘗過。

奶奶和小男孩離開後，我們三個人坐在桌子邊，誰都沒有伸出手去拿那些金黃色的杏干。

我很害羞，我穿的是女孩的皮鞋

馬律林．羅別奇科夫，當時十一歲。
現在是市委部門主任。

我從樹上看到了戰爭。

大人不准我們爬樹，但我們還是爬到了樹上，從高高的樅樹上觀看飛機空戰。看到我們的飛機中彈起火，我們都哭了，卻不害怕，彷彿是在看電影。第二天或第三天，我們被集合了起來，排成一列橫隊，校長宣布我們的少年先鋒隊夏令營需要撤離。我們已經知道明斯克被轟炸了，大人不會把我們送回家，而是要撤到遠離戰場的某個地方。

我想說說，我們是怎麼收拾行李上路的。大人命令我們帶上皮箱，裡面只能放生活必需品：背心、襯衫、襪子、手帕。打包時，我們每個人都把紅領巾疊好放在最上面。我們在腦海中勾勒出這樣的一幅畫面：我們要是遇到德國人，他們打開皮箱，一眼就能看到放在裡面的紅領巾。我們會向他們復仇……

我們隊伍走的速度比戰爭的腳步還快。我們繞過了戰場，在停靠的那些車站，眾人對戰爭還一無所知，戰火還沒有延燒到那裡。我們這些孩子跟大人講述戰爭的事，包括明斯克如何被燒毀，我們的夏令營如何遭到轟炸，還有我們的飛機如何中彈起火等等。但是，離家鄉越來越遠，我們就越期待父母能早日出現帶走我們。當時已經有許多人的父母恐怕都不在人世了，但我們一點都不懷疑。死亡，還沒有出現在我們的腦海裡。我們還是以和平兒童的身分描述戰爭，我們還是活在以往的和平日子裡。

我們從火車上被轉運到了「巴黎公社」號輪船，沿窩瓦河*行駛。足足有半個月，我們都在路上，一次都沒有脫下衣服睡過覺。在船上，我第一次脫掉運動鞋，那是一雙綁鞋帶的膠皮鞋。當我把鞋子脫掉時，散發出來的味道令人難以忍受。我洗啊刷啊，最後還是扔掉了，所以我是光著腳走到赫瓦雷恩斯克的。

到赫瓦雷恩斯克的人很多，人們為我們建造了兩棟白羅斯兒童之家，第一棟房子住的是小學生，第二棟房子住的是學前兒童。為什麼我會知道這個？因為那些得和哥哥或姊姊分開住的孩子哭得很凶，特別是那些年紀小的，很害怕失去親人。我們在少年先鋒隊夏令營時，離開父母身邊都覺得很興奮，像是在玩遊戲。但現在我們只剩下害怕了。有家的孩子習慣依賴父母，習慣了溫情。我媽媽每天早晨會叫醒我，晚上睡覺前會親吻我。我們家旁邊有一家保育院，住的是真正的孤兒，我們跟他們是不同的。他們已經習慣沒有父母的生活，而我們以後也應該要習慣這些。

---

*位於俄羅斯西南部，是歐洲最長的河流，也是世界最長的內陸河，終點流入裏海。

我想起了一九四三年吃的東西：一天給一勺牛奶、一塊麵包、煮甜菜，夏天是西瓜皮熬的湯。我們看了電影紀錄片《三月四月》，電影講的是我們的偵察員怎麼用樺樹皮熬粥喝。我們這裡的小女孩也學會了熬樺樹皮粥。

秋天時，我們要儲備木柴，每個人都有分配份額——一立方。我們要把山上的樹木砍倒，再把表皮削平，然後鋸成約一公尺長的木塊，堆放起來。每個人分配的份額是大人規定的，女孩也會幫我們，她們有時比我們男孩還能幹。我們都是城裡人，在家裡從來沒有鋸過木頭，但是在這裡，我們需要鋸粗木樁，還要劈柴。

我們都非常餓，無論白天或晚上，無論工作時或睡夢中，時時刻刻都想吃東西。特別是冬天。我們從保育院跑到軍營，戰士經常能給我們一碗湯喝。但是我們人太多了，所以吃不飽。你要是來得及跑前幾個的話，還能吃上點什麼，要是晚去一步就什麼都不剩了。我有個朋友米什卡．切爾卡索夫，我們經常坐在一起，他說：「如果知道二十公里外有地方能給我們一碗粥喝，我們也會跑過去的。」有一天，院子的溫度是零下三十度，他穿上衣服向軍營跑去，跟士兵乞求給點吃的。他們說，還有一點湯，快去拿個小鍋子來。他跑到街上，看到從相鄰的院子裡也來了一些孩子，如果他跑去拿小鍋子就什麼也吃不到了。

於是，他轉身跑回去，對士兵說：「倒吧！」他摘下帽子代替鍋子。士兵看著他那副毅然決然的樣子，就往帽子裡倒了整整一鍋粥。米什卡像個英雄一樣地走過一群兩手空空的孩子身邊，跑回我們的保育院。他的耳朵凍僵了，但是他弄回了一帽子的粥。帽子裡的粥都凍成了疙瘩，他把這個凍疙瘩倒在盤子裡，我們等不及加熱再吃，就這樣冷冷地吃下肚。小女孩給米什卡搓耳朵，他的臉上洋溢著快樂。他幫大家弄吃的回來，卻沒有搶著要第一個吃！

對我們來說，最可口的食物是油渣，我們按照好吃的程度分成了幾個級別，其中包括一種葵花籽的油渣。我們採取了一個「油渣餅」行動，幾個人爬到榨油機器上，用手掃下一些油渣，另外幾個人在下面收集。雖然我們都凍得渾身青紫，但是卻吃飽了。當然，還有夏天和秋天的集市，那時我們的日子就好過多了，可以嘗到更多東西：向這個人要一小塊蘋果，向另一個人要一顆番茄，或是偷點什麼東西在集市上賣，這不是什麼丟人的事，相反的，會被看成是英雄行為。要偷什麼，無所謂，只要是能吃的就行，至於是什麼，這不重要。

油脂廠廠長的兒子也在我們班上。孩子就是孩子，我們一邊上課，一邊玩「海戰」遊戲。他吃的是有向日葵油的麵包，香味充滿了整個教室。

我們小聲商量，向他揮揮拳頭，意思是：不給吃，就不要想來上課了。

突然間，我們發現女老師不見了——她躺在了地板上。原來她餓壞了，聞到了麵包香味後就摔倒昏過去了。我們班的女孩把老師送回家，她和母親一起生活。晚上我們這些孩子商量好了，從明天開始，每人每天要留下一點點麵包給老師。她本人不知道，我們是悄悄地帶去給她的母親，還請求她不要提起這件事。

我們有自己的菜園和果園。果園裡長著蘋果，菜園裡種的是白菜、胡蘿蔔、紅甜菜。我們幾個人守護它們，輪流值班。換班時，要把所有的東西都清點清楚：有多少棵白菜，多少根胡蘿蔔。入睡前，你會想：「要是半夜裡能夠更多長出一根胡蘿蔔，那該有多好。趁著還來不及登記前，就可以把它吃掉了。」如果胡蘿蔔已經登記在冊了，上帝保佑，千萬別在你輪值時弄丟了，否則就太丟臉了！

我們坐在菜園裡，周圍都是吃的，但我們卻在挨餓。太想吃東西了，有一次，我和一個比我大些的男孩一起值班守衛，他突然冒出了一個好主意：「你看，奶牛在吃草。」

「怎麼了？」

「傻瓜！你難道不知道，有一條規定說如果私人的奶牛在國營的地盤上放牧吃草，可以把奶牛收繳，或者是主人要被罰款？」

「牠在草地上吃草呢。」

「你看看，牠拴著了嗎？」

於是，他說出了自己的打算：我們把牛牽到自己的菜園裡，拴好。然後去找牠的主人。於是，我們真的這樣做了。我的同伴跑到村裡，找到了主人告訴她說她家的牛現在在國營的菜園裡，而按規定……

我現在還是懷疑主人怎會相信我們，怎會因為我們說的話害怕？我想她應該是可憐我們，看到我們餓壞了，所以才假裝跟我們商量後決定：以後我們幫她放牛，她會給我們一些馬鈴薯當作謝禮。

我們有一個小女孩生病了，需要輸血，但是整個保育院裡沒有人可以捐血給她。

我們的願望是什麼？就是上前線。我們幾個調皮搗蛋的男孩子聚集在一起，想要從保育院偷偷逃跑。後來我們很幸運，碰到一位軍樂團的指揮戈爾傑耶夫大尉。他選了四個有音樂天賦的男孩，其中就有我。就這樣，我參加了戰爭。

保育院的人為我們送行。我沒有什麼可以穿戴的，有個小女孩把她自己的水手服送給了我，另外一個小女孩有兩雙皮鞋，她把其中一雙給了我。

我就這樣去了前線，最讓我難堪的是，我穿的是女孩子的鞋子。

我喊啊喊的，停不下來

柳達·安德列耶娃，當時五歲。
現在是檢驗員。

戰爭給我留下的印象，就像火焰一樣，燃燒著，燃燒著。沒完沒了……

小孩子都聚集在一起，您知道，我們都聊些什麼？在戰爭發生前，我們喜歡白麵包和茶，這些都不會再有了。

我們的媽媽經常哭，她們每天都哭，所以我們就儘量少哭，比和平年代還要少哭，連撒嬌耍賴都變少了。

我知道，我的媽媽年輕又漂亮，其他孩子的媽媽要老一些，但是在我五歲時就知道了，對於我們來說，媽媽年輕又漂亮，是不好的，是危險的。這我五歲時就明白了，甚至我還明白，我年紀小，這也很好。一個小孩子怎會明白這些問題呢？沒有人給我解釋過這些。

過了幾年……我害怕回憶起這些往事，甚至不願觸及。

在我們家附近一輛德國人的車子停了下來，它不是專門停下來的，是車子故障了。士兵走進我家，把我和奶奶趕去了另外一個房間，留下媽媽幫他們燒開水，做晚飯。他們大聲地說話，我覺得他們不是在交談、大笑，而是在衝著我的媽媽叫喊。

天黑下來，已經是晚上了。媽媽突然跑進房間，抱起我跑到了街上。我們家沒有花園，院子裡空空的，我們跑著，不知道要躲到哪裡。我們爬到了汽車下面，他們從院子裡出來，打著手電筒找我們。媽媽躺在我上面，我可以聽見她的上排牙齒敲打著下排牙齒，因為她太冷了，她全身冰涼。

早上等德國人離開後，我們回到家裡。奶奶躺在床上，全身綁著繩子，一絲不掛！奶奶，我的奶奶！由於恐懼，由於害怕，我叫喊了起來。媽媽把我趕出門外，我喊啊，喊啊，久久不能停下來。

過了很久，我見到車子就怕。一聽到馬達發動的聲音，我就開始全身發抖。戰爭已經結束了，我開始去上學了，但是當我看見無軌電車開過來，還是會嚇得手足無措，牙齒打顫，全身發抖。我們班裡一共有三個人，都受著戰爭後遺症的折磨。其中一個小男孩，害怕飛機的引擎聲。春天天氣暖和時，女老師打開窗戶，傳來了飛機的引擎聲或是發動車子的聲音，我和這個小男孩就會驚慌地睜大眼睛，瞳孔放大，整個人被嚇傻。那些逃到大後方的孩子，都會嘲笑我們。

第一次勝利閱兵式那天，大家都跑到街上，而我和媽媽則是躲藏在一個坑裡。我們蹲在裡面，直到鄰居來了，告訴我們：「快出來，這不是戰爭，是在慶祝勝利。」

我想要玩具，希望有個正常的童年。我們弄來一塊磚頭，把它當成娃娃；或者指定年紀最小的孩子來當娃娃。到了今天，我只要看見沙子裡有彩色的玻璃，都會想要撿起來帶回家。對我來說，它們是那麼漂亮。

我長大後，聽見有人稱讚：「你好漂亮，就像你媽媽一樣。」我聽了不是感到高興，反而是害怕。我從來都不喜歡別人跟我說：你好漂亮……

所有孩子都手拉著手

安德列・托爾斯基克，當時七歲。
現在是經濟學副博士。

當時我還是小孩子。

我記得媽媽，她烤的麵包是村子裡最好吃的，她園子裡的菜畦是最漂亮的。在我們房前的小花園和院子裡盛開著最大朵的大理花。媽媽會幫我們所有人縫製漂亮的上衣，父親、兩個哥哥和我。她縫製領子，用紅色的、藍色的、綠色的十字繡。

我不記得，是誰第一個告訴我，說媽媽被槍殺了；可能是某個女人鄰居吧。我跑回家，但有人說：「不是在家裡槍殺的，是在村子後面。」父親不在，他參加了游擊隊，哥哥也不在，他們去參加了游擊隊；堂兄弟不在，也參加了游擊隊。我去找鄰居卡爾普爺爺：「媽媽被打死了，應該把她運回來。」

我們套上牛車（我們沒有馬）就出發了，在森林附近，卡爾普爺爺叫我停下來：「你在這裡等著。我一個老頭子，不怕他們打死我。但你，還是個孩子。」

我等著，腦海裡充滿了各種念頭，我怎麼對父親說呢？我怎麼告訴他，媽媽被打死了呢？都是些小孩子的想法——如果我看見死掉的媽媽，她就再也活不了了。如果我沒有看見媽媽，說不定等我回到家，媽媽會在家裡等著我呢。

媽媽的整個前胸都被子彈打透了，褂子上出現了一排彈痕，太陽穴上還有個黑色的槍眼兒。我想快點用白色手帕幫媽媽包紮，不想看到這個黑色槍眼。彷彿媽媽還會覺得痛。

我沒有坐牛車，而是跟在牛車旁邊走回去。

村子裡每天都在埋葬死人，我記得，有一次埋葬的是四位游擊隊員，三個男的，以及一個女人。我們經常埋葬游擊隊員，但那是我第一次看到女的游擊隊員。我們單獨為她挖了一個墓坑，她一個人躺在老梨樹下的草地上，年紀大的女人圍坐在她身邊，撫摸著她的手臂。

「為什麼要把她單獨埋葬呢？」我問。

「她還年輕。」那些女人這樣回答我。

只剩下我一個人，沒有家人，沒有親戚，我很害怕。怎麼辦呢？他們把我送到了扎列西耶村的瑪爾法姨媽家，她沒有孩子，丈夫去了前線。我們蹲在地窖裡，躲藏起來，她把我的頭抱在懷裡，輕輕叫著：「好孩子。」

瑪爾法姨媽得了傷寒，我跟著她也生病了。澤恩卡奶奶把我接到她那裡去住，她的兩個兒子也在前線打仗。深夜醒來，我看到她坐在我的床邊打盹：「好孩子……」所有人都跑出了村子，逃到森林裡躲德國鬼子，但澤恩卡奶奶一直陪在我的身邊，一次都沒有扔下我：「好孩子，死，我們也要死在一塊兒。」

傷寒好了之後，我有好長時間都不能走路。平整的道路我還勉強能走，但只要路稍有不平，我的雙腿就發軟。大家都在等著我們的士兵到來，女人去森林裡採集野莓，因為沒有其他東西能拿出來招待客人。

士兵行軍很疲憊，澤恩卡奶奶往他們的頭盔裡裝紅色的野莓。但他們會拿給我吃，我坐在地上，站不起來。

父親從游擊隊回來了，他知道我生病了，給我帶來了一塊麵包和一塊醃豬油，有手指頭那麼厚。醃豬油和麵包都散發著馬哈菸味，那是父親的味道。

當我們在草地上挖野菠菜時，聽見有人喊著「勝利啦」，所有孩子都手拉著手往村子的方向飛奔而去……

我們在死亡面前，已經變得無所畏懼

米哈伊爾・申卡廖夫，當時十三歲。
現在是鐵路工人。

我們的鄰居有一個聾啞小女孩。

大家都喊：「戰爭！戰爭爆發了！」可是她抱著布娃娃，唱著不成調的歌，照常來找我妹妹玩。每個孩子嚇得都不會笑了。「多好啊，」我想，「戰爭的聲音她都聽不到。」

我和朋友把自己的十月兒童紅星章和紅領巾都用油漆布包好，埋到小河邊的灌木叢裡，埋到了沙土裡，就像地下工作者做的那樣！每天我們都會到那個地方看看。

大家都很害怕德國鬼子，連孩子和狗也一樣。媽媽在家門外的長椅上放了雞蛋，再挪到大街上。於是，德國鬼子沒有進我們家，也沒有問我們：「猶太人？」我和妹妹都有一頭黑色的鬈髮。

我們在小河裡洗澡時，忽然看見從河底浮上來一個黑色的東西。當時我們都以為，那只是一截樹樁，它隨著水流沖到了河岸邊。這時我們才仔細看清楚了，那個東西有手臂，有腦袋……我們馬上明白了過來，那是一個人。但我覺得，沒有人害怕，誰都沒有喊叫。然後我們想起來了，大人說過，我們有個機槍手死在這個地方，連同自己的機關槍也一起掉進水裡。

戰爭才開始幾個月，我們在死亡面前就已經變得無所畏懼了。我們把機槍手拖到岸上，有人去找來了鐵鍬，挖好了坑，我們把他埋了。大家都站著默哀，有一個小女孩還在胸前畫了十字，她的奶奶從前在教堂裡工作，她學會了祈禱。

這些都是我們自己做的，只有我們這些孩子，沒有大人。戰爭前我們當然都不知道怎麼埋葬死人，但那一刻我們卻自然地知道要怎麼做。

有兩天時間，我們還潛進水裡去找那把機關槍……

所有骨頭盛不滿一個籃子

列昂尼德・西瓦科夫，當時六歲。
現在是鉗工。

太陽已經升起了。

牧人把奶牛驅趕在一起。憲兵執法隊讓大家在限定時間內把牲畜趕到格廖扎小溪旁，他們挨家挨戶搜查，手裡拿著名單，按名單槍殺百姓。他們讀著：母親、祖父、孩子，某某歲……按名單嚴格檢查，如果少了一個，就開始四處搜索，在床下或在炕爐後找孩子。

等所有家人都找齊了，他們就開槍打死。

我們家一共有六個人：外婆、媽媽、姊姊、我和兩個弟弟。我們看著窗外，當他們去鄰居家時，我和最小的弟弟跑向客廳，掛上了門鉤。我們坐到櫃子上，坐在媽媽身邊。

門鉤太脆弱了，一個德國人一下子就把它扯斷了。他跨進門檻，讓我們都站好。我還沒來得及看清楚他的模樣是上了歲數的，還是年輕的，我們就都倒下了，我滾到了櫃子後面。

我第一次恢復知覺，是因為聽到有某種聲音在滴答滴答地響，滴答滴答像水滴落的聲音。我抬起頭，媽媽的血流了出來，死去的媽媽躺在地上。我在血泊中爬行，所有人都染滿了一身鮮血。我躺在血泊裡，就像躺在水裡，全身都濕透了。

我聽見有兩個人走了進來。他們清點著屍體的數目，其中一個人說：「那邊少了一個人，得找出來。」於是，他們開始搜尋，低頭查看床下，媽媽在床下藏著一袋糧食，袋子後面就是平躺著的我。他們把袋子拖了出去，滿意地走了，忘記名單上還有一個人沒找到。他們離開後，我就又昏了過去。

等我第二次恢復知覺時，我們家的房子著火了。

大火炙烤得讓我難以忍受，我看見自己全身是血，但不清楚我哪裡受了傷，我感覺不到疼痛。整間房子都是濃煙，我爬到院子裡，然後爬進了鄰居的菜園。到了那裡才感覺到，我的一條腿受傷了，一條手臂也斷了。好痛好痛！有一段時間，我又什麼都不知道了。

第三次甦醒過來，我好像聽到了一位老婦人的聲音，我向著聲音爬了過去。聲音在空中飄送，我沿著聲音爬過去，就像順著一條線，爬進了農莊的車庫裡。但我一個人也沒有看到，聲音好像是從不知哪邊的地下發出來的。當時我猜想，有人在檢修溝裡叫喊著。

我站不起來，只能爬向那條坑道，向下一看，坑裡滿滿是人。他們都是斯摩棱斯克的難民，原先住在我們的學校裡。一共有二十個家庭，所有人都躺在坑裡，上面有個受傷的小女孩，她站起來又倒下，就是她在叫喊。我往後一看，整個村子已經一片火海，沒有其他的活人了，就剩這個小女孩。我倒在她的身邊，躺了多久，我不知道。

等我醒來時，覺得小女孩應該死掉了。我碰了碰她，喊她，但她都沒有回應。就只有我一個人活了下來，他們都死了。太陽高高照耀著，曬熱的血泊蒸騰著水氣，我頭暈目眩……我躺了好久好久，一會兒醒一會兒昏迷。我們全家在星期五被槍殺，外公和姨媽星期六從另一個村子趕過來。他們在坑裡找到了我，把我放到獨輪車上。獨輪車一路顛簸著，我很疼，想喊卻發不出聲音，只能一路流淚。之後我有很長一段時間都說不出話來，七年下來，只能小聲呢喃，但誰都聽不懂我說的是什麼。七年後，我才開始能一個字一個字地慢慢發出聲音，終於聽見了自己的聲音。

在我們原來住的地方，外公把那些骨頭收集了起來，放到籃子裡，但所有的骨頭盛不滿一個籃子。

這就是我要說的全部故事，這就是經歷那些恐懼之後留下來的全部嗎？就這麼數百個字。

他們把小貓從家裡帶了出去

托尼婭・魯達科娃，當時五歲。
現在是幼兒園主管。

戰爭的第一年，我記住的事情不多。

德國兵一大早就來了，當時院子裡還灰濛濛的。他們讓大家站到草坪上，命令那些剃平頭的人：「站出來！」剃平頭的都是戰俘，被村民帶回家照管。他們被帶到樹林裡，槍決了。

在這之前，我們都很喜歡在村子後面跑來跑去，在樹林旁玩耍。這樣一來，我們都嚇得不敢去了。

我還記得媽媽烤麵包，她烤了好多麵包，放在長條凳上、桌子上、地板的毛巾上，以及客廳裡，放得到處都是。我驚訝地問她：「媽媽，為什麼烤這麼多麵包啊？叔叔他們都被打死了，這麼多麵包要給誰吃啊？」

她把我趕出門外：「去找朋友玩吧。」

我害怕媽媽會被打死，所以一直都跟在媽媽身後跑來跑去。

深夜，游擊隊員來把麵包拿走了。我從來沒有看過那麼多的麵包。德國兵挨家挨戶搜刮得一乾二淨，我們都在餓肚子。我請求媽媽：「點著爐子，給我烤麵包吃吧，要烤好多好多。」

這就是戰爭第一年我能記得的所有事情。

也許是我慢慢長大了，接下來記得的事變多了。他們燒了我們的村莊，先是開槍殺死了我們的百姓，然後是放火燒了房子。我是從地獄裡倖存下來的。

他們沒有在大街上開槍殺人，而是直接走進家裡。他們站在窗子旁討論：「接下來，我們去安尼西卡家開槍。」

安尼西卡家完事了，他們去了安菲薩家……

我們站著，等著，等著他們過來開槍打死我們。誰也沒有哭，誰也沒有叫喊。我們都站著。我們有個鄰居帶著自己的小男孩，她說：「我們到外面去吧，他們不在街上開槍。」

德國人走到院子裡，第一個是士兵，第二個是軍官。軍官的個頭很高，他的長統靴子也很高，大簷帽也很高。我記得清清楚楚……

他們把我們往房子裡頭趕，女鄰居倒在草地上，親吻著軍官的靴子：「我們不走。我們知道，在裡面會被開槍打死。」

他們說：「粗留客！粗留客！」意思是說，往回走。房間裡，媽媽坐在桌子旁邊的長條凳上，我還記得她端起一杯牛奶，給我們最小的孩子喝。四周異常安靜，我們都能聽見他吧嗒吧嗒的喝奶聲音。

我坐在一個角落裡，把一支掃帚放在自己前面。桌子上有一塊很長的桌布，鄰居家的小男孩藏到了桌子下面，躲在桌布底下；他的兄弟鑽到了床底下。而女鄰居跪在門檻邊，乞求著：「老爺，我們的孩子都還小了。老爺，我們的孩子太小太小啦……」

我記得，她一直這樣乞求著，乞求了很長時間。

軍官走到桌子前，撩起桌布，開了一槍。從裡面發出一聲叫喊，他又開了一槍，鄰居家的小男孩一直喊叫著，那個軍官打了五槍。

他轉頭看著我，我努力想往掃帚的後面躲藏，但是怎麼也藏不住。他有一雙那麼漂亮的灰色眼睛，真是的，我連這個都記得。我嚇壞了，嚇得喊叫：「叔叔，您要打死我嗎？」但他什麼也沒有說。恰好這時從另一個房間走進來一個士兵，幸好他走進來，他扯下房子裡的一塊大窗簾。他把軍官叫了過去，給他看床底下窩著的幾隻小貓咪。大貓不在，只有一窩小貓。他們把小貓抱在手裡，笑了，開始逗弄著牠們玩。玩了一會兒，軍官把牠們交給了士兵，讓他帶到外頭去。他們就把小貓從家裡抱了出去。

我記得，被槍殺的媽媽頭髮燒著了，而她旁邊的小弟包在襁褓裡，我和哥哥從媽媽的身邊爬過去，我扯著哥哥的褲子爬。一開始，我們躲在院子裡，然後躲到菜園裡，傍晚時我們躲到了馬鈴薯地裡，晚上再爬進灌木叢中。到了那裡後，我才哭了起來。

我們是用什麼方式存活下來的？我記不清了，我和哥哥活了下來，還有那四隻小貓。我們的外婆來了，她住在河邊，把我們帶走了。

你要記住這個地址

薩沙・索利亞寧，當時十四歲。
現在是一級傷殘軍人。

我是真的不想死，特別不想死在剛破曉的黎明時分。

敵人押著我們去槍決場，走得很快。德國鬼子急著要去幹什麼，這是我從他們的談話中聽到的。在戰爭爆發前，我喜歡德語課，甚至自己學會背誦好幾首海涅*的詩歌。我們一共有三個人，兩個戰俘（兩名上尉）和我。我還是個小孩子，在樹林裡撿武器時，被德國人抓住了。我溜掉了兩回，第三次被逮住了。

我不想死。

那兩名戰俘壓低聲音對我說：「快跑！當我們撲向押送的敵人時，你就跳進灌木叢裡。」

「我不要逃跑。」

「為什麼？」

「我要和你們在一起。」

我想和他們一起犧牲，就像一名真正的戰士。

「我們命令你快跑！要活下去！」

其中一個戰俘叫丹尼拉．戈里高利耶維奇．約爾丹諾夫，來自馬利烏波里市；另外一個叫亞歷山大．伊萬諾維奇．伊里英斯基，來自布良斯克。

「你要記住，馬利烏波里市，帕爾科瓦亞街六號。你記住了嗎？」

「布良斯克市……街，記住了嗎？」

敵人開槍了。

我沒命地跑，跑啊跑啊！我的大腦裡敲打著：「馬利烏波里市……這個要記住，一定要記住。」但是因為太害怕了，我還是記不全。

我忘記了布良斯克市的街道名稱和門牌號碼。

＊海涅（Heinrich Heine，一七九七～一八五六），猶太裔，十九世紀最重要的德國詩人和新聞工作者。

我聽見，他的心臟停止了跳動

列娜．阿羅諾娃，當時十二歲。現在是法學家。

我們的城市突然變成了一座兵城，我們那個和平寧靜、四季常青的戈梅利市*。

父母打算把我送到莫斯科去，我的哥哥在軍事學院上學。大家都覺得，莫斯科永遠都不可能被攻陷，這是一座堅不可摧的堡壘。我不想離開，但是父母堅持要這樣做，因為敵機開始轟炸我們時，我白天什麼東西也吃不下，食物讓我強烈反胃，人一天天消瘦下去。媽媽認為莫斯科會平靜些，莫斯科一切都會好的。於是，他們決定把我送到莫斯科，她和爸爸會在戰爭結束後來接我。他們覺得那一天很快就會到來。

但是，火車沒有開到莫斯科，開到馬拉雅羅斯拉維茨就讓我們下車了。火車站上有國際長途電話，我來回跑了好幾次，想給哥哥打電話，問他我應該怎麼辦。電話打通了，哥哥說：「坐在那裡等著，我去接你。」在驚恐中過了一個晚上，車站人很多，突然宣布：「半小時後火車開往莫斯科，請大家上車。」我收拾好東西，跑到火車上，爬到一個上鋪，睡著了。等我醒來，火車停靠在一條不大的河流邊，有女人正在河邊洗衣服。「莫斯科在哪裡？」我驚恐地問。人們回答我，火車正把我們載往東方……

我從車廂裡出來，因為傷心和失望大哭了起來。可是，迪娜看到我了，這是我的朋友，我們是從戈梅利一起出來的，我們的媽媽一起送我們上的火車，但在馬拉雅羅斯拉維茨時我們走散了。現在，我們兩個人又在一起了，我也不那麼害怕了。在車站，有人把食物送到了火車上：三明治，還有用大車子送來、用蓋桶裝著的牛奶，有一次甚至還給我們送來了熱湯。

在哈薩克北部庫斯塔納州的扎爾庫里車站，讓我們下了車。我和迪娜第一次坐上了馬車，兩人互相安慰說，到了目的地就要立刻給家裡寫信。我說：「如果房子沒被炸毀，父母還會收到我們的信，但萬一房子沒了，我們該往哪裡寄信呢？」我的媽媽是兒童醫院的主治醫生，爸爸是手工技校的校長。爸爸個性溫和，連外貌都是標準的老師模樣。當他第一次下班回家帶著手槍（單位發給他的）時，我看見他的普通西裝上佩帶了槍套，簡直嚇壞了。我覺得爸爸也害怕手槍，晚上他會小心地拿下來，放到桌子上。我們住的是大房子，但房子裡沒有軍人，我以前也從來沒有看過手槍。我一直以為手槍會自動射擊，我們家裡將會發生戰爭。但只要爸爸拿下手槍，戰爭就結束了。

我和迪娜都是都市女孩，什麼也不會。到了目的地，第二天就派我們到田裡工作，一整天都

＊戈梅利（Gomel）是白羅斯的第二大城市，鄰近烏克蘭邊境。

要彎腰站著。我累到頭暈眼花，癱倒在地上。迪娜守在我旁邊哭，不知道怎麼辦。當地的女孩農活做完了，我們才剛剛做到一半，遠遠落後一大段。最可怕的是我被派去擠牛奶，他們給了一個擠奶桶，但我從來沒有擠過牛奶，不敢走到奶牛前面。

有一次，有個人從車站帶回來一張報紙。從上面得知，戈梅利被占領了，我和迪娜哭了起來，既然戈梅利都被占領了，那我們的父母應該都犧牲了，我們會被送到保育院。我不想去保育院，我想去找哥哥。但是迪娜的父母卻趕來接我們，簡直太神奇了，他們竟然找到我們了。她的父親在奇卡羅夫州的薩拉克塔什市當主治醫生，醫院的院子裡有一間不大的房子，我們就住在那裡。睡在用板子搭成的簡便床上，床墊裡塞的是麥稈。我的髮辮已長過了膝蓋，令我很難受，但沒有媽媽的允許，我不能剪頭髮。我心裡有一個願望，希望媽媽還活著，總有一天會來找我。媽媽最喜歡我的髮辮了，如果我剪掉了，她一定會罵我的。

這樣的事情只可能發生在童話裡。有一天的黎明時分，還是在戰爭期間，有人敲響了窗子。我坐起身，就看到媽媽站在那裡。我一下就昏了過去……媽媽很快就幫我剪掉了長髮，往頭上抹了煤油來除蝨子。

媽媽打聽到爸爸的學校轉移到了新西伯利亞，於是我們就去投靠爸爸。在那裡，我又開始上學，午飯後我會去軍醫院幫忙，城市裡送來了許多傷患，從前線轉送到了大後方。我們像護士一樣工作，我被分配到了外科，這是最繁重的科室。他們把舊床單發給我們，讓我們撕扯開來做成繃帶，纏好成一捲再送到無菌室裡消毒。我們清洗舊繃帶，有時從前線上運回這樣的繃帶，用大籃筐裝著，堆在院子裡。它們血漬斑斑，黏滿膿水。

我生長在醫生家庭，早在戰爭前就打算好將來要當醫生。他們讓我去手術室幫忙，我就去手術室。其他小女孩都害怕，但我無所謂，只要能幫大人的忙，就覺得自己是個有用的人。每次上完課，我就飛快地跑到軍醫院，從來沒有遲到過。我記得我昏倒了幾次：看到醫生切開沾黏的傷口時，傷者叫喊著……還有好幾次因為繃帶的氣味而不停嘔吐。舊繃帶的氣味非常重，不是藥味，而是其他的味道，陌生的、令人窒息的，那是死亡的氣息，我已經知道了死亡的氣味。當你走進醫院，儘管傷者還活著，但你已經嗅到了這種味道。有許多女孩子離開了，她們忍受不了這些，她們想要為前線的戰士縫製手套，於是就走了。但我不能離開醫院，當所有人知道我的媽媽是醫生，我怎麼離開呢？

但是我哭過很多次，因為傷患死了。他們死的時候，我呼喊著：「醫生，醫生！快點！」醫生跑了過來，但還是救不了他，送到外科的都是重傷者。我記得有一名中尉，他向我要一個熱水袋。我給他放好熱水袋後，他抓住了我的手，我掙脫不開。他把我的手拉近，握著我的手，竭盡全力地抓著。我聽見他心跳停止的聲音，跳著，跳著，就停止了。

戰爭期間，我知道了那麼多的事，比我一輩子知道的都還多。

我跟著姊姊去了前線

尼古拉・列契金，當時十一歲。
現在是機械技師。

家裡一片沉寂，家人變少了。

戰爭開打不久，哥哥就應召入伍。薇拉姊姊一次次跑到兵役委員會，一九四二年三月，她也如願去了前線。家裡只剩下了我和小妹。

親戚把我們送到了奧爾洛夫州，我在農莊裡工作，那裡都沒有男人了，所有男人該做的工作都落在了像我這樣的少年肩上。我們代替了男人，我們的年紀大都在九歲到十四歲之間。我第一次去田裡耕地時，那裡的女人從自己的馬身邊站起，把我趕到一邊。我站著、等著，希望有個人能夠教教我，但她們沿著第一條犁溝走過去了，又從第二條犁溝返回來；而我還是一個人。那好吧，我就自己來吧，我沿著一條犁溝耕田，終於追上她們。從那天早晨起，我開始到田裡幹活，晚上就和其他男孩去放牧。我放馬，趕馬去吃夜草。一天如此，第二天如此，日子一天天過去，我累得病倒了。

一九四四年，薇拉姊姊受傷後從醫院回家待了一天，她來看望我們。隔天早上有人趕著馬車把她送去車站，我步行去追趕。在火車站，一名士兵不准我進車廂：「你和誰來的，小男孩？」我沒有驚慌失措，鎮定地回答他：「和上士薇拉・列契金。」

於是，他們也讓我去了前線。

在太陽升起的地方

瓦麗婭・科扎諾夫斯卡婭，當時十歲。
現在是工人。

童年的記憶有恐懼，也有一些美好的東西。

我們家離軍醫院不遠。醫院被炸時，我看見傷患連同枴杖從窗戶跌落了下來。我們的房子也著火了，媽媽衝進火海中，叫喊著：「我要拿些孩子的衣服。」

我們的房子燒沒了，媽媽也燒死了。我們跑過去追她，其他人趕緊上前抓住我們：「孩子，你們的媽媽已經救不回來了。」大家往哪裡跑，我們就跟著往哪裡跑。死屍遍地，還有許多受傷的人不停在呻吟、求助。可是，誰能幫他們呢？我嗎？十一歲的女孩，還帶著一個九歲的妹妹。後來，我卻和妹妹走散了。

我們是在明斯克郊外重逢的，就在奧斯特羅什茨基鎮的孤兒院裡。戰前，父親曾經把我們送到這裡參加少年先鋒隊夏令營。這是一個很美麗的地方，德國人把夏令營改造成了孤兒院。一切既熟悉又陌生。剛開始幾天我們一直在哭，我們都失去了父母，房子也都燒沒了。保育員是一些上了年紀的女人，都是規規矩矩的德國人。過了一年（我覺得應該是一年），開始從我們之中挑選孩子送到德國去。他們不是按照年紀挑選，而是按照身高。我很倒楣，個頭像父親，而妹妹像媽媽，個頭很小。有幾輛車子開了進來，周圍都是持槍的士兵，把我們趕上車，妹妹叫喊著，被人拽到一邊，向腳下射擊，不讓她靠近我。就這樣，我們姊妹兩人又分開了。

車廂裡擠得滿滿的，整個車廂裡都是孩子，沒有一個超過十三歲。第一次我們在華沙停靠，沒有人給我們水喝，也沒有人給我們東西吃，只有一個不知是誰的老頭走進車廂，帶著一袋子的紙條，上面用俄語寫著祈禱詞「我們在天上的父」，他給每個人發了一張這樣的紙條。

過了華沙後，火車又行駛了兩天，把我們載到了一個看起來像是檢疫站的地方。所有孩子都被脫光了衣服，一絲不掛，男孩女孩站在一起，我因為害羞而哭了。女孩想擠到一邊，男孩子則想到另一邊去，但是他們把我們轟趕到了一堆，一起趕到水龍頭下，水冰涼冰涼的，散發著陌生的氣味，後來再也沒有聞到過，我當時不知道裡頭添加了消毒藥劑。什麼都顧不上了，眼睛不是眼睛，嘴巴不是嘴巴，耳朵也不是耳朵，我們一個個接受體檢，然後發給了我們和病號服一樣的條紋褲子和上衣，腳上穿的是木製涼鞋，胸前一律掛著一個寫著「Ost」的小鐵牌。

他們把我們趕到外面，排成一列像尺一樣筆直的橫隊。我想，這次又要把我們運送到哪裡去呢，可能是某個集中營。後面有人小聲說地：「他們要把我們賣了。」一個年老的德國人走了過來，選中了我和另外三個女孩，他給了我們一些錢，指了指鋪著麥稈的大車子：「你們坐到上面去！」

我們被車子載到一個不知名的田莊，有一棟非常高大的房子，環繞四周的是一座古老的公園。我們住進木板搭成的棚子裡，一半地方養著十二條大狗，另一邊就是我們了。我們馬上被派去田裡工作，撿拾田裡的石頭，以免弄壞了犁和播種機。我們要把石頭堆疊在一邊，要堆疊得整整齊齊。但我們穿的是木製涼鞋，腳上泥濘不堪。我們吃的，都是餿掉的麵包和脫脂牛奶。

有一個女孩撐不下去，死了。她被放到馬背上，馱到了森林裡，什麼都沒有穿，就直接這樣埋了。她的木製鞋和條紋上衣被帶回莊園。我記得，她的名字叫奧麗婭。

農莊裡有一個很老很老的德國人，他幫主人餵狗。他俄語說得很差，但經常鼓勵我們一定要堅持下去：「挺住，希特勒完蛋，俄國人勝利。」他走到雞籠前，偷幾顆雞蛋放在帽子裡，藏在自己的工具箱（他在莊園裡還做些木工）。他手裡拎著斧頭，假裝要去幹活，然後把箱子放到我們身旁，一邊觀察著四周，向我們揮手，讓我們快點把雞蛋吃掉。我們喝完雞蛋後，把蛋殼埋進土裡。

兩個塞爾維亞的小男孩叫我們過去，他們也在這個莊園裡工作，跟我們一樣，他們也是奴隸。他們說出了自己的祕密計畫：「我們應該逃跑，否則我們都會死，就像奧麗婭一樣被埋到樹林裡，再把我們的木涼鞋和上衣拿回來。」我們很害怕，但是他們再三向我們保證。莊園後面有一片沼澤地，早晨我們悄悄靠近那邊，然後就跑走了。我們往太陽升起的方向跑，向著東方。

晚上我們鑽進灌木叢裡睡覺，大家都累壞了。早晨睜開眼，四周一片安靜，只有蛙鳴聲。我們起身，用露水擦了臉，又向前繼續走。走了沒多久，就看到前面有一條公路，對面就是茂密的美麗森林。如果能順利穿越馬路進入森林，我們就得救了。有個男孩趴下，觀察著公路，他喊了一聲：「快跑！」我們都跑到公路上，但從森林裡迎面開來了一輛裝著武器的德國汽車。敵人迅速包圍了我們，開始痛打那兩個男孩。

奄奄一息的他們被扔上汽車，女孩則坐到他們旁邊。敵人說：「他們會好的，而你們會更好，俄國豬。」他們從鐵牌上知道，我們是從東邊來的。我們都嚇壞了，甚至都忘了哭。

我們被帶到了集中營，那裡的孩子坐在麥稈上，全身爬滿了蝨子。麥稈是從田間弄來的，通電的鐵絲網外面就是一大片麥田。

每天早晨有人會敲打著鐵門，然後走進來一位微笑的軍官和一位美麗的女人，她用俄語對我們說：「誰想喝粥，就趕快到院子裡排隊。給你們開飯了。」

孩子站起來，爭先恐後地推擠著，大家都想喝粥。

「只能給二十五個人吃，」女人清點著人數，「別吵，剩下的人等明天吧。」

剛開始，我信以為真，也和其他孩子一起跑過去，推擠著，後來害怕地想：「為什麼那些被帶去喝粥的人都沒有回來呢？」我坐在鐵門下最靠近入口的地方，當我們人數越來越少時，女人還是沒有發現我。她總是站在門口，背對著我清點人數。這持續了多長時間，我說不清楚。我覺得，當時的我好像失去了記憶。

在集中營裡，我甚至沒有看過一隻小鳥或一隻蜘蛛。我心想哪怕能找到一條蟲子也好啊。但是，牠們都不在這裡生活。

有一天，我們聽到喧嘩的叫喊聲、射擊聲。有人敲打著鐵門，我們的士兵衝進了牢房，叫喊著：「孩子們！」把我們抱到肩頭，摟在懷裡，每個士兵都抱了好幾個，因為我們都很輕很輕。他們親吻著我們，擁抱著我們，一邊哭一邊把我們帶到了外面……

我們看到了焚屍爐的黑煙囪。

我們接受治療了好幾個星期，也恢復正常飲食。人們問我：「你幾歲了？」我說：「十三歲。」「啊，我們以為你只有八歲呢。」恢復健康後，我們被帶回了太陽升起的地方。我們終於要回家了。

白襯衫在黑暗中遠遠發著光

葉菲姆・弗里德連德，當時九歲。
現在是矽酸鹽產品聯合工廠副經理。

我的童年結束了，就在第一聲槍響中結束了。

戰爭前，我害怕一個人留在家裡，但如今恐懼消失了。那些據說坐在壁爐後面的家神，我已經不再相信了。我們乘坐一輛大車離開了霍基姆斯克，媽媽買了一小籃蘋果，放在我和妹妹面前，我們就吃這些蘋果。開始轟炸時，妹妹的手裡拿著兩顆漂亮的蘋果，我們為了這兩顆蘋果吵了起來，她不給我。媽媽罵我們：「趕快藏起來！」但我們還在爭搶蘋果。直到我請求妹妹：「給我一顆吧，要不然等我們被打死，都來不及吃了。」於是妹妹給了我一顆最漂亮的。此時，轟炸停止了，我沒捨得吃這顆可愛的蘋果。

我們坐著車，走在我們前面的是乳牛群。從父親（戰前他是霍基姆斯克「畜牧採購站」的經理）那裡得知，這些不是普通的奶牛，而是種畜，牠們是花了一大筆錢從國外買進來的。我記得，父親當時說不清楚，一大筆錢到底是多少錢，後來他跟我舉了個例子，每頭牛的價格相當於買一台拖拉機的價格，或一輛坦克車的價格。既然是坦克車，那肯定是很多錢了。所以，我們對每一頭奶牛都很珍惜。

我可以說是在一個畜牧家庭長大的，我也喜歡動物。連續轟炸過後，我們沒有了馬車，我走在牲口群的前面，在自己身上綁了條繩子，繩子另一頭拴在公牛瓦西卡的鼻環上。奶牛有很長一段時間都不習慣轟炸，牠們體型龐大笨重，也不習慣走很長的路。後來，牠們的蹄子都走到裂開了，疲憊至極。襲擊過後，很難再把牠們趕在一起。但是，只要有一頭公牛走到路上，其他的牛都會跟在牠身後走。而這頭公牛最聽我的話。

母親會趁著黑夜，幫我洗乾淨那件白色的襯衫。每天黎明都會聽到上尉圖爾欽喊著：「快起來！」他是我們這支撤離隊伍的領隊。我穿上襯衫，驅趕著公牛往前走。我突然想到，一直以來我都穿著白色襯衫。白襯衫在黑暗中發著光，從老遠就能看見。我和公牛一起睡覺，就躺在牠的前腿邊，這樣會暖和一些。瓦西卡從來都不會先起來，牠會等著，等我起身後牠才會動。牠感覺得出來，在牠身邊是一個小孩子，要小心點不要碰疼他。我和牠躺在一起，從來都不用擔心。

我們步行到了圖拉，走了將近一千公里，花了三個月。走到後來，大家已經都是光著腳走路了，衣服也破爛不堪。留下來的牧人很少，奶牛的乳房膨脹，來不及擠奶。牠們脹痛著，就站在你身邊看著你。我的雙手幾乎沒停過，每天都要給十五到二十頭奶牛擠奶。

直到現在，那時的一幕幕場景就像在眼前：後腿炸斷的奶牛臥在道路上，青紫的乳房流著奶水。牠看著人，等待著。戰士停了下來，端起槍要打死牠，好讓牠別再受罪。我請求他們：「請等等。」

我走向前，把牛奶擠到地上，奶牛感激地舔著我的肩頭。「啵，」我站起身，「現在你們可以開槍了。」我遠遠地跑開，不想看見。

在圖拉我聽其他人說，我們驅趕過來的這群奶牛要送去肉品加工廠，沒地方養牠們。德國人已經靠近城市了。我穿上白襯衫，去和瓦西卡告別，牠衝著我的臉沉重地喘著氣。

一九四五年五月，我們回到了故鄉。快到達奧爾沙時，我正站在列車的窗戶旁。媽媽走過來打開窗子，她說：「你有沒有聞到我們沼澤地的氣味？」我很少哭，但當時一聽完我就嚎啕大哭了起來。當初撤離時，我曾夢見我去收割沼澤地的乾草，把乾草堆成草垛，它們曬乾後會散發著香香的味道。故鄉沼澤地中的乾草散發出的香味，跟其他地方都不一樣。我覺得只有在我們那裡，在白羅斯，沼澤地裡的乾草才有這樣濃郁的香味，我甚至在夢中都能聞到。

勝利那天，鄰居的寇里亞叔叔跑到街上，向著天空開槍。男孩圍住他：「寇里亞叔叔，給我！寇里亞叔叔，給我！」

他依次把槍給了每個孩子。那天，我生平第一次開了一槍。

媽媽倒在我剛剛擦洗過的地板上

瑪莎・伊萬諾娃，當時八歲。
現在是教師。

我有一個和睦的家庭，所有家人都互相關愛。

我的父親參加過內戰，從那時開始就一直穿著軍裝。我們有一座農莊，農莊的經營一直都很成功，甚至還登上過報紙。當我開始認字讀書時，父親曾拿《真理報》的剪報給我看，上面是介紹我們農莊的一篇文章。身為優秀的農莊領導，父親在戰前被派去參加農業成果大會和莫斯科的農業博覽會，回來時，他帶給我一本漂亮的兒童書，還有一個鐵盒裝的巧克力糖果。

我和媽媽都非常愛爸爸，他也愛我和媽媽。或許這是我美化過的童年吧？但是無論如何，戰爭前的所有記憶都是愉快又美好的。因為，那裡有我的童年，真正的童年。

我想起了一些歌曲，女人從田裡回家時會一路唱著。太陽落到了地平線，從山的後面傳過來她們的歌聲：

到了回家的時候了，回家吧。

我迎著歌聲跑出去，因為那群女人裡有我的媽媽，我聽得出她的聲音。媽媽把我抱了起來，我緊緊摟著她的脖子，然後跳下來跑在她的前面，而歌聲追趕著我，充滿了整個世界，那麼快樂，那麼美好！

在幸福美好的童年之後，突然世界變了，因為戰爭來了。

戰爭一開打，爸爸就走了，他去參加地下反抗軍。他不能住在家裡，因為所有人都認識他。他只有在晚上才會偷偷回來看我們。

有一天，我聽見他和媽媽說話：「在公路附近，我們炸毀了德國人的車子……」

我被爐煙嗆得咳了起來，父母都嚇了一跳。

「這件事誰都不能知道，女兒。」他們趕緊提醒我。

我越來越怕天黑。心想要是父親來看我們被法西斯份子知道了，他們會抓走爸爸，而我是那麼愛他。

但我還是一直等著父親。我躲到大火炕的角落裡，抱緊了奶奶，努力不讓自己睡著，即便睡著後也會經常醒過來。風吹著煙囪，嘰吱作響。我只有一個念頭：「不能睡，睡著了就不知道爸爸回來了。」

突然我開始警覺到，不是暴風在吹，而是媽媽在哭。我發燒了，患了傷寒。

父親在深夜回來了，我是第一個聽見的，我叫醒奶奶。父親很冷，而我正在發燒，他疲憊地坐在我身邊，變得好蒼老。突然間，意外地傳來了敲門聲，重重的敲門聲。父親都還來不及脫下羊皮襖，偽警察就闖了進來，把他拉到外面去。我跟在他的身後，他向我伸出手，敵人用步槍打他的手，還敲打著他的頭。我光著腳踩在雪地上，一路跟著他跑，一直跑到河邊。我叫喊著：「爸爸，爸爸。」奶奶在家裡祈禱：「上帝在哪裡？上帝躲到哪裡去了？」

他們殺死了父親。

奶奶無法忍受這樣的痛苦，天天都在偷偷地哭，只過了兩周，她就死在炕上了，當時我就睡在她的身邊，摟著死去的她。那時家裡只有我，媽媽帶著弟弟躲到了鄰居家。

爸爸死了以後，媽媽也變了一個人，整天不出家門，只說爸爸的事。她幾乎忘了我的存在，但我一直努力要讓她看到我。想盡辦法要讓她高興起來，但是只有我們一起回憶爸爸時，她才會變得有些生氣。

我還記得，那些幸福的女人一邊跑一邊喊著：「鄰村派來了一個小夥子，騎著馬來送信，他說戰爭結束了。很快的，我們的男人就要回家了。」

媽媽聽到後，癱倒在乾淨的地板上，我剛剛擦洗過的地板。

上帝是否看到了這些？祂是怎麼想的……

尤拉．卡爾波維奇，當時八歲。
現在是司機。

我看到了那些不能看的，只要身為人都不能看的。我當時還很小……

我看過，一個士兵狂奔著，摔倒在地，手裡緊緊抓著泥土不放。

我看過，戰俘被押送著走過村子。一列長長的隊伍，每個人都穿著撕爛或燒破的軍大衣。他們深夜停留過的地方，樹皮都被啃光了。敵人把死馬扔給他們當食物，他們把牠撕爛了生吃。

我看過，深夜德國鬼子的軍用列車翻覆了，著火了。隔天早上他們讓那些在鐵道上工作的人都躺到鐵軌上，火車從他們身上輾了過去。

我看過，把人像牲口一樣套在四輪馬車上。他們的脊背上印著黃色的星星，敵人用鞭子驅趕著他們，快活地像在開著他們的賓士汽車。

我看過，敵人用刺刀刺死母親懷抱中的孩子，扔到火裡，投進井裡。

我看過，鄰居家的狗在哭，就蹲在房子的灰燼裡，孤零零的。牠有一雙老年人的哀傷眼睛。

我當時年紀明明那麼小……

因為經歷過這些，我長成了一個憂鬱又多疑的人，性格孤僻。有人哭泣時，我不會同情，相反的，我會覺得輕鬆些，因為我自己不會哭。我結過兩次婚，兩任妻子都離我而去，任何人都無法跟我長久過日子，很難愛上我。我知道，我自己都知道。

許多年過去了，現在我想問問：「上帝是否看到了這些？祂又是怎麼想的……」

這世間，讓人百看不厭

柳德米拉・尼卡諾羅娃，當時十二歲。現在是工程師。

回想起來，我們是不是在戰爭發生前就在說戰爭了？

收音機播放著歌曲〈如果明天就是戰爭〉：「我們的裝甲車堅固，坦克飛快，孩子可以安心入睡……」

我們一家住在沃羅涅什。我童年的城市，學校裡有許多教師是老知識份子，有很高的音樂藝術水準。我們學校有著名的兒童合唱團，我也參加了，而且據我所知，大家都很熱愛戲劇。

我們是移居來的軍人家庭，住在有迴廊的四層樓房，夏天院子裡盛開著金合歡。我們常在樓房前的花壇裡玩耍，玩捉迷藏。更幸運的是，我父母都健在，爸爸是軍隊幹部，整個童年，我似乎只看過他穿軍裝。媽媽的個性溫柔，有一雙巧手。我是他們唯一的女兒，很容易就能猜到在這樣的環境下長大的我，個性固執又任性，但同時又很容易害羞。我在「紅軍之家」學習音樂，練習合唱。星期天是爸爸唯一不忙的一天，他喜歡和我們一起在城市裡散步。我和媽媽一起走在他的左側，好讓爸爸可以跟遇到的軍人隨時打招呼，行舉手禮。

爸爸喜歡陪著我一起讀詩，特別是普希金的作品：

學問會加快我們對飛馳流逝的生活的認識……*

好好學吧，我的兒子，

六月的那一天，我穿著漂亮的洋裝和朋友去「紅軍之家」的花園看戲，演出在十二點開始。我們看見每個人都在凝神聽著廣播，喇叭就架在電線杆上。所有人臉上都出現了不安的神色。

「你聽，戰爭爆發了！」朋友說。

我飛奔回家，闖進屋門。房裡很安靜，媽媽不在家，爸爸正在有條不紊地對著鏡子刮鬍子，他的一邊臉上還黏著泡沫。

「爸爸，打仗了！」

爸爸轉過身來，繼續刮鬍子……。我看見他的眼中有一種陌生的神情。我記得，家裡牆上的有線廣播喇叭被關閉了。這是他能做的一切，為了延遲我和媽媽知道這個可怕的消息。

生活瞬間改變了。我完全想不起來那些天爸爸是不是在家，他為何變成了另一個人。市裡召開全民大會，告訴大家萬一房子著火了，應該怎樣撲滅；晚上要關好門窗，晚上不該有燈光……。平常的食物攤不見了，換成了一張食品供應證。

最後，那個夜晚來臨了，完全不像我們如今在電影中所看到的：眼淚、擁抱，跳上開動中的火車。這些都沒有發生在我們身上，事實的經過就是這樣：爸爸就像只是收拾行囊去演習一樣。媽媽幫他整理好了行李，為他縫好了活動領子、野戰領章，檢查了鈕釦、襪子和手帕。爸爸拽了拽大衣，好像是我在拉著它。

我們一家三口人一起來到了走廊。時間已經很晚，除了大門，此刻家裡所有的門都已經關上了。要走到院子，我們不得不從第一層上到第二層，穿過長長的走廊，重新下樓。街道上一片漆黑，總是非常認真的爸爸說道：「就送到這裡，別再往前走了。」

他擁抱著我們：「一切都會好起來的，別擔心。」

他就這樣走了。

他從前線寄回來幾封信：「很快我們就會勝利了，那時我們的生活將會不一樣。我們的柳德米拉近來表現如何？」我想不起來，到九月一日之前我都做了些什麼。有一次我讓媽媽急死了，因為我沒跟她說一聲就跑去了朋友家。防空警報響了起來，就像平常一樣，大家很快就習慣了。沒有人特別跑到防空洞躲起來，而是待在家裡。有好幾次防空警報響起時，我正好在市中心的街道上。我馬上跑進商店，或者是跑到騎樓下。

---

*出自普希金的長詩〈伯里斯．戈都諾夫〉。

傳言四起，但那些都沒有留在記憶裡。在我童年的印象中，只記得媽媽在軍醫院值班，每天都會有載著傷患的火車到來。

最令人吃驚的是，貨攤上又擺上了貨物，可以自由購買。我和媽媽那幾天商量著要不要買一台鋼琴，最後決定暫時先不買，等爸爸回來再說。不管怎麼說，那都是一筆大開銷。

更讓人想不到的是，九月一日我們照常開學了。至於爸爸那裡，一整個八月都沒有半點音信。我們相信，我們等待著，儘管聽到了一些耳語，比如「武裝」或「游擊隊」之類的。到了九月底，我們被告知隨時要準備撤離。後來我們知道了確切的日期，再過一天一夜就要離開。但我們仍然堅信，只是離開一兩個月，在薩拉托夫的某個地方待上一段時間，就會再回來。整理包袱、裝進被褥、收拾好餐具和裝衣服的箱子。我們一切準備妥當。

撤離的路上，我記得這樣一段情景：沒有吹哨聲，我們搭的火車就開動了。我們馬上從火上端起鍋子，來不及滅火，就上了火車，火車滑行帶起了一道火鏈。火車抵達了阿拉木圖*，然後再折返奇姆肯特。就這樣來來回回，往返了好幾次。最後列車上換成了沉重的物資，拖著緩慢的速度運到了大後方。我平生第一次看到了土坯房，彷彿走進了東方的神話故事裡，眼前所見的畫面色彩斑斕，吸引了我的注意。

不久，我發現了媽媽的第一根白髮，我吃驚得說不出話來。我開始努力讓自己表現得更成熟。媽媽有一雙巧手，我不知道還有什麼是她不會做的。媽媽真是有遠見，在最後時刻還不忘帶上縫紉機，扔到開動中的列車上。縫紉機成了我們的救命恩人，供我們溫飽。每到深夜，媽媽都悄悄地縫製起衣服。我的媽媽，她有好好睡過一覺嗎？

從地平線上可以看到冰雪皚皚的天山峰頂，春天時，整個草原都會盛開著一大片紅色的鬱金香；到了秋天，葡萄、香瓜都成熟了。但是拿什麼買呢？戰爭還沒結束，我們到處尋找爸爸，三年時間寫了幾十封詢問的信，寄到軍隊司令部、野戰郵局一百一十六號、國防人民委員會、布古魯斯蘭的紅軍幹部總局……但得到的答覆都是：「在死亡和傷患名單中沒有發現這個姓氏。」既然沒有，我們就繼續等待，滿懷希望地等待。

廣播開始傳來令人愉快的消息。我們的軍隊解放了一座又一座的城市，奧爾沙也解放了，這是媽媽的故鄉，那裡有外婆和媽媽的姊妹。沃羅涅什也解放了，但如果爸爸不在，對我們來說，那裡就像陌生的地方。我們去投靠外婆，坐在火車車廂的走道上，連續五個晝夜都坐在那裡。

在外婆家，我最喜歡的就是守著俄式炕爐。去學校上課時要穿著大衣，許多女孩的大衣都是用軍大衣重新縫製的，男孩則直接穿著軍大衣。清晨，聽到廣播喇叭裡傳出來勝利的消息，那年我十五歲，我穿上爸爸戰前幫我買的禮物——毛線衣及高跟新鞋——去上學。我們很珍惜物資，衣服鞋子都會買大幾號，因為考慮到我很快就會長高。而如今，我真的長大了。

＊為哈薩克首府，蘇聯解體後曾繼續為哈薩克首都。盛產蘋果，因此有「蘋果城」之稱。

晚上我們坐在桌子前，桌上擺著爸爸的照片和一本破損的普希金詩集。這本詩集是爸爸送給他的未婚妻——也就是我媽媽——的禮物。我想起來了，我和爸爸一起讀過這些詩，當他特別高興時，會說：「這世間，讓人百看不厭。」他總是在高興的時候，重複著這句詩。

我無法想像，這樣可愛的爸爸或許不在人世了。

他們帶回來又細又長的糖果，像鉛筆一樣

列昂尼達・比拉婭，當時三歲。
現在是洗熨工人。

三歲的孩子是否能記得些什麼？我這就來回答。

有三、四個畫面，我絕對記得清清楚楚。

房子後面，一些陌生的叔叔在草地上做體操，在河裡游泳。他們跳高、叫喊、大笑，相互追逐，就像我們家鄉的男孩一樣。媽媽剛把我放下，我就往他們那裡跑，媽媽嚇得大叫，不允許我出家門。對於我的提問：「這些叔叔是什麼人？」她驚慌地回答：「德國人。」其他孩子都跑去河邊，帶回來一些又細又長的糖果，他們分給我吃。

這些叔叔白天會列隊在我們的街道上走來走去，開槍打死了所有衝著他們吠叫的狗。

此後，媽媽就禁止我白天到街上去，我只能跟貓一起待在家裡。

我們不知道要往哪裡跑，露水好涼。外婆的裙子一直濕到了腰部，我的裙子和頭也是濕漉漉的。我們躲進森林裡，我裹在外婆的上衣裡擦乾了身體，吸乾了裙子。

鄰居中有人爬到樹上，我聽見他說：「著火了，著火了……」翻來覆去只有這一句話。

我們回到了村子裡，在原先房子的位置，只剩下一堆沒有燒盡的黑木頭。在鄰居家燒毀的地上，我們找到了一把梳子。我認識這把梳子的主人，她是鄰居家一個叫安妞特卡的小女孩，她曾用這把梳子幫我梳過頭。媽媽不能回答我，安妞特卡和她媽媽去哪兒了？為什麼她們沒有回來？我的媽媽撫著胸口。我記得，安妞特卡曾經給我帶回來又細又長的糖果，那麼長，就像鉛筆一樣。她從那些叔叔——快活地在河裡洗澡的叔叔那裡拿到的，非常好吃，是我們從來沒有吃過的。安妞特卡長得非常漂亮，他們給她的糖果總是比別人還要多。

深夜睡覺時，我們會把雙腳伸進灰燼裡取暖。灰燼暖和又細軟……

箱子的大小正好和他差不多

杜妮婭・卡魯比娃，當時十一歲。現在是擠奶工。

戰爭還在打，可是田裡的活還是要照常做。媽媽、姊姊和哥哥都去田裡了，今天要種亞麻。他們出了家門，過了一個小時，時間不是太久，有女人就跑來大喊著：「杜妮婭，你家人被打死了，躺在田裡。」媽媽躺在袋子上，從袋子裡撒落了一地的種子。袋子上有許多彈孔。只剩下了我跟姊姊不久前才剛生下的小外甥，我的姊夫去參加游擊隊了。就這樣，只剩下我和這個小男娃。

我不會擠牛奶。奶牛在牲口棚裡叫著，牠也感覺得出來，女主人不在了。我家那隻狗整晚也叫個不停，還有那頭奶牛。

小娃兒往我懷裡鑽，他想吃奶。我想起姊姊平常怎麼奶孩子的，於是我把自己的乳頭給他吮吸著，他邊吮吸邊睡著了。我沒有奶水，但小娃兒累了，折騰累了，就睡著了。他病了，不知為什麼得了感冒？雖然我是家裡的老么，但我一夕之間長大了。孩子一直咳嗽，不停咳嗽，他沒有任何東西可以吃，奶牛已經被偽警察搶走了。

小男娃死了。他呻吟著，抽搐著，然後一動也不動了。周遭一瞬間沒了半點聲音，我掀開破布，看見他全身漆黑地躺著，只有小臉是蒼白的，乾淨的。蒼白的小臉，全身都是黑色的。

深夜，窗外一片漆黑。我要到哪兒去？我要等到天亮，等到破曉再去叫人。我坐著一直哭，家裡一個人也沒有，連小男娃都死了。天漸漸亮了，我把他放進了一個小箱子裡，那是我們家爺爺留下來的，裡面存放各種工具，箱子不大，像個小包裹。我擔心會有貓或老鼠啃咬他，他小小的身體就這麼躺著，比活著的時候還要小。我用乾淨的毛巾把他包起來，一條亞麻毛巾。我還吻了吻他。小箱子的大小，正好跟他差不多。

我害怕做這樣的夢

列娜・斯塔羅沃伊托娃，當時五歲。
現在是粉刷工人。

我的記憶中殘留著一個夢。

媽媽披上自己的綠色大衣，穿上皮靴，把六個月大的妹妹裹在暖和的被子裡，出去了。我坐在窗戶旁，等著媽媽。突然我看見路上有幾個人被押解著走過來，其中就有我的媽媽和妹妹。來到我們家附近時，媽媽轉過頭來，看了看窗子。我不知道她有沒有看見我。一個法西斯份子用槍托打她，打得她彎下了腰。

傍晚，我的小姨媽——媽媽的妹妹來了，她哭得很傷心，一邊扯著自己的頭髮，對著我說：「孤兒，孤苦伶仃的孩子。」這是我第一次聽到孤兒這兩個字。

那天深夜我做了一個夢，好像看到媽媽正在爐子裡生火，火燄燒得明亮，而我的妹妹在哭。媽媽在叫著我，但我好像在很遠的地方，我聽不到她的呼喊。我在驚慌和恐懼中醒來，掛念著媽媽在叫我，但我卻沒有回應。媽媽在夢裡哭，一直哭，我無法原諒自己，是我讓媽媽那樣地傷心。有好長一段時間我都在做同樣的夢，翻來覆去地做同一個夢。我想，我是如此害怕再做這樣的夢。

我甚至連媽媽的照片都沒有，媽媽沒有留下一張照片，只有留下這個夢。我知道，不論在哪裡都不能再看到媽媽了，只有在夢裡……

我希望媽媽只有我一個孩子，只寵愛我

瑪麗婭．普贊，當時七歲。
現在是工人。

請原諒我，每當回想起這些事情時，我不能，我無法……去看別人的眼睛。

他們把集體農莊的奶牛從牲口棚裡趕了出去，然後把人關在裡面，其中就有我們的媽媽。我和弟弟蹲在灌木叢裡，他兩歲，他沒有哭。我們家的狗也跟我們在一起。

早晨回到家裡，房子還在，但媽媽沒了。家裡一個人也沒有，只剩下我們姊弟倆。我去打水，還要在爐子裡生火，因為弟弟想吃東西。我們的鄰居在水井的吊杆上被吊死了，我轉身走路去村子裡的另一口水井，那裡的水非常好，非常甘甜。但那裡也吊著人，我擔著空水桶回家。弟弟哭了，因為他很餓：「給我麵包，我要吃麵包。」我咬了他一口，讓他別再哭了。

我們就這樣過了好幾天，整個村子就我們兩個人。那些躺著的或是吊著的，都是死人。我們不怕死人，他們都是我們熟悉的人。後來，我們遇到一個陌生的女人，我們開始哭了起來：「讓我們跟您一起住吧！我們很害怕。」她把我們抱上雪橇，帶回自己的村子裡。她有兩個男孩，再加上我們兩個，我們就這樣一起生活，直到我們的戰士到來。

在保育院裡，有人送給我一條橙黃色的裙子，上面還有小口袋。我太喜歡這條裙子了，我請求他們：「萬一我死了，請幫我換上這條裙子再埋葬我吧。」媽媽死了，爸爸死了，很快我也會死的。我一直等著，久久地等著，等著自己的死亡。每當我聽到「媽媽」兩個字時，我總會不由自主地哭。有一次，不知為了什麼事他們罵了我，讓我在牆角罰站，我就從保育院裡逃了出來。我已經逃跑了好幾次，想要去找媽媽。

我不記得自己的生日。他們告訴我：「就選一個你最喜歡的日子，喜歡哪天就定哪天。喏，你最喜歡哪一天？」我喜歡五月節，但是，我心想：「如果我告訴他們，我是五月一日出生的，或者五月二日，他們一定不會相信。如果我告訴他們是五月三日，倒像是真的。」人們把我們街區裡名義上同一天生日的孩子集合在一起，幫我們布置好一個慶生禮桌，上面擺滿了糖果和茶水，還送給我們各種禮物，給女孩的是裙子，給男孩的是襯衫。有一次，有位陌生爺爺來到了我們的保育院，帶來了許多水煮蛋，分給大家。他做了好事，他自己也很高興。而那一天，正好是我的生日。

我已經長大了，但沒有玩具還是會感到孤單。晚上等大家睡著後，我會從枕頭底下掏出幾根羽毛，一根根地仔細欣賞。這是我最喜歡的遊戲。我生病躺在床上時，都會很想媽媽。我希望媽媽就只有我這一個孩子，只寵愛我一個人。

我好久都沒有長高，所有在保育院的孩子都發育得很慢很慢。我想，也許是太傷心的緣故吧。我們長不大，是因為很少聽到溫柔的話語。沒有媽媽陪伴的孩子，長不大……

他們沒有沉下去，像皮球一樣

瓦麗婭・尤爾凱維奇，當時七歲。現已退休。

媽媽盼望有個男孩，爸爸也希望有個男孩。可是，卻生下了我，一個女孩。

雖然我是個女孩，但父母把我當男孩養，他們給我穿男孩的衣服，理著男孩一樣的短髮。我也喜歡玩男孩的遊戲：哥薩克鬥土匪、打仗、耍大刀，其中特別喜歡玩打仗的遊戲。我認為，我自己非常勇敢。

在斯摩棱斯克的郊外，載著我們疏散人員的車廂被炸毀了。我們倖免於難，從火車的殘骸下被拖了出來。我們來到了一個村莊，戰爭也尾隨而至。我們蹲在不知誰家的地窖裡，房子坍塌了，把我們埋了起來。當轟炸平息下來後，我們勉強從地窖裡爬出來，然後我記得的第一件事，就是汽車。幾輛行駛中的小汽車，上面坐著一些面帶微笑的士兵，他們都穿著黑亮黑亮的雨衣。我表達不出那種感覺，其中有恐懼，也有某種病態的好奇。汽車穿過村莊後消失了，我們這些孩子跑到村子後面去看發生了什麼事。我們到了田野裡，一幅恐怖的畫面就展現在眼前，整片黑麥田躺滿了被打死的人。我不是一般的女孩，看到這樣的畫面沒有嚇到我，儘管這是我第一次看到。他們全身漆黑地躺在那裡，那麼多人，讓人無法相信這是「人」躺在這裡。這是戰爭給我留下的第一個印象，我們那些渾身發黑的士兵。

我和媽媽回到了維捷布斯克。我們的房子燒毀了，但是奶奶仍在等著我們。一家猶太人收留了我們，他們是非常善良的老人，但都病得很厲害。我們一直都很擔心，因為城裡到處都貼著告示，上面說猶太人應該住到隔離區去。於是，我們請求他們，不要走出家門。有一天，我們不在家──我和妹妹出去玩，媽媽不知到哪去了。當我們回到家時，看到一張紙條，主人說他們去了隔離區，擔心我們受到連累，要我們活下去，而他們已經很老了。因為城裡頒布了命令：俄羅斯人如果知道猶太人藏身在哪裡，知情不報，也會連帶被槍斃。

我和妹妹讀了這張紙條後，跑到德維納，那個地方沒有橋，要用船把人載送過去。德國人封鎖了河岸，我們只能眼睜睜看著，那些老人、孩子被送到船上，然後小船行到河中心，就被推翻了。我們找了好久，沒有看到我們家的兩個老人。我們還看見有一家人──丈夫、妻子和兩個兒子──一起坐上了小船，小船翻覆時，大人立刻沉到了水底，而兩個男孩一直在水上漂浮著。法西斯份子在一旁笑著，用船槳去擊打他們。男孩隨著水流漂到另一邊，他們就追過去繼續擊打。兩個男孩一直沒有沉下去，像皮球一樣……

四周好安靜，也許當時我的耳朵聾了，我只覺得就像看默片一樣，只有畫面沒有聲音。突然間，寂靜中爆出了一串笑聲，年輕的、發自肺腑的笑聲。我們旁邊站了幾個年輕的德國人，他們目睹了這一切，張大嘴笑著。我不記得我和妹妹是怎麼回到家的，我是怎樣才把她拉走的。當時，很明顯的，我們這些孩子都一下子長大了，妹妹才三歲，但她也看明白了，她不說話，也不哭泣。

我曾經害怕上街，走在廢墟裡時，我覺得自己比平時還要平靜。有天深夜，德國人闖進了我們家，開始拉扯我們，讓我們起床。我和妹妹睡在一起，媽媽和奶奶在一起。德國人把我們趕到了街上，不讓我們帶任何東西出來。當時已經入冬了，我們被送上車，載到了火車站。

阿里圖斯，是立陶宛一座城市的名字，幾周後我們到達了這裡。在車站，我們被命令排成了長隊，路上遇到了幾個立陶宛人。顯而易見的，他們知道我們會被帶到哪裡去，有位女人走近媽媽，她說：「你們要去的是死亡集中營，把你家的女孩交給我吧，我會救她。如果你們能活下來，再來找她。」妹妹長得可愛又漂亮，大家都很喜歡她。但是，天底下哪有母親會把孩子送給別人呢？

在集中營裡，他們立刻就把奶奶帶走了。他們把老人帶到另外一個宿舍。我們等著奶奶給我們捎來消息，但是她失蹤了。後來，不知從哪裡聽說，所有老人都在第一時間被送進了毒氣室。某天早晨，在奶奶之後，妹妹也被帶走了。在此之前，有幾個德國人在宿舍裡走來走去，挑選漂亮的兒童登記名字，尤其是長相白淨的。妹妹的皮膚很白，有一雙深藍色的大眼睛，德國人摸著妹妹的頭，他們很喜歡她。只有那些被看中的孩子才會被登錄在冊，不是全部的兒童，比如膚色偏黑的我就被留了下來。

妹妹一早就被帶走，到了傍晚時才送回來。她一天一天地消瘦下去，媽媽問過她，但是她什麼也不說。不知道是他們恐嚇她，或是給她吃了什麼藥，她什麼都記不得了。我們後來才知道，妹妹他們被抽了血。過了幾個月，妹妹就死了。當德國人一早又來帶小孩時，她就已經死了。

我非常喜歡奶奶，爸爸和媽媽去上班時，只有她一直跟我在一起。我沒有親眼看到她死，所以心裡一直盼望著，奶奶還活在人世。至於妹妹，她就死在我旁邊，就像睡著一樣躺在我身旁，依舊那麼漂亮。

隔壁宿舍裡住的，都是奧爾洛夫來的女人，她們都穿著肥大的皮大衣，每個女人都有好幾個孩子。她們被趕出宿舍，六個人一排，敵人命令她們和孩子操練隊形，孩子緊緊依偎著媽媽。當時甚至還放著音樂，如果有人邁的步子不對，就會被鞭子無情地抽打。敵人抽打著她，她還得繼續往前走，因為她知道一旦倒下，就會馬上被槍斃，她的孩子也會難逃一死。當我看見她們站起來，穿著沉重的大衣邁開步子時，胸中突然生起了某種感覺……

大人都被趕去幹活，他們要從涅曼河裡把原木拖到岸上。許多人都淹死在河裡。有一次領班抓住了我，把我也塞到外出幹活的隊伍裡。這時，從人群中跑出一個老人，他把我拉開，頂了我的位置。傍晚時，媽媽帶著我要去跟他道謝，卻再也找不到他。有人說，他淹死在河裡了。

我媽媽曾經是教師，她深信我們應該要像人一樣活著，甚至在如同地獄的環境裡她也堅持著我們在家裡的生活習慣。我不知道，她在哪裡或在什麼時候洗衣服，但是，我身上穿的衣服始終是乾淨的，是清洗過的。冬天她會用積雪洗衣服，她從我身上脫下所有的衣服，讓我窩進被子裡，她把衣服拿出去洗。我們只有身上穿的那套衣服。

我們仍然會過節，會在這天準備一些吃的東西，比如一塊煮甜菜或是一小條胡蘿蔔。媽媽在這一天，臉上儘量保持微笑。她相信，我們的戰士一定會來救我們出去。基於這樣的信念，我們存活了下來。

戰爭結束後，我沒有去上一年級，而是直接升上了五年級。我已經長大了，但是性格孤僻，不容易跟人相處。我這一生都喜歡孤獨，只要人一多，就會帶給我壓力，我喜歡離人群遠遠的。我內心的祕密，不能跟他人分享。

當然，媽媽也發現了我的變化。她努力要營造節日氣氛，不忘記給我過生日。我們家不斷有客人上門，都是媽媽的朋友。媽媽不像我，她仍然願意接近人群。但我知道，媽媽有多愛我，她用愛再一次地拯救了我。

我記得蔚藍的天空，有我們的飛機飛過

彼得．卡里諾夫斯基，當時十二歲。
現在是建築師。

在戰爭爆發以前……

我記得，我們學習打仗，做過備戰演習。我們學過射擊，投過手榴彈，甚至女孩子也要學。大家都想獲得「伏羅希洛夫級射手＊」獎章，希望在燃燒。我們唱著〈格瑞那達〉，歌詞優美，寫的是英雄去參加戰鬥，「為了把格瑞那達的土地分給農民」，繼承革命事業，全世界的革命。是的，我們當時就是這樣的。這曾經是我們的理想！

小時候，我會自己寫童話故事，我很早就學會閱讀和寫作，我是一個學習表現優秀的小男孩。我覺得，媽媽想讓我成為演員，而我的理想是學會飛行，穿上飛行員的制服。那個年代的我們，都是這樣。比如戰爭開打之前，所有我見過的小男孩，沒有一個不想當飛行員或海軍的。我們需要的不是天空，就是海洋。那代表了整個地球！

＊伏羅希洛夫（Kliment Voroshilov，一八八一～一九六九）是蘇聯共產黨員、蘇聯元帥。

現在請你們設身處地想一想，我們的遭遇，還有我們的人民。那些德國鬼子對我們都幹了什麼事。當我看見德國鬼子進入我的故鄉，走在可愛的街道上時，我哭了。夜晚來臨，人人紛紛關緊了護窗板，關嚴了窗子在哭泣。

爸爸去參加游擊隊了。鄰居穿上了白襯衫，他們盛情迎接德國人，還幫他們拍攝了影片。

我看到第一批被吊死的人，我跑回家：「媽媽，我們的人被吊在半空中。」平生第一次，我害怕往天空上看，此後也改變了對天空的看法，我開始小心謹慎地對待它。我清楚記得，很多人被吊得很高很高，也可能是當時我太恐懼了。我也看過躺在地上被打死的人，但是沒有這麼害怕過。

爸爸一定會很快回來接我們，我們全家人就可以一起離開了。

一個游擊小隊，第二個……突然間我們聽見了森林裡傳來了俄羅斯歌曲的聲音，我熟悉魯斯蘭諾娃*的歌聲。有個小隊裡有一台電唱機、三四張唱片，他們會從頭放到尾。我吃驚地看著，不敢相信自己正站在游擊隊員中間，而且他們還在唱著歌。我在城市裡生活了兩年，在被德國人占領的城市，我忘記了人還會唱歌。我只看見人是怎麼死的，看見他們有多麼驚恐。

一九四四年，我參加了明斯克游擊隊的閱兵式。我走在最右邊那排，有人讓我站在這裡，好方便看到主席台。「你還沒有長大，」游擊隊員對我說，「你擠在我們中間，什麼也看不見，你應該要記住這一天。」我們當時沒有拍照，實在太遺憾了。我想像不出，當時的我長什麼模樣，我真想知道，好想看一看自己的臉。

我不記得主席台的樣子了，我只記得蔚藍的天空，我們的飛機在天上飛，在整個戰爭期間，我們是如此期盼它們。

＊魯斯蘭諾娃（Lidia Ruslanova，一九〇〇～一九七三），俄羅斯著名歌唱家，她蒐集了許多俄羅斯民謠，並以獨特的唱法重新演繹。

那個聲音，就像劈開熟透的南瓜

雅可夫．柯洛丁斯基，當時七歲。
現在是教師。

轟炸要開始了，我們往櫻桃樹下搬枕頭、抱衣服，枕頭太大了，抱著它我什麼都看不到，連自己的兩條腿也被擋住，不好走路。等那些飛機飛走了，我們又把所有東西搬進屋子裡。就這樣，一天要重複好幾次。到了後來，已經不再心疼什麼身外之物了，母親只把我們幾個孩子帶出房子，其他東西都扔在屋子裡。

對於那一天的記憶，或許大部分的內容是爸爸講給我聽的，但其中也有我記得的部分。晨霧漫進院子裡，人們把牛趕出了家門。母親叫醒我，給我一杯熱乎乎的牛奶，很快我們就要去田裡工作了，父親在磨鐮刀。

「瓦洛佳。」鄰居敲打著我家的窗戶，呼喚著父親。

父親走到外面。

「我們快跑吧，德國人拿著名單正在村子裡挨家挨戶搜查。不知道是誰把所有共產黨員的名字都寫給他們。有個女老師被抓走了……」

他們兩個人爬過菜園，一路矮著身子爬向森林。沒多久，兩個德國人和一個偽警察就闖進我們家了。

「你男人哪去啦？」

「去除草了。」母親回答。

他們在房間裡搜尋了一輪，到處查看，沒有動我們，就走出去了。

清晨幽藍的天空中還蒙著一層霧氣，天很冷。我和媽媽從柵欄向外張望：有個鄰居雙手被捆綁著，一路被推到街上，同時他們還押著一位女老師。所有人的雙手都反綁在背後，兩個人一組。我從來沒有看到這樣的場面，全身起了雞皮疙瘩。母親趕我回屋子裡：「進屋裡去，穿上衣服。」我穿著件毛背心站在那裡，渾身顫抖著，但是沒有進屋。

我們的房子正好位於村莊的中心。敵人把所有被反綁雙手的人驅趕到這裡，一切都發生得很快，被綁的人站著，低垂著頭，敵人按照名單清點了一遍，然後他們就被趕到了村子後面，包括村子裡的許多男人和那名女老師。

女人和孩子跟在後面追趕著，我們落在了後面。剛跑到最後一個木板棚附近，就聽到了槍聲。他們一個又一個地倒臥在地上，有人倒下，有人又站起。他們很快被槍殺了。敵人離開時，有一個德國人騎著摩托車，繞行在這些死去的人身邊。他的手裡拎著一件沉重的物件，不知是棒子或是手搖柄，我不記得了。他沒有從摩托車上下來，只是慢慢騎著車，一個個砸遍所有人的腦袋；另外一個德國人想用手槍再補射一輪，但騎摩托車的德國人擺了擺手，意思是不用了。以前我從來沒有聽過骨頭被砸碎的聲音，這次我記住了，它們劈啪作響就像熟透的南瓜。父親曾經用斧頭砸開南瓜，讓我把裡面的種子收集起來。

我嚇死了，撇開媽媽，丟下所有人，一個人拔腿跑走了。我躲在地窖裡不敢出來，母親找了我很久。連著兩天，我一句話也說不出來，發不出一點聲音。

我害怕上街。我從窗子看見：第一個人搬著板子，第二個人拿著斧頭，第三個人提著水桶奔跑。他們鋸開木板，每家的院子都散發著新鮮木材的味道，因為幾乎每個院子裡都擺放著棺材。這種氣味如今還會從我的喉嚨裡冒出來，直到今天都是如此。

棺材裡躺的，都是我熟悉的人，沒有一個人有腦袋。只是在腦袋的位置上蓋著白色的毛巾……

父親和兩個游擊隊員一起回來，在一個寂靜的夜晚，他們把奶牛趕回來了。到了上床睡覺的時間，但母親卻在收拾東西準備上路，她幫我們穿上衣服，包括我和兩個弟弟（一個四歲，一個九個月）。我們到了鐵匠鋪，在那裡停了下來，父親回頭看了一眼，我也回頭望一望。我們的村子已經不像一個村子了，更像是陌生的一座黑森林。

媽媽懷裡抱著小弟弟，父親背著包袱，手裡牽著大弟弟，我跟不上他們的步伐。年輕的游擊隊員說：「上來，騎到我的背上。」

他背著機關槍，還有我……

我們把一整座公園吃了，不剩下一片葉子

阿尼婭．戈魯賓娜，當時十二歲。
現在是畫家。

每當我講起這些事時，嗓子會立刻失聲，然後就說不出話來了。

我們是在戰後才到明斯克的。我出生在列寧格勒，在那裡忍受過封鎖的煎熬。那是列寧格勒圍城戰＊，當時整個城市的人都陷於飢餓之中。我的爸爸死了，是媽媽救了我們這三個孩子。一九四一年，弟弟斯拉維克出生，所以圍城時他有多大？六個月，就六個月大，媽媽也把這個小傢伙救活了。但是，我們失去了爸爸，列寧格勒所有人的爸爸都死了。也許爸爸都要死得快一些，媽媽才能活下來。也許，她們本來就不會死，不然我們怎麼活下來？

我們突破封鎖，逃離了列寧格勒，生命的出路把我們引向了烏拉爾。到了卡爾平斯克市，大家說首先要搶救的是孩子，我們學校轉移到了大後方，一路上，大家都在不停地說著食物和父母。在卡爾平斯克，我們被放進公園裡，我們不是到公園裡閒逛，而是去那裡找東西吃。我們特別喜歡吃落葉松，茂密的松針是那麼可口。小松樹的嫩芽我們也吃過，還啃過小草。經歷過圍城後，我認識了所有可以吃的野菜野草，因為困在城市裡的人都已經吃遍所有植物了。一開春，

公園和植物園裡連一片葉子都不剩，而卡爾平斯克的公園裡有許多酢漿草，我們都叫它「兔子菜」。一九四二年，烏拉爾也遭受了飢荒，但是不像在列寧格勒那麼可怕。

在我住的保育院裡，全都是從列寧格勒來的孩童，我們總是吃不飽，很久都沒能好好吃飽過。我們坐著上課，連紙也吃。分給我們的食物都要斤斤計較……我就坐在桌邊，這是早飯時間。我看到了一隻貓，活的貓，牠從桌子底下鑽了出來。「貓！是貓！」所有孩子都看見了，開始追趕牠。保育員是當地人，她們看著我們，像在看一群瘋子。列寧格勒一隻活貓都沒剩下，一隻活貓簡直就是夢寐以求的食物，夠我們吃一個月了。

我們說的這些事，他們都不相信。但我記得，他們經常撫摸我們，擁抱我們。在我們頭髮長到可以剪掉之前，沒有人曾經提高嗓門對我們說過話。在離開列寧格勒前，我們都被剃光了頭，男孩和女孩都一樣，還有些人的頭髮因為餓太久而掉光了。我們不玩遊戲，沒力氣跑著玩。我們只能坐著，看著，吃下所有能吃或不能吃的東西。

我不記得，是誰在保育院裡講過德國俘虜的事。當我看見第一個德國人時，立刻就明白了，他是俘虜，他們在郊外的煤礦坑裡幹活。直到今天我也不明白，他們為什麼會跑到我們的保育

＊列寧格勒圍城戰發生於二次大戰，是軸心國為了攻占列寧格勒（現在的聖彼得堡）所採取的軍事行動，圍城從一九四一年九月九日開始，直至一九四四年一月二十七日才解除，共計被圍八七二天。

院，而且還是列寧格勒的孩子所住的保育院？

我看見他了，那是個德國人，他什麼也沒說，也沒乞求什麼。我們剛剛吃過午飯，很明顯的，我身上還殘留著午飯的味道。他就站在我旁邊，嗅聞著空氣，不由自主地蠕動著舌頭，好像嘴裡在咀嚼著東西。他試圖用手抓住舌頭，讓它停下來，但是它還在動。我不忍心看到餓肚子的人，絕對不能！我們所有人都有這個毛病。我跑著，叫住一個小女孩，她還剩下一小塊麵包，我們把這塊麵包給了那個德國人。

他連聲說著「坦克申，坦克申」，一直跟我們道謝。

第二天，他和同事又跑來找我們，他們都穿著笨重的木鞋，咯噔咯噔地發出聲響。我一聽到聲音，就跑了出去。

我們知道他們來了，甚至是在等著他們。所有剩下食物的孩子都跑了出來。我把在廚房值日時給我吃一天的那塊麵包全留了給他們，晚上我把飯鍋刮了個底朝天，撿剩下的東西來吃。所有的女孩都會給他們留下些吃的，至於成天吃不飽的男孩有沒有人留下些什麼吃的，我不記得了。保育員罵了我們，因為有女孩餓昏了，但是我們仍然偷偷地為這些俘虜留食物。

一九四三年，他們不再到我們這裡來了，那一年生活變得輕鬆了些。烏拉爾地區的飢荒緩解了些，保育院裡有了真正的麵包，粥也夠吃了。

直到今天，我還是不忍心看到有人餓肚子。前不久，我在電視上看到難民，不知道哪裡又發生了戰爭，射擊、槍戰。飢餓的民眾拿著空空的盆子排隊，我記得這種空洞的眼神，我跑到了另一個房間，歇斯底里症發作了。

撤離到大後方的第一年，我們都沒有空去理會大自然，喚起我們的只有一種欲望——嘗嘗看，能不能吃？過了一年之後，我才看見美麗的烏拉爾自然風光。野生的樅樹、高高的野草、整片稠李林，還有美麗的落日！我開始畫畫，沒有顏料，我用鉛筆畫。我畫了明信片，寄給自己在列寧格勒的母親。我最喜歡畫的是稠李花，卡爾平斯克市四處散發著稠李花的芬芳。

好多年了，我還保留一個願望，我想重回那裡一趟，想去看看我們的保育院還在不在。房子是木頭建造的，在展開新生活時，它是否依然無恙？城市公園現在怎麼樣了？我打算春天的時候去一趟，那是鮮花盛開的時節。到現在我還是無法想像，那時的我如何吃下一大捧的稠李，甚至它們都還是酸澀的青綠色時。但當時，我們就是這樣吃的。

圍城解除後，我知道，城裡的人可以吃下一切東西，甚至是泥巴。集市上有人在賣泥巴，賣的是焚燒後的巴達耶夫斯基糧庫裡的泥土，尤其是灑過葵花籽油的更受歡迎，或者是混合著果泥燒過的泥土，這兩種泥土都賣得很貴。我們的媽媽只買得起最便宜的那種泥土，那些泥土上放過醃魚的大木桶，只有鹹味，還有魚的腥味。

我會為鮮花快樂，為青草歡喜，這種單純的快樂不是一開始就能夠做到的，而是在戰爭過去十幾年後才慢慢學會的……

誰要是哭，就開槍打死誰

薇拉・日丹，當時十四歲。
現在是擠奶工人。

我怕男人，這是在戰爭期間落下的毛病。

他們拿槍押著我們，走啊走，帶到了森林裡。他們找到了一塊空地。「不行。」一個德國人搖著頭說。繼續押著我們往前走，偽警察說：「把你們這些游擊土匪埋在這麼美麗的地方太浪費了，太便宜你們了，我們要把你們扔到爛泥巴裡。」

他們選擇了一片最低窪的地方，那裡一直積著水。他們給父親和哥哥各一把鐵鍬，命令他們挖坑，讓我和媽媽留在樹下看著。他們挖好了坑，哥哥最後嘆了一口氣：「唉，薇拉！」他才十六歲，剛剛滿十六歲。

我和媽媽眼睜睜地看著爸爸和哥哥被殺，我們不能轉過身去，也不能閉上眼睛，偽警察監視著我們。哥哥沒有掉進坑裡，他被子彈射中後往前走了幾步，向前撲倒，坐在了土坑旁邊。他們抬起腳把他踹進了土坑中，踹進了髒泥巴裡。最讓我們感到害怕的，不是他們死了，而是被丟進了黏糊糊的泥濘裡，丟進了水裡，甚至沒有往他們身上蓋土。他們不讓我們哭，把我們又趕回村子裡。

我和媽媽哭了兩天，躲在家裡小聲地哭。第三天，那個德國人和兩個偽警察又來了，他們說：「你們準備去收屍吧，把自己家的土匪埋了。」我們到了那個地方，爸爸和哥哥的屍體漂在水坑裡，那已經不是墳墓，而成了水井。我們拿的是自己家的鐵鍬，我們一邊挖坑一邊哭。可是，他們說：「誰要是再哭，就開槍打死誰。要笑。」他們強迫我們笑。我低著頭，他走上前來，端詳著我的臉，看我是笑還是哭。

他們站著，所有年輕的男人、漂亮的男人，他們微笑著，我已經不怕這些死人了，而是怕這些活人。從那時候開始，我就怕年輕的男人。

我沒談過戀愛，沒有結婚。我擔心，萬一我生的是男孩呢……

媽媽和爸爸，像金子般的字眼

伊拉・瑪祖爾，當時五歲。
現在是建築工人。

或許，我該說說自己的孤獨？還有我是如何學會忍受孤獨的。

有個小女孩叫列娜奇卡，她有一床紅色的被子，而我的被子是褐色的。當德國飛機進行轟炸時，我們趴倒在地上，用被子蒙住。下面是紅色的被子，上面是我的褐色被子。我告訴其他女孩，當飛行員從上面往下看到褐色的被子時，會以為那只不過是一塊石頭。

我對媽媽的記憶只剩下了一種，那就是我一直害怕會失去她。我認識一個小女孩，她的媽媽在轟炸中死了，她一直哭個不停。我媽媽把她抱在懷裡安撫，但後來，我和一位陌生的阿姨在村子裡埋葬了我的媽媽。我們幫她擦洗身體，她躺在那裡，顯得那麼嬌小，就像個女孩。我不害怕，我一直在摸著媽媽。像平常一樣，我把她的頭髮和雙手擦乾淨，我沒有發現她傷到哪裡。可想而知，應該是槍傷，因為既然找不到傷口，就表示傷口很小。我有一次在路上，看過這種小子彈。當時我很驚訝，用這麼小的子彈就能把那麼大的人打死？甚至我都比它大千倍、百萬倍。為什麼我會記住「百萬」這兩個字，因為我覺得這是「非常非常多」的意思，多得無法計算。

媽媽沒有立刻死掉，她在草地上躺了很久，睜著眼睛說：「伊拉，我該跟你說幾句話……」

「媽媽，我不想聽。」我認為，只要她說完了想說的話，就會馬上死去。

我們幫媽媽擦洗乾淨，她蒙著頭巾躺著，梳著大大的髮辮。嗯，以我現在的眼光來看，她就像個小姑娘。現在我的年齡都是她的兩倍大了，媽媽死時是二十五歲。我女兒今年也是二十五歲，長得跟外婆特別像。

那麼，保育院又給我留下什麼呢？那就是堅決果斷的性格。我不會說溫柔的話語，不細心不慎重，而且也不懂得怎麼道別。家人都埋怨我冰冷的個性，但是沒有媽媽陪伴的孩子，還能養出溫柔的個性嗎？

待在保育院時，我一直渴望有自己的一只小碗，就屬於我一個人。我總是羨慕有人能保有小時候的東西，我連一件都沒有。我都沒有機會說出：「這是我童年的小東西。」我是多麼想說出口，有時甚至會幻想……

其他女孩都會纏著我們的保育員，而我喜歡的是保母。她們更像我可愛的媽媽。保育員比較嚴厲認真、一絲不苟，而保母永遠是忙到披頭散髮，衣衫不整，也像家人一樣嘮嘮叨叨。她們偶爾會打我們，但一點都不疼，就像媽媽打的一樣。她們在澡堂裡幫我們洗澡、洗衣服，我們坐到她們的膝蓋上，讓她們幫我們洗澡，以前只有媽媽會這樣做，我就是這樣記住她們的。她們還給我們做飯吃，或是憑經驗治好了我們的鼻炎，或是幫我們擦乾眼淚。我們喜歡撲倒在她們的懷裡，這已經不是保育院了，更像是在家裡。

我常聽人這樣說：「我的母親」或者「我的父親」。我不明白的是，怎麼能像這樣稱呼自己的父母呢？就像稱呼陌生人似的。應該要叫媽媽或爸爸。假如我父母都還活著，我也會這樣叫他們：媽媽、爸爸。

那是如金子般閃亮的稱呼。

把她一塊塊地叼了回來

瓦麗婭・茲米特羅維奇，當時十一歲。
現在是上班族。

我不想也不希望去回憶，永遠都不想。

我們家有七個孩子，戰爭前媽媽經常笑著說：「陽光照耀下，所有的孩子都會長大。」戰爭開打後，媽媽哭了：「這個倒楣的年代，孩子都待在家裡，像豌豆一樣。」季卡十七歲，我十一歲，伊萬九歲，尼娜四歲，嘉麗婭三歲，阿麗卡兩歲，薩沙五個月。小嬰兒很麻煩，她還在吃奶，不停地哭。

當時我還不知道，這是戰爭結束後別人告訴我們的，那時我們的父母與游擊隊有聯繫，還與在奶粉廠工作的戰俘有聯繫。媽媽的姊妹也在那裡上班。我只記得一件事：深夜時，我們家裡會坐著一些男人，儘管窗戶蒙上了厚厚的被子，但顯然透出了光，子彈直接射到我們的窗戶上。媽媽抓起燈，藏到桌子底下。

媽媽用馬鈴薯做了些食物，她會用馬鈴薯做一切好吃的東西，就像如今所說的百種美味佳餚，好像是為哪個節日準備的。我記得，家裡香味四溢，父親在樹林邊鋸著什麼。但德國人包圍了房子，命令：「都出來！」媽媽和我們三個孩子走了出去。他們開始打媽媽，她叫喊著：「孩子們，快進屋裡去。」

敵人讓她貼著牆壁站在窗戶下，窗子裡面是我們。

「你的大兒子在哪裡？」

媽媽回答：「去挖泥炭。」

「帶我們去那裡。」

他們推著媽媽上車，幾個人也坐上了車。

嘉麗婭跑出屋子，叫喊著，請求他們放了媽媽。他們也把她丟到車子上。而媽媽叫喊著：「孩子們，快回屋裡去。」

父親從田裡跑回來，顯然有人告訴他，他拿了一份什麼文件，跑著去追媽媽。他還衝我們喊：「孩子們，快回家裡去。」就好像房子能救我們，或者媽媽在家裡似的。我們在院子裡等著，到了傍晚時，有人爬到大門口，有人爬到蘋果樹上，要看我們的爸爸和媽媽、姊姊和哥哥是不是快回來了？我們看見有人從村子另一頭跑過來：「孩子們，快離開家，趕緊逃跑。你們的親人都沒了，他們馬上來抓你們了。」

我們沿著馬鈴薯地爬向了沼澤，在那裡一直坐到深夜，等到太陽升起。我們該怎麼辦？我突然想起，我們把最小的孩子忘在搖籃裡了。我們回到村莊，抱起了妹妹，她還活著，因為哭叫時間太長，膚色泛紫。弟弟伊萬說：「餵餵她吧。」我拿什麼餵她呢？我沒有奶水啊。但弟弟嚇壞了，怕妹妹會死，一直請求我：「你快試試吧。」

鄰居來了，她說：「孩子們，他們還會來找你們的。去你們的姨媽家吧。」姨媽住在另一個村子。我們說：「我們一起去找姨媽，請您告訴我們，我們的媽媽和爸爸，還有哥哥姊姊都到哪裡去了？」

她告訴我們，他們被打死了，全都躺在森林裡。

「但是你們千萬不要去那裡，孩子們。」

「我們要離開村子，我們要去和他們道別。」

「不要啊，孩子……」

她把我們送出村子，不准我們去親人躺著的地方。

許多年後，我才知道他們挖掉了媽媽的眼睛，扯掉了她的頭髮，把乳房都切了下來。小小的嘉麗婭，藏到了小樅樹下面，敵人沒有找到她，就放出了狼狗。那些大狼狗一塊塊地把她叼了回來，媽媽當時還活著，她看得清清楚楚，就在自己的眼前。

戰爭結束後，全家只剩下我和尼娜兩個。我在陌生人家裡找到她，把她帶回家。我們去了地區執委會：「給我們一間房子吧，我們要住在一起。」他們給了我們工人宿舍的走廊，我在工廠上班，尼娜去學校上學。我從未叫過她的名字，永遠都是叫妹妹。因為她成了我唯一的妹妹。

我不想回憶這些。但是應該把不幸告訴大家，一個人哭太難受了……

我們家正好孵出一窩小雞

阿廖沙・克利沃舍依，當時四歲。
現在是鐵路工人。

我只記得一件事。

我們家正好孵出一窩小雞，黃澄澄的，搖搖擺擺地走來走去，牠們還爬到了我的手上。轟炸時，奶奶把牠們都圈在了一個篩子裡：「真是想不到，戰爭來了，這些小雞……」

我害怕他們會把小雞殺了。至今我都記得，因為太擔心，我還哭了。開始轟炸了，大家都往地窖跑要躲藏起來，卻不能把我從房間裡弄出去。我抱著小雞，等奶奶端起放小雞的篩子，我才跟著她走。邊走我還邊數：「一隻小雞，兩隻，三隻……」牠們一共有五隻。

我也數炸彈，落下來一個，兩個……七個……

就這樣，我學會了數數。

梅花國王，方塊國王

嘉麗娜．瑪圖謝耶夫娜，當時七歲。
現在已退休。

有個人正要出生……

他的身邊坐著兩位天使，他們賜予他命運。他們指定他能活多久，人生道路是長或短。而上帝從空中俯視著，這是他派遣來的天使，來向新生的靈魂賜福。據說，上帝是存在的。

你是個好人吶……從眼神就能看出來，一個人是幸福的，還是不幸福的。我不能走在大街上，當著每個人的面把他們攔住：「年輕人，小帥哥，我可以問一下嗎？」他們一定都會跑開。我要在人群裡挑選一個人，就像我知道我的胸中有個聲音在召喚我，令我全身感到溫暖，一些話就不由自主地冒出來。灼燙的話語，我要開始說出命運……我翻開撲克牌，上面有你要知道的一切：過去如何，未來如何，靈魂怎樣才能平靜下來，它又會帶著什麼離開人世，回到當初它來的地方——天空。撲克牌會告訴你一切，那些自高自大的人啊，他的命運已經提前寫好了。那上面有文字，但是每個人都會按照自己的方式來解讀……

我們是茨岡人*，一個自由的民族，我們有自己的法則，茨岡人的法則。我們在哪裡生活，那裡就會讓我們的心靈喜悅，那裡就是我們的故鄉。對於我們來說，到處都是我們的故鄉，到處都是穹蒼之下。父親就是這樣教育我的，媽媽也是這樣教育我的。大篷車一路上搖搖晃晃，顛簸著，而媽媽正在讀我們的祈禱經文，她還唱著歌。一片灰色，是道路的顏色，是塵埃的顏色，也是我童年的顏色。

你是個好人吶……你看見過茨岡人的帳篷嗎？圓圓的、高高的，就像穹蒼一樣。我就是在那裡面出生的，在森林裡，在星空下。我從小就不怕黑夜裡的鳥，也不怕野獸。我學會了繞著篝火跳舞和唱歌。沒有歌曲，茨岡人的生活就無法想像，我們每個人都會唱歌和跳舞，就像說話一樣平常，我們的歌詞都是溫暖的。至於那些導致滅亡的……我小時候不懂，但聽到還是哭了。那樣的歌詞，直抵人的心靈，激起人的欲望。哄小孩子睡覺、挑逗親愛的人，自由自在，偉大的愛情。俗話說得好，俄羅斯人要死兩次：一次是為了祖國，一次是聽到茨岡人的歌聲。

你是個好人吶……為什麼要提這麼多問題呢？我自己來告訴你吧。

我從小看到的，都是幸福的。請相信我！

夏天我們會一起住在露營地裡。一大家子在河邊、在森林邊紮營，在那些美麗的地方。清晨小鳥在歌唱，媽媽也用歌聲把我叫醒。冬天時，我們會請求別人讓我們進去房子裡住，那時的人

＊茨岡人是散居全世界的流浪民族，即慣稱的吉普賽人或波希米亞人。

都很好，心地都很善良，我們都能和睦地住在一起。雪下多久，我們就等待春天多久。我們照顧馬匹，茨岡人照料馬匹就像照看孩子。四月，復活節時我們向善良的人鞠躬致謝，收拾行裝準備上路。太陽、微風，我們一天一天活著，每天都很幸福——有人在深夜擁抱著你，或者孩子個個身體健康，吃飽喝足，這就是幸福。而明天又將是新的一天。媽媽的話語，媽媽沒有教會我許多事情。如果你是從上帝那裡來的孩子，就不需要過多的教導，自己就能學會。

我就是這樣長大的，我那短暫的幸福。

那天早晨，我被談話聲給吵醒了，還有叫喊聲。

「打仗啦！」

「什麼打仗？」

「和希特勒打……」

「就讓他們打吧。我們是自由的人，像小鳥，我們住在森林裡。」

突然飛來了許多飛機。當地人把奶牛趕到了牧場上，濃煙直竄上天。傍晚，媽媽的撲克牌撒了一地，她抱著腦袋，在草地上來來回回地走了很久。

我們又紮營了，不再前行。我覺得很無聊，我喜歡在路上不停地走。

有天晚上，一位茨岡老太太走近篝火。她滿臉皺紋，就像被太陽曬得乾裂的土地。我不認識她，她是從其他營地過來的，從很遠的地方。

她跟我們說：「早上，他們把我們包圍了。他們騎著好馬，膘肥體壯的好馬。這些馬的鬃毛都閃閃發光，釘著結實的馬蹄鐵。德國人坐在馬鞍上，偽警察把茨岡人從帳篷裡拉出來。把戒指從手指上硬拔下來，把耳環從耳朵上扯下來。許多女人的耳朵上都鮮血淋漓，手指頭都腫了。他們用刺刀挑開了羽絨褥子到處找金子。然後，就開槍射擊……」

「有一個小女孩請求他們：『叔叔，不要開槍了。我來給你們唱個茨岡歌吧。』他們都笑了。她給他們唱歌、跳舞，但他們還是把她打死了……整個營地的人都死了。帳篷點火燒了，只留下了馬匹，沒有留下半個人，他們把馬匹都搶走了。」

篝火熊熊地燃燒著，茨岡人都不發一語，我坐在媽媽的身邊。

隔天一早，大家集合，把包袱、枕頭、瓦罐都扔到了大篷車上。

「我們要去哪裡？」

「去城裡。」媽媽回答。

「為什麼要去城裡？」我捨不得離開小河，捨不得陽光。

「德國人這樣命令的……」

在明斯克，允許我們住在三條街道上，我們有自己的隔離區。德國人一周發布一次命令，按照名單核對：「一個茨岡人，兩個茨岡人……」

那時，我們是怎麼生活的呢？

我和媽媽一個村莊走過一個村莊乞討，有人給小麥，有人給玉米。每個人都向我們招呼：「啊，茨岡女人，進屋裡來吧。請給我算算命，我的丈夫在前線。」戰爭讓人離鄉背井、家破人亡，讓大家都在引領期盼，想看見希望。

媽媽就幫他們算命。我聽著，梅花國王、方塊國王……死亡，是黑色的牌，拿著長矛的牌。七點的牌……火熱的愛情——白色的國王；軍人——黑色的，拿長矛的國王；很快就要上路——方塊六……

媽媽從院子裡出來時還是愉快的，但在路上她哭了。她害怕說真話：「你的丈夫死了，你的兒子不在人世了。大地已經接納了他們，他們睡在那裡了。撲克牌都見證了……」

我們在一間房子裡過夜。我睡不著，看見半夜裡女人鬆開了髮辮，占卜著。每個人都打開窗子，向著黑暗的夜晚撒下糧食，聽著風聲：風要是安靜的——未婚夫還活著；如果風在呼嘯，敲打著窗戶，那就不用再等他了，他回不來了。風不停地呼嘯，敲打著窗玻璃。

從來沒有人像在戰爭期間這樣喜歡過我們，沉重艱難的時刻。媽媽知道咒語，她能幫助人和動物，她救過奶牛、馬匹，以及所有的動物，用牠們的語言交談。

有傳言說某個營地的人都被殺了，第二個、第三個營地的人被抓到了集中營。

戰爭結束時，我們都非常高興。你見到誰，就和誰擁抱，我們剩下的人不多。大家又開始找我們算命、占卜。陣亡通知書放在聖像下面，而女人還是乞求著：「茨岡女人啊，給我算算吧。

萬一我的人還活著呢，也許，是文書寫錯了呢？」

媽媽就幫她算命。我一旁聽著……

我在集市上第一次給一個小女孩算命，她正在熱戀中，都是幸運牌。她給了我一盧布。我也祝福了她，哪怕僅僅是一秒鐘。

我的好人吶，你會是個幸福的人！上帝與你同在，請講講我們茨岡人的命運吧。很少有人知道……

太，阿歪斯，巴赫塔羅＊……願上帝保佑你！

＊茨岡語音譯，意為「願上帝保佑你」。

一張大全家福

托利亞・切爾維亞科夫，當時五歲。
現在是攝影師。

如果還有什麼留在記憶裡，那就是一張全家福大合照。

最前面是手拿步槍的父親，戴著軍官的大簷帽，就連冬天他都戴著。對我來說，大簷帽和步槍比父親的臉孔更顯清晰。我非常想擁有這兩樣東西，既想要大簷帽，又想要步槍。我是男孩嘛！

跟爸爸並排坐著的，是媽媽，我已記不清那些年裡的媽媽，記得最多的，是她工作的樣子：不停地清洗一些白色、散發著藥味的東西，我媽媽在游擊隊裡當護士。

我和弟弟也在照片裡。弟弟總是生病，我還記得他全身通紅，結了一層瘡痂。他和媽媽在深夜裡哭，他哭是因為痛，媽媽哭是害怕，擔心他會死掉。

接下來，我的記憶走到了一座鄉間的大房子前面，那裡是媽媽工作的軍醫院。許多農村婦女拿著杯子向這裡走來，杯子裡裝的是牛奶。牛奶倒進水桶裡，媽媽在桶裡幫弟弟洗澡。弟弟那天晚上沒有哭喊，他睡著了，第一次有這樣安靜的夜晚。隔天早上，媽媽對父親說：「我拿什麼東西來去報答人家啊？」

大照片，一張大大的全家福照片。

哪怕在你們的口袋裡塞個小麵包都好

卡佳・扎亞茨，當時十二歲。
現在是克里切夫斯基集體農莊工人。

奶奶把我們從窗口趕開。

她自己一個人看著窗外，對媽媽說：「他們在老托多爾家裡找到了，我們受傷的士兵就住在他家。他把自己兒子的衣服給士兵，想讓他們換上，好讓德國鬼子認不出來。敵人在屋裡開槍打死了一名戰士，把老托多爾帶到了院子裡，命令他在房子旁邊挖坑。他就挖啊……」

老托多爾是我們的鄰居。從窗戶可以看見，他正在挖坑。等他挖好了，德國人從他手裡搶過鐵鍬，用德語不知叫嚷著什麼。老人家不明白或者聽不見，因為他的耳朵早就聾了。於是敵人把他推進了坑裡，讓他跪到裡面，就這樣活埋了……讓他雙膝跪著。

大家都很害怕。他們是誰？難道這些傢伙也算人？這是戰爭剛開始的那段日子。很長一段時間，大家都會繞過老托多爾的家。所有人都覺得，他還在泥土下面叫喊。

敵人燒毀了我們的村莊，只剩下一片焦土。院子裡只剩下石頭，也是黑乎乎的。我們的園子裡甚至連野草都沒留下一株，都燒沒了。我們乞討為生，我們姊妹去了別的村子，向村民乞討：

「請給我們一些吃的吧！」

媽媽生病了，不能和我們一起出門，她感冒了。

我們回到家：「孩子，你們去哪兒了？」

「我們去了亞德列納亞．斯拉伯德。那裡的人幫了我們。」

他們給了我們一小盆大麥、一塊麵包、一個雞蛋……，真的非常感激他們，他們把能給的食物都給了我們。

另外一次，我們剛踏進一戶人家的門檻，女人就開始對我們哭訴：「哎呀，你們到底有多少人啊！早上才剛來了兩組人。」

或者是：「他們剛從我家出去，麵包一點都沒剩了。唉，哪怕能在你們的口袋裡塞個小麵包都好。」

即便如此，他們也不會讓我們空著手走出家門。哪怕是一把亞麻，他們都會給，那一天我們收集到一捆亞麻。媽媽自己紡線、織布，然後在沼澤地裡用泥炭染布，染成黑色。

父親從前線回來了。我們開始蓋房子，但整個村子就剩下兩頭牛。木頭是用牛拉的，木樁是我們自己扛的。比我個頭大的木樁我搬不了，但如果是和我個頭差不多的，我還扛得動。

戰爭沒那麼快結束，大家都知道打了四年。這四年都在打仗，但是大家後來又忘記了，我們究竟忘了多少事啊？

我學會了射擊，但忘光了數學

費佳．特魯契科，當時十三歲。
現在是石灰廠部門主任。

我有過一段這樣的經歷……

戰爭開始前兩天，我們把媽媽送進醫院，她病得很厲害。醫院在布列斯特市。後來，我們再也沒有見過媽媽。

過了兩天，德國人就進了城。他們把病人從醫院裡趕出來，而那些無法下床走路的人，不知道被車子載到哪裡去。有人說，那些人當中就有我的母親。據說，他們在某個地方被槍殺了。在哪裡呢？如何處決的？什麼時間？我不知道，一點痕跡也沒有留下來。

戰爭迫使我和妹妹、父親留在了別廖扎城的家中。哥哥瓦洛佳在布列斯特交通技術學校上學，另外一個哥哥亞歷山大，在平斯克的紅色艦隊學校畢業後，目前在輪船上管理發動機。

我們的父親斯捷潘．阿列克謝維奇．特魯契科，是別廖扎地區執委會副主席。他接到上級命令，要他帶著文件撤退到斯摩棱斯克。他跑回家：「費佳，帶上妹妹，趕快去奧卡羅德尼基的爺爺家。」

那天上午，我們就到了爺爺住的小村莊，夜深時，瓦洛佳哥哥在外面敲打著窗子，他從布列斯特走了兩天兩夜。十月時，亞歷山大也來到了這個小村子。他說，那艘開往第涅伯彼得羅夫斯克的輪船被炮彈擊中了，倖免於難的人有些被抓了，有幾個人成功逃跑了，這其中就有我們的亞歷山大。

當游擊隊員來到爺爺家時，大家都很高興，我們想要跟他們一起走！我們要去報仇雪恨。

「你幾年級？」我被帶到指揮員面前時，他問我。

「五年級。」

我聽到他的命令：「留在家庭營地。」

他們給兩個哥哥發了步槍，而發給我的卻是鉛筆，要讓我繼續上學。

我已經參加少年先鋒隊了，這是我的王牌，我是先鋒隊的隊員。於是，我再度請求入伍。

「我們的鉛筆比步槍還要少呢。」指揮員笑著說。

整個戰爭期間，我們都在上學。我們的學校被稱作「綠色學校」，沒有黑板，沒有教室，也沒有課本，只有學生和老師。大家只有一本識字課本、一本歷史教科書、一本算術習題集、一本地理教科書。沒有紙，沒有粉筆，沒有墨水和鉛筆。我們掃乾淨地面，撒上沙子，這就成了我們的黑板，我們用細樹枝在上面寫寫畫畫。游擊隊員送來了德國人的傳單、舊壁紙和報紙，我們用它們來代替練習本。甚至不知從哪裡，還弄到了一個校鐘。這讓我們喜出望外。難道沒有鐘聲，就不是真正的學校嗎？我們都還戴著紅領巾。

「防空警報！」值日生大喊。

人一下子跑光了。

轟炸過後，我們繼續上課。一年級的學生用細樹枝在沙土上寫：「媽媽，清洗傷口……」我們用樹枝和木頭做了一個立著的大算盤，還用木頭雕刻了幾套字母。我們甚至還有體育課，運動場裡面有單槓、跑道、攀登杆、手榴彈投擲區。我投擲手榴彈比所有人都要投得遠。

六年級畢業後，我要求戰爭結束後再上七年級，我要去當兵。他們發給了我一支步槍，後來我自己又弄到一把比利時卡賓槍，它又小巧又輕便。

我學會了射擊，但忘光了數學。

他送給我一頂有紅帽帶的羊皮帽

卓婭・瓦西里耶娃，當時十二歲。
現在是專利學工程師。

戰爭發生前，我擁有多少歡樂，多少幸福！就是它們讓我活了下來……

我考上了舞蹈藝術學校。這是一所藝術實驗學校，選拔最有天分的孩子。著名的莫斯科導演伽利佐夫斯基為我寫了推薦信。一九三八年，曾經在莫斯科舉辦過體育愛好者的盛大檢閱儀式，我被選中代表明斯克少年宮＊去參加莫斯科會演。許多藍色和紅色的氣球飄上天空，我們列隊前行，伽利佐夫斯基是這次檢閱儀式的導演，他發掘了我。

過了一年，他來到明斯克找到我，還給我們白羅斯的著名演員季娜伊達・阿納托利耶夫娜・瓦西里耶娃寫了封信。那段時間，她正在組建舞蹈藝術學校。我拿到信，很想讀讀看上面寫了些什麼，但是我不允許自己這樣做。季娜伊達・阿納托利耶夫娜就住在歐洲賓館，離音樂學院不遠。

＊社會主義國家提供給孩童的課外活動公共建築，包括技能培訓及舉辦文藝活動等。

我當時瞞著父母，急急忙忙走出家門，只穿了雙涼鞋，沒顧得上換穿鞋子襪子，就跑到了街上。如果我換上過節才穿的正式衣服，媽媽就會問：「你要去哪兒？」父母不會想聽任何與芭蕾舞有關的事，他們絕對不會同意，也不容別人反駁。

我把信交給季娜伊達·阿納托利耶夫娜，她讀完信說：「把衣服脫了。讓我來看看你的手臂和雙腿。」我嚇得僵住了，我怎麼能現在就脫掉鞋子呢？我的腳底那麼髒。顯然她看明白我臉上的表情，她遞給我一條毛巾，挪了一把椅子到洗手台前。

我被舞蹈學校錄取了，二十個人只留下了五個。我開始了全新的生活：經典作品、韻律操、音樂……我是那麼高興！季娜伊達·阿納托利耶夫娜很喜歡我，我們大家也都很愛她，她是我們的偶像、我們的神，世界上沒有人比她更美的了。一九四一年，我參加了芭蕾舞劇《夜鶯》的表演，在第二幕中跳哥薩克舞。我們還參加了在莫斯科舉辦的白羅斯藝術十日會演，獲得了熱烈的回響。甚至在我們藝術學校的首演芭蕾舞劇《小雞》中，我還扮演過小雞。劇中有一隻母雞媽媽，而我是最小的雛雞。

在莫斯科十日會演結束後，為了獎勵我們，讓我們去博波魯依斯克郊外的少年先鋒隊夏令營度假。我們在那裡還表演了芭蕾舞劇《小雞》。他們允諾說，要烤一個大大的蛋糕來犒賞我們。六月二十二日那天，蛋糕烤好了……

為了表示跟西班牙的友好象徵，當時的我們都會戴船形帽，這是我最喜歡的帽子。當孩子叫喊：「打仗了！」我立刻就把帽子戴上。但在前往明斯克的途中，我把帽子弄丟了。

回到明斯克，媽媽在門口擁抱了我，然後我們跑到車站。在飛機轟炸聲中，我們走散了。我沒有找到媽媽和妹妹，自己一個人坐上了車。火車在清晨停靠於克魯普卡赫後，就不再前進了。我們紛紛下車，走進村子裡的人家。沒有媽媽，落單的我因為害羞，到了傍晚才鼓足勇氣走進一戶人家，要一碗水喝。他們給了我牛奶，我抬起頭時看到了牆壁上掛著的照片，發現上面是我年輕的媽媽，穿著潔白的婚紗。我喊著「媽媽」，老爺爺和老奶奶開始問我：「你從哪裡來的？叫什麼名字？」這樣的奇遇只能發生在戰時——我竟然巧遇了叔祖父（爺爺的弟弟），我從來沒有見過他們。當然，他們再也不讓我離開了。真是奇蹟啊！

我在明斯克時跳「小雞舞」，現在我的工作是照顧牠們，不讓鷹隼把牠們叼走。小雞我還無所謂，但是我怕鵝，甚至害怕公雞。我鼓足勇氣，趕著鵝去放牧。公鵝非常聰明，牠知道我怕牠，會神氣地嘎嘎叫著，從後面用嘴巴啄我的衣服。我必須在我的新朋友面前使出各種招數，他們從小就不怕鵝，也不怕公雞。我還很害怕打雷下雨。只要一下起雷雨，二話不說就跑進離我最近的人家。沒有比打雷更可怕的聲音了。要知道我可是經歷過大轟炸的人。

我喜歡農村裡的人，他們都很善良，都「孩子孩子」地叫我。我還記得，我對一匹馬很感興趣，喜歡在後面追趕著牠，爺爺允許我這樣做。牠會打噴嚏，甩動著尾巴，最主要的是，牠很聽我的話。我用右手一扯，牠就知道應該往右轉彎，如果是向左一拉轠繩，牠就會往左邊跑。

我請求爺爺：「您騎馬帶我去找媽媽吧。」

「等戰爭結束了，我再帶你去。」

爺爺整天皺著眉頭，很嚴厲。

我擬定了逃跑計畫，村裡的友伴把我送到了村子外。

在車站，我爬上了一列貨車，但被趕了下來。我又爬上了一節不知幹什麼的列車，縮在角落裡。後來一對德國男女上了車，還有一個偽警察跟著他們，我坐在那裡，他們沒有碰我，只在路上問我：「在哪裡上學？幾年級了？」

當我告訴他們我在芭蕾舞蹈學校上學時，他們都不相信。於是，我立刻就在車廂裡跳起了「小雞舞」。

從五年級開始，我們會學法語。那個德國女人用法語問了我一個問題，我也用法語回答她。他們都很驚訝，在村子裡偶遇的一個小女孩，在芭蕾舞蹈學校上學，甚至還懂法語。同時我也知道，他們都是醫務人員，是受過教育的人。他們錯誤地以為，我們都是野蠻人，還沒開化的人。

說起來，我到現在還覺得可笑：我害怕公雞，但是當我看見游擊隊員時卻一點都不怕。他們戴著毛皮高帽，紮著槍帶，佩戴紅五星，背著步槍。「叔叔，我很勇敢的，請把我帶走吧。」在游擊隊裡，完全跟我原先的期望不相干，我只能蹲在廚房裡削馬鈴薯。您應該能想像，我內心有多抗拒吧！在廚房值勤了一個星期，我就找上了指揮官：「我想成為一名真正的戰士。」他給了我一頂有紅色帽帶的羊皮帽，但我想立刻就能要到一把步槍。我不怕死。

回到媽媽身邊時，我戴著衛國游擊二級勳章。我回到學校，忘記了一切，和女孩子玩棒球、騎自行車。有一次騎車意外摔到了彈坑裡，弄得破皮流血，一時間我只想到完蛋了，我現在怎麼跳舞？很快的，季娜伊達·阿納托利耶夫娜·瓦西里耶娃就要回來了，但我卻把膝蓋弄傷了……

只是後來，我沒能回去舞蹈學校。我去工廠上班了，媽媽需要我的幫助。但我還是想上學。如今我女兒上了一年級，而她的媽媽還在上十年級，在夜校裡上課。

我先生送了我一張歌舞劇院的票，整場演出中，我一直坐著垂淚。

我朝著天空開槍

阿妮婭・帕甫洛娃，當時九歲。
現在是廚師。

唉，一想起就心痛，心又要痛起來了。

德國人把我拖進木板棚子裡，媽媽在後面追著，扯著自己的頭髮。她哭喊著：「你們想幹什麼就衝著我來，不要動我的孩子。」我還有兩個弟弟，他們也哭喊著。

我們原本住在奧爾洛夫州梅霍瓦亞村，他們把我們趕到了白羅斯，一路走著，從這個集中營換到另一個集中營。當他們想把我抓去德國時，媽媽整理好自己的衣服，把最小的弟弟交到我的手上，我就這樣得救了。我從名單上被劃掉了。

今天一整天，一整個晚上，恐怕我都不好過了。曾受過的傷害，至今仍會讓我激動不安。

狼狗撕咬著孩子……我們坐在被扯碎的孩子旁邊，等著他的心臟停止跳動。等到大雪覆蓋了一切……等春天來臨，這就是他的墓地。

勝利以後，媽媽被派到日丹諾維切修建療養院，我也跟著她去了，就這樣留在了那裡。我在療養院工作了四十年，從第一塊石頭奠基，我就在那裡了。人們發給我一支步槍，看守著十個被俘虜的德國士兵，押著他們去勞動。第一次押送時，一群村婦包圍了我們，有的拿石頭，有的舉鐵鍬，還有的拎著棍子。我提著步槍繞著俘虜奔跑，邊跑邊喊：「嬸子大娘！不要碰他們……嬸子大娘，我為他們簽下了保證書。我要開槍啦！」於是，我朝著天空開槍。

村婦哭喊著，我也哭了；而德國人呆站著，不敢抬起眼睛。

媽媽一次也沒有帶我去過軍事紀念館。有一次她看見我在讀報紙，上面有槍斃人的照片，她立刻搶了過去，罵了我一頓。

如今，我們家一本關於戰爭的書都沒有。媽媽早已不在人世，只留下我一人獨自生活。

媽媽抱著我上了一年級

英娜・斯塔羅沃伊托娃，當時七歲。
現在是農藝師。

媽媽吻了吻我們，就走了。

破窩棚裡就剩下我們四個人：最小的弟弟、堂弟、妹妹和我。最大的我只有七歲。我不是第一次一個人留下來，我已學會不再哭泣，學會了讓自己安靜。我們知道，媽媽是偵察員，她被派去完成任務，而我們需要耐心等她。媽媽從農村把我們帶了出來，我們和她一起住在游擊隊員的家庭營地裡。這是我們期盼已久的，所以我們過得很幸福。

我們坐著，傾聽著：樹聲喧嘩，女人在不遠處洗衣服，責罵自己的孩子。突然，傳來一陣叫喊聲：「德國人！德國人！」所有人都跑出了窩棚，叫著自己的孩子，往樹林深處跑去。我們要往哪裡跑呢，就我們自己，媽媽不在？萬一媽媽知道德國人來營地，她會讓我們往哪裡跑呢？我是年紀最大的，所以我命令：「別出聲！這裡很暗，德國人找不到我們的。」

我們躲了起來，四周靜悄悄的。有人往我們的窩棚裡望了一眼，用俄語說：「誰在裡面，快出來！」

聲音聽起來很平靜，我們鑽出了窩棚。我看見一個穿著綠色軍裝的高個子男人。

「你有爸爸嗎？」他問我。

「有。」

「他在哪裡？」

「他在很遠的地方，前線。」我說。

我記得，那個德國人笑了。

「那你媽媽在哪裡？」他接著問。

「媽媽和游擊隊員出去偵察了。」

另外一個德國人走近我們，他穿著黑色衣服。兩個人不知談了些什麼，穿黑色衣服的人向我們做了個手勢，要我們往那裡走。那裡站著婦女和孩子，他們都是來不及跑走的。黑衣的德國人用機槍瞄準了我們，我明白他要幹什麼了。我甚至來不及叫出聲，來不及抱一抱最小的弟弟。

我在媽媽的哭聲中醒了過來。我覺得，我只是睡了一覺。我坐起身，看到媽媽一邊挖坑，一邊在哭。她背對著我，而我沒有力氣喊她，只能看著她。媽媽直起身子，休息了一會後轉過身來，她大叫了一聲：「英娜！」然後向我跑過來，把我緊緊抱在懷裡，一隻手抱著我，另一隻手撫摸著我。還有其他孩子活著嗎？沒有了，他們都已經冰冷僵硬了。

我在治療時，媽媽數了一下我身上的傷口——一共有九處槍傷。我學會了數數：一邊肩膀上有兩個子彈，另一邊肩膀上有兩個子彈，這一共是四個。一條腿上有兩個子彈，另一條腿上也有兩個，這一共是八個。脖子上還有一處。總共是九處。

戰爭結束了，媽媽抱著我上了一年級。

小狗，可愛的小狗，請原諒我

嘉麗娜・費爾索娃，當時十歲。
現在已退休。

當時我的願望是逮住一隻麻雀，把牠吃掉。

小鳥很罕見，但是有時會出現在城市裡。所有人都會在春天看到牠們，都會這樣想，跟我想的一樣。沒有力氣的人心裡想的全是食物，因為餓了太久，我從裡到外都覺得冷，刺骨的冷，甚至在陽光燦爛的日子也一樣。不管你穿上多少衣服，就是覺得冷，在太陽底下也暖和不起來。

我渴望活下去，想要活下去。

我就講講列寧格勒吧，當時我們住的地方。我要說的是圍城，無止盡的飢餓摧殘著我們，折磨著我們。九百天的封鎖，九百天！而當時光度過一天，就覺得好漫長。您無法想像，一個餓壞的人會覺得一天多麼漫長。一小時，一分鐘……你巴望著午飯時間，然後是盼著晚飯時間。圍城期間的食物供應標準是：不用工作的人，一天一百二十五克的麵包。我們要把這一塊麵包分成三份，早飯、午飯和晚飯。其他時間只能喝水，白開水。

冬天（我記得最多的就是冬天）凌晨六點，我就得摸黑去麵包店排隊，一站就是幾個小時，漫長的幾個小時。輪到我時，街道又暗了下來。售貨員點亮蠟燭，切麵包塊，人們站在一旁盯著，用火熱而瘋狂的眼神看著每個切麵包的動作。所有這一切，都在悄無聲息中進行著。有軌電車不能開，沒有水，不能供暖，也沒有電。但是最可怕的還是飢餓。我看過一個人咀嚼鈕釦，大的鈕釦，小的鈕釦。每個人都餓瘋了。

有一段時間，我的耳朵餓到聽不見聲音。那時候，我們吃過貓；後來我又餓到看不見，有人給我們弄了一條狗來。這才把我救活了。

我不能再想，也想不全了。一想到怎麼可以吃掉貓和狗時，我才算是個正常人。我沒有注意到，那段期間，鴿子和燕子不見了，貓和狗也開始消失了。我們家裡什麼也沒養，因為媽媽認為這是要負責任的事，特別是在家裡養一條大狗。媽媽的朋友有養貓，她無法吃掉自己的貓，所以就把牠給了我們。我們把牠吃掉了，我開始能聽見一些聲音了，但沒多久，我又突然失去聽覺了，明明早上還聽得見，到了傍晚媽媽叫我時，我就沒有反應了。

又過了一段時間，我們都快餓死了。媽媽的朋友又把自己養的狗送來了，我們又把牠宰來吃。如果不是這條狗，我們就無法活下來了。這一點，顯而易見。很多人已經因為飢餓而開始全身浮腫。妹妹早上起不了床……那條狗很大又聽話，媽媽猶豫了兩天，一直下不了手。但能怎麼辦呢？第三天，她把狗拴在廚房的暖氣片上，把我們趕出家門。

我還記得那些肉餅。我還記得。而我想活下來。

我們常常圍坐在爸爸的照片前，爸爸還在前線。他寄來的信很少。「我的女兒們……」他給我們這樣寫信。我們也會給他回信，儘量不讓他為我們擔憂。

媽媽藏了幾塊糖，用小小的紙袋子裝著。這是我們最珍貴的寶物。有一次我沒忍住，我知道糖放在哪裡，我爬了上去，偷拿了一塊。過幾天，又拿了一塊……沒多久媽媽偷藏的袋子裡什麼也沒有了。只有空空的袋子。

媽媽病倒了，她需要葡萄糖，還有白糖。她已經不能起床了，商量後大家決定要動用我們家藏起來的那個小紙袋。我們的寶物！我們珍藏著它，就是為了要在這一天用上。姊姊說，媽媽一定會好起來的，她開始尋找，但沒有糖了。整個家都翻遍了，我也跟著大家一起尋找。

傍晚的時候，我招認了。姊姊打我、咬我、捏我。我請求她：「你就殺了我吧！打死我吧！要不然我該怎麼活下去？」那是我第一次想死。

我講的這些，就只是幾天裡發生的事，但圍城一共持續了九百天吶。

九百個這樣的日子……

我們的爺爺也虛弱到極點了，他有一次癱倒在街上，快要跟人世道別了。這時有個工人經過，他的伙食供應要比別人好一些，但也強不了多少。總之，這位工人停下腳步，往爺爺的嘴裡倒了一些葵花籽油——這是他自己的口糧。爺爺起了身，走回家裡，哭著告訴我們：「我連他的名字也不知道！」

九百天吶……

眾人像影子一樣，緩慢地在城市裡移動。就像在睡夢中，陷進深深的夢境。你會想，這是在做夢。這些緩慢的，像漂浮般的移動，彷彿不是走在地面上，而是漂在水面上……嗓音也因為飢餓改變了，或者完全沒了聲音，你已經聽不出這是男人的聲音，還是女人的聲音。連衣著也分辨不出男女了，所有人都一身破爛。我們的早飯，我們的早飯就是一塊壁紙，一塊老舊的壁紙，上面還有硬掉的漿糊。苦澀的漿糊。老舊壁紙，配上白開水……

九百天吶……

我從麵包店走出來，領到了一天的口糧。這一丁點玩意，這少得可憐的東西，然後突然迎面跑來了一條狗。牠追著我，嗅聞著，牠聞到了麵包的味道。

我明白，我們要走運了。這條狗是我們的大救星，我帶著這條狗回家。

我給了牠一小塊麵包，牠就跟著我走。到了家門口，我又給了牠一小塊，牠舔了舔我的手。

我帶著牠走進我們的樓道，但是牠不太想爬樓梯，每上一層都會停頓一下。我把我們家分配到的整塊麵包都餵了牠，一塊又接一塊，就這樣我們上到了四樓，而我家在五樓。這時候，狗狗定住了，再也不肯往上走。牠看著我，好像感應到了什麼。牠明白了。我抱住牠：「狗狗，寶貝，請原諒我……」我乞求牠，央求牠。牠終於又開始走了。

我太渴望活下去了。

大家聽到了廣播：「圍城解除了！圍城解除了！」再也沒有比我們更幸福的人了，再沒有比我們更幸運的人了！我們挺下來了，圍城解除了！

沿著我們的街道走的，是我們的戰士。我跑向他們，我想擁抱他們，卻沒有力氣。

列寧格勒有許多紀念碑，但是還少了一個應該豎立的紀念碑。人人都該記住。我們理應給那些狗狗立起一個紀念碑。

可愛的狗兒，請原諒我們。

她喊叫著：這不是我的女兒！

法伊娜・柳茨科，當時十五歲。
現在是電影工作者。

每天我都在回憶中度過，但是我還活著，我怎麼活？

我記得，都是些穿著黑衣的憲兵隊員，一身黑，戴著高高的大簷帽，甚至他們的狗也是黑色的。

我們緊緊貼著母親。他們不是把所有人都打死了，不是整個村子的人。他們抓住那些人，站在右邊，都在右邊。我和媽媽也站在那邊，他們把我們分開：孩子分在一邊，父母分到另一邊。我們明白，他們馬上會殺死我們的父母，把我們留下來。那邊有我的媽媽，我不想沒有媽媽活下去。我請求到她的身邊去，我哭著。他們竟然答應了。

媽媽一看到我，立刻喊了起來：「她不是我的女兒！」

「媽咪！媽……」

「她不是我的女兒！不是我的女兒！不是……」

「媽咪！」

她的眼睛裡不是盈滿了淚水，而是鮮血，滿眼都是血水。

「她不是我的女兒！」

他們把我拖到一邊，但我看到了，他們先是開槍射擊孩子。開槍時，讓父母看著，承受痛苦的折磨。他們打死了我的兩個姊姊、兩個哥哥。打死孩子後，又轉向父母開槍。我沒有看到媽媽，媽媽也許倒在地上。

有個女人站著，手裡抱著還在吃奶的孩子。那個孩子正捧著瓶子喝水。他們先向瓶子開槍，然後是孩子，最後才是母親……

我不相信，經歷這些的我為何還能倖存下來？一個小孩子竟然活了下來。我是怎麼長大的？也許，早在當初，我就已經長大了。

難道我們是孩子？我們是男人和女人

維克多・列辛斯基，當時六歲。
現在是動力工程中等技術學校校長。

我去親戚家玩，姨媽叫我夏天要去她那裡。

我們住在貝霍瓦市，而姨媽住在郊區的科姆納村。村子的中央有一排長長的房子，二十多戶人家都是公社的社員，這是我來得及記住的一切。

有人告訴姨媽：「戰爭爆發了，孩子應該回到父母身邊。」但姨媽沒有同意：「等戰爭結束，你再回去。」

「戰爭很快就會結束嗎？」

「當然，很快就會結束。」

過了一段時間，我的雙親步行來到了這裡：「貝霍瓦都是德國鬼子，大家都跑到農村避難了。」於是，我們就留在了姨媽家。

冬天時，游擊隊員來到了家裡。這些人是媽媽的侄子，我的表哥。我跟他們說，我也要一把步槍，他們笑了起來，把步槍拿給我。但槍太沉了。

房子裡一直都飄著毛皮的味道，還有溫暖的膠水味。父親會幫游擊隊員縫製皮靴，我求他也給我縫製一雙。他說等一等，我的工作太多了。我記得，我還比畫給父親看，說我只需要一雙小小的皮靴，我的腳那麼小。他答應了。

我對父親最後的印象是，看著他在街道上被驅趕著走向一輛大汽車，鬼子用棍子一直敲打著他的腦袋。

戰爭結束後，我們沒了父親，也沒了房子。我十一歲，是家裡的老大，下面還有弟弟和妹妹，他們都還很小。媽媽辦了貸款，幫我們買了一棟老房子，房頂壞了，下雨時無處可躲，漏下的雨水滴滴答答。十一歲的我，會自己安裝窗戶，往房頂上鋪麥稈。搭建一間木板棚……

第一根原木是我自己滾過去的，第二根是媽媽幫忙的。再高一些的地方，我們已經沒有力氣搆到。於是，我先在地面上把原木的四面削好皮，砍出榫角，然後等待去田裡幹活的女人。一早她們來齊了，一下子就把木頭抬了起來，我把原木再刨去一些，放進榫角裡。黃昏時，我會再削平一根原木準備好。等那些女人收工回來，再抬起一根……我們就這樣把四面牆建了起來。

村子裡有七十多戶人家，只有兩個男人從前線回來，一位拄著枴杖。媽媽對我說：「孩子，我的孩子！」晚上，我往哪裡一坐，就能馬上在那裡睡著。

難道我們是孩子嗎？在十到十一歲的時候，我們就已經是男人和女人了。

請別把爸爸的西裝給陌生叔叔穿

瓦列拉・尼奇波連科，當時八歲。
現在是公車司機。

這已經是一九四四年的事了。

當時的我，大概有八歲了吧？我覺得，應該是八歲。我們已經知道，父親沒了。別人還在等，等來了死亡通知書，但是仍然抱著希望在等。我們手裡有了可信的紀念章及證書，還有父親朋友輾轉寄來的手錶。這是他要留給兒子的，留給我的，他說這是父親死前請求他這樣做的。這塊錶到現在我還珍藏著。

我們一家三口僅靠著媽媽微薄的工資生活，日子窮得叮噹響。妹妹生病了，被確診為開放性肺結核。醫生對媽媽說：「應該多做些好吃的，增加營養，要吃奶油、蜂蜜，應該每天都讓孩子吃點奶油！」對我們來說，奶油無異於黃金。按照市場上的價格，媽媽的工資只能買三個小白麵包，而用這些錢當時只能買兩百克奶油。

我們還留著一件爸爸的西裝，質料非常好的西裝。我和媽媽拿著這套西裝去集市，很快就找到了買主，因為這件西裝太漂亮了。這是父親在戰前新買的，還來不及穿，戰爭就爆發了。嶄新的西裝一直掛在衣櫃裡，買主問了價錢，討價還價後，把錢給了媽媽。我的哀號聲整個集市上都能聽見：「請別把爸爸的西裝給陌生的叔叔穿！」

甚至有個員警還朝著我們走了過來。

經歷過這些事之後，誰敢說，孩童沒有參與過戰爭？

我在深夜哭泣，我快樂的媽媽在哪裡？

伽麗婭・斯帕諾夫斯卡婭，當時七歲。
現在是設計工程師。

記憶，是有顏色的。

戰爭開打以前，我記得一切東西都是動的，都是彩色的，鮮豔明亮的顏色。而戰爭來了，在保育院的一切都像靜止了，變成了灰暗的顏色。

我們被轉送到大後方，全是兒童，沒有媽媽。不知道為什麼，我們走了很久，非常久。我們吃的是餅乾和巧克力油，看得出來，大人沒來得及準備好要在路上吃的東西。戰前，我喜歡吃餅乾和巧克力油，非常好吃。但是持續在路上吃了一個月後，我想我一輩子都不會想再吃它們了。

整個戰爭期間，我都盼望著媽媽快點出現，帶著我回到明斯克。我經常夢見街道，我們家附近的劇院，還夢見有軌電車的鈴聲。我的媽媽人很好，性格開朗，我和她就像是好朋友。我不記得爸爸，家裡早就沒有爸爸了。

後來，媽媽終於找到了我，她來到了保育院。這個消息簡直讓我欣喜若狂，我跑向門口，打開門，門口站著一個軍人：皮靴、褲子、船形帽、軍便裝。這個人是誰？原來是我的媽媽，我快高興死了！她是媽媽，還是個當兵的媽媽！

後來她是怎麼離開保育院的，我已記不得了。我只記得我哭得非常厲害，大概正是因為如此，我才會忘了吧。

我再一次等著媽媽到來，等啊等啊，又過了三年。媽媽再次來到保育院時，已經換穿裙子，穿上了便鞋。那種欣喜無法用言語表達，你一下子好像被什麼東西擄獲了，眼裡只有媽媽。我看著媽媽，但是沒有發現她少了一隻眼睛。媽媽好像變成了某種怪物……從前線回來後，媽媽傷得非常嚴重。這是另一個樣子的媽媽。她很少笑，她不再唱歌，也不再開玩笑了，不再像從前那樣了，她經常哭。

我們回到了明斯克，生活非常艱困。我們沒有找到自己的家，我曾經那麼熱愛的家。我們的劇院不見了，街道也不見了，代替它們的是成堆的石塊瓦礫。

媽媽總是悶悶不樂，不逗人笑，也很少聊天，很多時間都是沉默不語。

我在深夜裡哭泣，我那個快樂的媽媽在哪裡？但早晨醒來後我會面帶微笑，不讓媽媽猜到我流淚的原因。

他不讓我飛走……

瓦夏・薩烏裡琴科，當時八歲。
現在是社會學者。

戰爭結束後，很長時間我都被同一個噩夢折磨。

那個夢跟我殺死的第一個德國人有關。他是我親手殺死的，而我在戰爭以前從來沒看過死人。有時我夢見的是自己要飛，但他不讓我飛。我剛剛要飛起來，飛啊飛啊，他就追趕上來，把我跟他一起拉了下去，滾落到一個土坑裡。或者是夢見我剛剛想要站起來，正要起身，他就把我按下。因為他，讓我不能飛走。

反覆都是這一種夢，持續糾纏了我十年。

在我殺死這個德國人之前，我已經看過許多這樣的場面。我看見過，他們怎樣在街道上槍殺我的祖父，在我們家的井裡殺死我的祖母，或是在我的眼前用槍托砸我媽媽的頭，把她的頭髮都染成了紅色。但是，當我射擊這個德國人時，我來不及考慮到這些。當時他受傷了，我想從他手裡奪過步槍，有人告訴我要奪他的槍。我當時十歲，那是游擊隊指定給我的任務。我悄悄跑向他，眼前只看得見那把槍，德國人兩手握著它，在我的面前晃來晃去。他還沒有開槍前，我就已經把他……

殺死他時，我沒有驚慌失措，整個戰爭期間也沒有再想起他。當時周圍有許多死人，我們就生活在死人之中，大家都已經習慣了。但是，只有一次我怕了，我們到了一個村子裡，村子早已經被燒毀了。當天早上燒的，傍晚時我們才到。我看到一個被燒死的女人，她全身焦黑地躺在地上，但一雙手卻是白色的，就像一雙活著的女人的手。我第一次害怕了，我想叫出聲，好不容易才忍住。

沒有，我沒有童年，也不記得自己曾經是個小孩子。儘管我沒有怕過死人，深夜或傍晚經過墓地時還是會畏縮。躺在地上的死人，不嚇人，嚇人的是那些埋在土裡的。孩童的恐懼保留了下來，儘管我想的是，孩子什麼都不怕。

白羅斯解放時，德國人的屍體到處都是，我們把自己的人挑出來，埋葬在公墓裡，而德國人的屍體就任由他們在露天裡躺了很長的時間，特別是冬天。孩子們跑到田野裡去看死人，那個地方，不久前還是我們玩「打仗」或「哥薩克打土匪」的遊戲地點。

我很驚訝，過了許多年我才開始做這個德國人的夢，這讓我有點意想不到。而這個夢已經糾纏了我十年。

我有一個兒子，已經是成年人了。當他還是小孩子時，我的腦海裡突然冒出了一個想法——我打算告訴他，跟他講講戰爭。他也不止一次地問過我，但我當下就轉移了話題。我喜歡念童話故事給他聽，我想讓他有自己的童年。他長大後，我依然不想跟他講戰爭的事。或許我會找個時間，跟他談談我做的夢。或許，我也沒把握。

我怕這會破壞他的世界，那個沒有戰爭的世界。這個世界的人沒有看過人殺人，那完全是另外一種人類。

大家都想親吻一下「勝利」這個詞

阿妮婭・科爾宗，當時兩歲。
現在是畜牧業工作者。

我記得戰爭是怎麼結束的，何時結束的——一九四五年五月九日。

女人紛紛跑進幼兒園：「孩子們，勝利了！勝利了！」

大家又笑又哭，親吻著我們。那些陌生的女人，她們邊吻我們邊哭，不停地親吻著我們。

擴音器打開了，所有人都在收聽廣播。我們這些小孩子一個字也聽不懂，只知道歡樂從空中飄落下來，從擴音器的黑色盤子裡跑出來。有的孩子被大人抱在手上，有的是自己爬了上去，大人就像台階一樣，讓我們一個一個爬上去到那個只有三、四個小孩疊羅漢才搆得到的黑色盤子，親吻著它。然後，再換成別的小孩上來，每個人都想為「勝利」這個詞獻吻。

晚上放了焰火，把天空照得通明。媽媽打開窗子，哭了起來：「女兒，這些你要記一輩子。」

父親從前線回來時，我很怕他。他給我糖果，請求我：「叫爸爸啊，女兒。」

我抓起糖果，拿著它，一溜煙藏到了桌子底下，叫他：「叔叔。」

整個戰爭期間，我都沒見過爸爸。我是和媽媽、姥姥在一起的，還有姨媽。我無法想像，爸爸會在我們這個家做出什麼事？

畢竟，他是背著步槍進家門的啊！

我穿著父親的軍便裝改成的襯衫

尼古拉・別廖茲卡，生於一九四五年。
現在是計程車司機。

我是一九四五年出生的，但是我記得戰爭，也熟悉戰爭。

母親經常把我關在另外一個房間裡，或者把我打發到街上，去找其他男孩玩。但是我還是能夠聽到父親的叫喊聲，他叫了很久很久。我緊貼在兩扇門的縫隙，向裡頭偷看。父親雙手抱著受傷的大腿，不停搖晃；或在地板上蹭來蹭去，用拳頭搥打著地板：「戰爭，這該死的戰爭！」

痛過之後，父親會把我抱在手上。我撫摸著他的腿，問他：「這是戰爭弄疼的嗎？」

「是戰爭！這個該死的傢伙。」父親回答。

我還記得鄰居家有兩個小男孩，都是我的好朋友，他們在村子後面被炸彈炸死了。這已經是後來的事，大概是一九四九年的事了。

他們的母親是阿妮婭大嬸，她衝向埋住他們的土堆。大家把兩個孩子挖了出來，她哭號著。

上學時，我穿著用父親的軍便裝改成的襯衫，覺得自己很幸福！所有的男孩，只要他的父親是從戰場上回來的，都會穿著用父親的軍便裝改成的襯衫。

戰爭結束了，但我的父親還是因為戰爭死了，因為曾經受過的傷。

我不應該當作什麼事都沒發生。我看見了戰爭，經常會夢到戰爭，在夢裡我會哭，因為明天就會有人把我們的爸爸帶走。家裡總是散發著軍用呢絨的味道……

戰爭！這該死的戰爭。

我用紅色的石竹花來裝飾

瑪麗阿姆．尤澤弗夫斯卡婭，生於一九四一年。
現在是工程師。

我出生在戰爭期間，在戰後長大。

就是這樣，我們等待著爸爸從戰場上歸來。媽媽對我簡直用盡了一切方法：她剃光了我的頭，擦上煤油，抹上油膏。就連我都討厭自己，羞愧到連院子都不去。戰爭結束不久的那些年，我全身長滿了蝨子和癬子，簡直沒救了。

這時，我們收到了一封電報：父親復員了。我們去火車站迎接他，媽媽把我好好打扮了一番，在頭頂上紮了一個紅色的蝴蝶結。這個蝴蝶結到底紮在什麼上面呢？這一點我始終沒弄明白。媽媽還一直提醒我：「別抓。別抓啊！」但是，實在癢得太難忍了，討厭的蝴蝶結，眼看著就要掉下來了。但是我的腦袋裡卻想著：「萬一父親不喜歡我呢？他從來都沒有見過我呢。」

接下來發生的事，就更糟糕了。父親看到我了，馬上就朝我跑過來。但是，一瞬間，也就那麼一瞬間的工夫，我立刻察覺到了，他好像推開了我一下，就那麼一下。我覺得受到了委屈，羞愧、痛苦到喘不過氣。當他抓著我的手臂時，我用盡全力撞他的前胸。鼻子裡突然聞到了煤油的氣味，這種氣味已經伴隨我一年，我都已經太習慣而聞不太出來了。但此時此刻，我又聞到了。或許，這是從父親身上散發出來的好聞又陌生的味道吧。相較於飽經滄桑的媽媽，爸爸看起來是如此英俊。這直接刺痛了我的心，我扯掉蝴蝶結，把它扔到了地上，用腳踩著它。

「你這是幹什麼？」父親吃驚地問。

「還不是像你的脾氣。」媽媽明白了過來，笑著對父親說。

她緊握著父親的手，兩個人就這樣牽著手走路回家。

深夜我叫喚著媽媽，請求她把我抱到她的床上去睡。在整個戰爭期間，我都是和媽媽一起睡的。但是媽媽沒有回應，好像是睡著了。我找不到人可以訴說委屈。

於是我下了決心，等明天睡醒後，我就要去保育院。

隔天一早，父親送給我兩個玩具娃娃。在我五歲之前，從來沒有玩過真正的布娃娃，都是用奶奶的舊衣服碎布片縫製的。父親帶回來的布娃娃，眼睛會睜會閉，雙手和雙腳都能活動。其中一個娃娃，甚至還會叫「媽媽」。對我來說，這簡直太神奇了。我非常珍愛它們，甚至捨不得把它們帶到院子裡玩。我把它們擺在窗戶旁邊，我們住在一樓，整個院子的小孩都圍過來看我的布娃娃。

我當時長得很弱小，經常生病，還倒楣透頂，不是額頭蹭破了，就是踩到了釘子。有時還會莫名跌倒，摔得昏了過去。孩子玩遊戲時，都不太喜歡跟我一隊。我想盡了辦法，想取得他們的信任，甚至還開始討好杜霞。她是院子看門人的女兒，長得很結實，個性活潑，所有孩子都喜歡找她玩。

她要我把布娃娃帶到院子裡玩，我沒有拒絕。但說真的，我也沒有立刻答應，還猶豫了好一會兒。

「我再也不和你玩了。」杜霞威脅我。

這句話立刻對我發揮了作用。

我把那個會「說話」的娃娃帶了出來，但我們沒有玩太久。不知道為了什麼，大家就吵了起來，甚至還掐架。杜霞抓起我的布娃娃，摔到了牆上。布娃娃的頭掉了下來，從肚子裡掉出來一枚釦子。

「你，杜霞，簡直是個瘋子。」所有的孩子都哭了起來。

「憑什麼由她來指揮？」杜霞流著淚說，「就因為她有爸爸，就因為她有布娃娃，她什麼都有。」

杜霞沒有爸爸，也沒有布娃娃。

我們把第一棵聖誕樹放在桌子下面。那時我們住在爺爺家，一家人住得很擁擠。空間太狹窄，多出的地方也只剩大桌子底下了。於是，我們把一棵小聖誕樹放到桌子底下，我用紅色的石竹花裝飾它。我清楚記得，這棵小聖誕樹散發出新鮮乾淨的氣息。這種清香什麼都比不上，無論是奶奶煮的玉米麵粥，或是爺爺的皮鞋油。

我還有一顆玻璃珠子，是我的寶貝，但我怎麼都無法幫它在聖誕樹上找個地方安放。我想把它放上去，從任何一個方向都能看到它閃閃發光。最後，我把它放到了聖誕樹的最頂端。我躺下睡覺時，我會把它拿下來，藏好。我擔心它會不見。

我睡在一個洗衣盆裡。這個洗衣盆是鋅皮的，上面布滿了像霜花紋的青斑。洗完衣服，洗完被單、內衣後，它散發出草木灰的味道。當時肥皂還很少見，只能用草木灰來洗衣服。我喜歡這個盆子，我喜歡用額頭抵著冰冰涼涼的盆沿，特別是生病的時候。我也喜歡搖晃它，就像搖籃一樣。不過，當它發出吱嘎吱嘎的聲音時，大人就會罵我，因為他們都很珍惜這個洗衣盆，這是我們從戰前唯一留下來的東西。

突然間，我們要買床了……床板上鑲嵌著閃亮的球，我看得目瞪口呆。我爬到床上面，但馬上就翻身下床坐在地上，還是不敢相信，我怎麼可以在這麼漂亮的床上睡覺呢。

爸爸看到我坐在地上，把我抱了起來，緊緊地抱在懷裡。我也緊緊地抱著爸爸，摟著他的脖子，就像媽媽摟著他一樣。

我記得，爸爸幸福地笑了。

我一直都在等著爸爸

阿爾謝尼・古京，生於一九四一年。
現在是電力維修人員。

一九四五年五月九日勝利日，我剛滿四歲。

一大早起床我就對大家說，我已經五歲了，不是快五歲，而是五歲了。我想成為大人。等爸爸從戰場上回來，我就已經長大成人了。

在這一天，主席召集了所有女人：「勝利啦！」他親吻大家，親了每一個人。我當時和媽媽在一起，我非常高興，但媽媽哭了。

所有的孩子都聚集在一起，在村子後面點著了德國汽車的橡膠輪胎。他們叫喊著：「太好了，太好了，勝利啦！」他們敲打著德國人的鋼盔，那些都是先前從森林裡蒐集來的。他們敲打著鋼盔，像打鼓一樣。

我們住在窯洞裡，我跑向窯洞，看見媽媽在哭泣。我不明白，為什麼她今天要哭，不是應該要高興嗎？

下起雨來了，我折了一根柳條，測量著我們家窯洞附近的水窪。

「你在幹什麼？」有人問我。

「我要量量看，看這個是不是深坑？要不然我的爸爸回來，會掉進去的。」

鄰居都哭了，媽媽也在哭。我不懂他們所說的，什麼叫失去了音信。

我一直等待著爸爸，這一生都在等。

在天之涯，在海之角

瓦麗婭·波林斯卡婭，當時十二歲。
現在是工程師。

那些漂亮的布娃娃，總會讓我想起戰爭歲月。

爸爸、媽媽還活著時，我們全家都不提戰爭的事。現在，他們已經不在人世了，我時常在想，家裡有老人是多麼幸福的事。在他們活著時，那時我們都還只是孩子；甚至戰爭結束後，我們也還是孩子。

我們的爸爸是軍人，我們住在別洛斯托克郊區。對我們來說，戰爭的第一個小時、第一分鐘，就是從我們這裡開始的。睡夢中，我聽到了一陣陣低沉又陌生的聲音，好像炸彈的爆炸聲，接連不斷的轟鳴聲。我醒過來，跑到窗前，在我和姊姊上學的方向，戈拉耶沃鎮營房的上空，整個天空都燒起來了。

「爸爸，是暴風雨來了嗎？」

爸爸說：「快離開窗邊，發生戰爭了。」

媽媽幫爸爸收拾好行李，每次有警報總要把父親叫去。這次也一樣，好像沒什麼不尋常的。

我好睏，想睡覺，倒頭睡在床上，什麼都不明白。我和姊姊很晚才起床，前一晚我們去看了電影。在戰爭之前，「看電影」完全不像現在這樣。那時候，電影只有在周末才會放映，片子也不是很多。在紅軍的食堂裡，大家會聚在一起看電影。我們這些小孩子，從來沒有錯過任何一次看電影的機會，所有放映過的影片幾乎都能背誦了。我們甚至會給銀幕上的演員提詞，打斷他們的對話，幫他們說出來。當時，不管是村裡或是在其他地方都沒有電，靠的是發電機來放映電影。發電機一響，大家都會跑過去，在銀幕前搶占好位置，不然就自己隨身帶著小凳子。

電影會演很長一段時間，一集放完了，所有人都會耐心等著，等放映員裝好下一集的片盤。放映的電影，如果是新片子還算順利，如果是老片子就會不時斷片，要等重新黏好、晾乾才能接著看。要不然萬一膠卷燒了，那就更慘了。發電機熄火是最麻煩的事，我們經常會遇到這樣的情形，無法看完一部電影。

當警報響起來時，放映員會跑出去。電影換片的空檔時間拖得太長，觀眾也會等得不耐煩而開始騷動，有人吹口哨，有人叫喊。有一次姊姊就爬上了桌子，大聲宣布：「我們來開個音樂會吧。」就像大家所說的，我姊姊托瑪非常喜歡朗誦。不管內容記得牢不牢，爬上桌子的她從來沒有怯場過。

這是她在幼兒園裡就養成的個性，當時我們就住在戈梅利郊外的軍營裡。等大家安靜後，姊姊和我會開始唱歌，在大家的喝采聲中，我們唱著〈我們的裝甲車堅固，坦克飛快〉，戰士們也會高聲跟唱，聲音大到食堂的窗玻璃都抖動了起來：

火焰熊熊，火光閃耀，
我們的戰車投入憤怒的戰鬥……

就是這樣，一九四一年六月二十一日在戰爭爆發前夕，大概是晚上九點多，我們正在看電影《如果明天就是戰爭》。電影放映結束後，人群久久沒有散去，父親把我們找回家，他說：「你們今天還睡不睡覺了？」

一陣陣的爆炸聲響起，廚房窗戶的玻璃震碎了，我完全清醒了過來。媽媽把半睡半醒的弟弟托利克裹到小被子裡。姊姊已經穿好了衣服，爸爸不在家裡。

「女孩們，」媽媽催促著，「快點。邊境上發生了挑釁事件。」

我們跑向樹林，媽媽抱著弟弟，氣喘吁吁地一直重複：「女孩們跟上，別走散了，快跟上。」

不知為什麼，我還記得，火光刺痛著我的眼睛，天氣非常非常晴朗，小鳥依舊唱著歌，聽起來有點像是飛機的轟鳴聲。

我渾身顫抖，後來還為自己的膽怯覺得羞愧。我時常在想，我要多向《鐵木爾和他的隊伍》＊書中英勇的戰鬥英雄學習，但我還是怕得瑟瑟發抖。我抱過小弟，輕輕搖晃著他，甚至小聲地給他唱起〈小小姑娘〉這首歌，這是電影《守門員》中的愛情歌曲。媽媽也經常唱這首歌，而對我來說，這首歌貼切地描寫了我當時的心情。我當時也在戀愛！我不知道按照科學的解釋，關於青少年心理的說法是怎麼回事，但我已經開始戀愛、害相思一段時間了。我同時喜歡上幾個小男孩，最喜歡的是六年級的維佳。六年級生和我們五年級都在同一個教室上課，第一排課桌是五年級，第二排是六年級。我不知道老師是如何上課的，因為我沒有在聽，一直都在盯著維佳看。

我喜歡他的所有一切，儘管他的個頭不高，比我還要矮一些。我喜歡他那雙蔚藍蔚藍的眼睛，就像我爸爸的眼睛一樣，我也喜歡他看許多書；而且在我腦門彈指頭時，也不像阿里克．波杜布尼亞克下手那麼重，雖然阿里克也很喜歡我。維佳和我一樣，都特別愛讀儒勒．凡爾納的書。在我們的紅軍圖書館裡有他的作品全集，我都讀完了。

我不記得，我們在樹林裡坐了多久，但漸漸聽不到爆炸聲了。四周一片寂靜。其他女人鬆了一口氣說：「我們的戰士把敵人打跑了。」但是突然間，在寂靜的間隙裡，又傳來了飛機掠過的引擎聲。我們跑到路上，看見飛機飛向了邊境。「太好了！」我們大叫著，但是這些飛機好像「不是我們的」，機翼上的標誌不像我們的，連引擎聲也怪怪的。這是德國人的轟炸機，它們一架架飛得又慢又沉重。讓人覺得，彷彿因為它們，整個天空都失去了光明。我們開始數有幾架飛機，但總是數不對。

很久以後，我翻閱戰爭期間的相關檔案時，再次看到這些飛機，卻跟我印象中的樣子不太一樣。那些照片都是平行拍攝的，而在戰時，我們是從下面仰視，透過茂密的樹林觀看，而且還是用小孩子的眼光。那時候，只覺得好恐怖。後來，我經常夢到這些飛機，一大片黑鐵般的天空慢慢往下壓向我，壓下來，壓下來，壓下來。我一身冷汗地驚醒，全身打著寒顫。

有人說，橋梁被炸毀了。我們嚇壞了，那爸爸怎麼辦？爸爸不能游過來啊，他不會游泳。現在我無法說清楚，但是我記得爸爸後來曾經跑到我們面前說：「必須把你們撤離到大後方。」他給了媽媽一本裝滿相片的相簿，還有一條暖和的棉被。「快給孩子們裹上，風太涼。」一我們當時只隨身帶了這些東西。所有人都慌慌張張地趕路，什麼證件也沒帶。我記得媽媽帶了一鍋肉丸子，那是她為休息日準備的，還有一雙弟弟的鞋子。而我的姊姊，她實在太神奇了！她出門前最後一分鐘隨手抓了一個袋子，裡面竟然是媽媽的一件洋裝和一雙鞋子。我想，也許是先前媽媽準備和爸爸去外地度周末吧？實情如何，誰也想不起來了，跟著和平的日子一起消失了。

我們很快就到了車站，卻在月台上等了很久。大家都在發抖、叫嚷著。我們關了燈，把文件和報紙燒掉。我還記得我們找到一盞路燈，它的光線映照出隱隱約約的人影，像一堵堵牆、一塊

＊蘇聯著名兒童作家阿爾卡季．彼得洛維奇．蓋達爾（一九〇四～一九四一）的作品。

塊地板。他們一會兒靜止，一會兒移動，給我的感覺就像是我們都成了德國人的俘虜。我決定試一下自己能否挺過刑訊，於是我把手指頭放到箱子的蓋子下面，用力往下壓。我疼得叫了出來，把媽媽嚇了一跳：「你這是在幹什麼？」

「我擔心自己堅持不住敵人的拷打。」

「小傻瓜，哪來的刑訊？我們的人不會讓德國鬼子得逞的。」媽媽摸著我的頭，親吻著我的頭頂。

我們的車隊在炮火中前進。只要一有轟炸，媽媽就會撲到我們身上：「要死，我們就一起死。」我看見的第一個被炸死的人，是個小男孩。他躺在地上，臉朝著天空，我呼喚著他。叫啊叫啊，我不明白他已經死了。我當時有一塊糖，我想把這塊糖送給他，讓他能夠站起來，但是他沒有。

轟炸聲中，姊姊小聲地對我說：「等轟炸停止了，我要聽媽媽的話，永遠都要聽她的話。」戰爭結束後，姊姊真的變得很聽話，媽媽還感嘆地說，托瑪以前是個淘氣鬼呢。而我們的小托利克，他在戰爭爆發前就已經會走會說話了，但在戰爭期間他突然不再說話了，始終低垂著腦袋。姊姊突然間長出了白髮，只一個晚上的時間，原本一頭長長的黑髮，變得花白花白了……

火車開動了，托瑪卻不知去哪了。她不在車廂裡。然後我們看見，她抱著一大束矢車菊追著火車跑。那是一片遼闊的田野，麥子比我們的個子還要高，長滿了矢車菊。她當時驚恐的臉，至今仍在我的眼前浮現。黑色的眼睛瞪得大大的，一聲不吭地跑著，甚至連一句媽媽都沒有叫。

媽媽快瘋了，她從座位上蹦起來跑過走道，我緊張地抱緊了弟弟。這時出現了一名士兵，他把媽媽從門口推開，自己跳了下去，把托瑪一下子抱起來，扔上了車廂。隔天早上我們就發現，她的頭髮變白了。此後連著好幾天，姊姊一句話也不說，我們藏起了鏡子。後來她偶然間看了一眼別人的鏡子，哭了起來：「媽媽，我已經變成老太婆了嗎？」

媽媽安慰她：「我幫你剪掉，會重新再長出黑色頭髮的。」

這件事之後，媽媽鄭重告訴我們：「以後再也不許你們離開車廂了，不管是生是死，就認命吧！」

後來聽到大家叫著：「飛機，大家都快下車！」但媽媽把我們藏到床墊下，即便有人來趕她下車，媽媽也騙說：「孩子都出去了，但我不會走。」

媽媽經常會提到「命運」這個奇妙的字眼，我總是問她：「什麼是命運？是上帝嗎？」

「不是，不是上帝。我不信上帝。命運是生活的道路，」媽媽回答，「孩子們，要相信你們的命運。」

每一次轟炸，我都非常害怕。後來等我們到了西伯利亞時，我還恨起自己的膽怯。有一次我不小心瞄了一眼媽媽的信，她是寫給爸爸的。我看到媽媽寫著：「托瑪沉默不語，轟炸時瓦麗婭哭了，她很害怕。」一九四四年的春天，爸爸來看望我們，我不敢抬起眼睛來看他——我竟然會覺得害臊。

我記得一次深夜的空襲，一般來說，晚上很少有空襲。而這次空襲火力凶猛，彈片射到車廂頂上劈啪作響。飛機在空中轟鳴著，飛射而出的子彈劃出了一條條光線。在我身邊的女人被射中了，我是後來才知道她被打死了。當時她並沒有倒下，因為沒處倒，車廂到處擠滿了人。那個女人站在我們中間，痛苦地呻吟著，鮮血流到了我的臉上，暖暖的，黏糊糊的。我的背心和短褲都讓血浸濕了，媽媽的胳膊碰到我時大喊：「瓦麗婭，你受傷了？」

我沒有回答。在這之後，我知道我變了。我不再發抖了，我已經無所謂了。不再害怕，不再疼痛，也不再覺得遺憾，我變得有些麻木呆滯了。

我記得，有一段時間我們暫時留在薩拉托夫州的巴蘭達村。我們到達那裡時是晚上，村裡的人都在睡覺。凌晨六點，有牧人甩動著鞭子，嚇得所有的女人抓著自己的孩子，紛紛跑到街上：「轟炸啦！」她們叫喊著，直到有人說這是牧人在驅趕牛群，大家才鎮靜下來。

弟弟片刻都不敢離開我們身邊，我們只能趁他睡著時才外出。有一次，媽媽帶著我們所有孩子前往軍事代表辦事處，想打聽父親的消息。承辦人員問媽媽：「您說您的先生是紅軍指揮官，請給我看看證明。」

我們沒有證明文件，只有爸爸穿著軍裝的照片。承辦人拿起照片，半信半疑地說：「也許，這不是您的丈夫呢，您要怎麼證明？」

弟弟托利克看見他拿著照片不還我們，生氣地說：「把爸爸還給我。」承辦人笑了起來：「對於這個『證明』我不得不信。」

媽媽幫姊姊剪掉了頭髮後，每天早上起床，我們大家都會檢查她長出了什麼樣子的頭髮——是黑色的，或是灰白的？弟弟安慰她：「別哭，托瑪。別哭，托瑪。」長出來的頭髮仍然是灰白色的。男孩嘲笑她，欺負她。後來她再也不肯拿下頭巾，甚至去學校上課時也一樣。

有一天放學回到家，我們都找不到托利克。

「托利克呢？」我們跑到媽媽上班的地方。

「他在醫院。」

我和姊姊拿著蔚藍色的花環走過大街，媽媽跟著我們，她說托利克死了。媽媽在太平間停下腳步，她無法開門走進去。我只好一個人進去，立刻就認出了托利克——他全身光溜溜地躺著。我沒有流一滴眼淚，就像個木頭人一樣麻木。

爸爸的信追到了西伯利亞。媽媽整晚哭個不停，不知道要如何告訴爸爸他的兒子死了。隔天早上我們把電報送到了郵局：「女兒都活著。托瑪頭髮白了。」於是，爸爸猜到托利克不在了。我有個朋友，她的父親去世了，她總是央求我在寫給爸爸的信中，最後要這樣結束：「爸爸，我問候您，也代表我的朋友列拉問候您。」每個孩子都想有個爸爸。

很快的，我們收到了爸爸的回信。他寫道，自己長時間從事地下特殊任務，生病了。醫院裡的人告訴他，只有家庭能醫好他的病，等他看到家人，病自然就會好起來。

我們等了爸爸好幾個禮拜。媽媽從皮箱裡拿出自己的衣物——洋裝和鞋子。我們曾經約定好，無論日子多麼難過，絕對不會賣掉這件洋裝和這雙鞋子。因為我們擔心，萬一我們把它們賣了，爸爸就回不來了。

從窗外傳來我們爸爸的聲音，我無法相信，難道爸爸回來了？我要親眼看看爸爸，我們已經太習慣等待了。對於我們來說，爸爸是只能等待的家人。在那一天，我們課也不上了，整個學校的學生都來到我們家。他們在外頭等著爸爸走出屋外，因為這是第一個從戰場上回來的「爸爸」。我和姊姊兩天都沒去上學，很多人不斷地來到我們家，有人還給我們留下紙條：「爸爸是什麼樣子的？」我們的爸爸是很特別的人，他是蘇聯英雄——安東．彼得羅維奇．波林斯基。

我們的爸爸也像托利克一樣，一刻都不想一個人待著。他不能一個人，只要剩他一個人，他就會很不舒服，他總是拉著我不放。有一次我聽見他在自言自語，說他們游擊隊到過一個村子，看到一大片土地剛翻過土。他們就站在那片土地上面，有個小男孩穿過田野跑了過來，叫喊著說他們全村子的人都被殺掉了，就埋在那個地底下，所有的人……

爸爸看見了我，當時我都快昏倒了。此後，他再也沒有提起戰爭的事。

爸爸和媽媽確信，像這樣可怕的戰爭再也不會發生了，他們對此深信不疑。我和姊姊從戰火中活了下來，我們還買了布娃娃。我不知道為什麼我們堅持要買布娃娃，或許是因為我們的童年都沒有好好玩個夠。我們缺少了一個快樂的童年。姊姊知道，我最喜歡的禮物就是布娃娃。我上大學以後，姊姊生了個女兒，我去看望她們：「送個什麼禮物好呢？」

「布娃娃。」

「我問的是，要給你什麼禮物，不是說要給你女兒。」

「我說的就是，給我買個布娃娃吧。」

等我們的孩子長大了，我們也是送給他們布娃娃。我們給所有人的禮物也都是布娃娃，所有熟人。

我們親愛的媽媽過世了，然後是我們的爸爸。我們立刻了解到，我們是最後的見證人。在天之涯，在海之角，我們是戰爭最後的見證人。我們的時代就要結束了，我們應該要說出這些……

我們的話，也將成為最後的證詞。

一九七八至二〇〇四

■諾貝爾文學獎得獎致詞摘錄

一場敗北的戰役

陳翠娥　譯

我不是獨自站在這個台上……我的周圍充滿了聲音，數以百計的聲音。自我還小的時候，它們便如影隨形。我在鄉下長大。我們小孩子喜歡在街上嬉戲，但是，一到傍晚，當疲倦的村婦聚集在各家（我們稱作農舍）門口的長凳子上時，我們總是像磁鐵般被吸引過去。她們當中，沒有人有丈夫、父親或兄弟。戰爭過後，我不記得我們村子裡有任何男人。第二次世界大戰期間，每四個白羅斯人當中，便有一位命喪於前線或游擊戰中。戰後，我們孩童的世界是女人的世界。我印象最深的，不是女人談論死亡，而是談論愛情。她們講述在臨別的那一天如何與心愛的人道別、如何等待他們，以及如何依舊在等待。事經多年，她們守候如昔：「就算他缺手、缺腳回來也無所謂，我可以把他抱在手上。」缺手……缺腳……我似乎自小便知道，什麼是愛情……

法國作家福樓拜曾說自己是個羽筆文人，我可以說自己是個耳朵文人。當我走在街上，聽見字詞、句子或驚嘆聲時，總是會想：有多少小說題材不著痕跡地消失在時間和黑暗之中呀！我們尚未能夠在文學中為人類的話語爭得一席之地；還沒能真正欣賞，並為之感到驚豔。我則是早已深深著迷於人類的話語，成為了俘虜。我喜歡人說話的樣子……我喜歡單獨的個人說話的聲音。那是我的熱愛與熱情所在。

我走上這座講台的路很漫長，幾乎長達四十年。從一個人走到另外一個人，從一個聲音走到另外一個聲音。我無法說自己一路走來總是游刃有餘。有許多次，人使我感到震驚與害怕，也讓我歡欣與厭惡。我曾經忍不住想忘卻所見所聞，回到懵懂未知的從前。也不只一次，因為看見人的美好而幾乎喜極而泣。

我成長在一個自小便被教育要死去的國家。我們被教導死亡。別人告訴我們，人存在是為了奉獻自己，為了燃燒生命，犧牲自我，並教誨我們要愛手持武器的人。如果我生長在其他國家，肯定無法走過這條路。邪惡是殘酷無情的，首先得對它免疫。我們在劊子手與受害者之間成長。即使我們的父母生活在恐懼當中，沒有向我們透露所有的真相，更常的是，他們什麼都沒說，但是我們的生活中充滿了恐懼的氣息，邪惡不時在窺伺我們。

我寫了五本書，卻覺得是在寫同一本書，一本有關一段烏托邦歷史的書……

蘇聯作家瓦爾拉姆．沙拉莫夫寫道：「我曾經參與過一場浩大但以失敗收場的戰役，那場戰役意在真切地革新生活。」我在重塑那場戰役的歷史，包括它的成敗得失。我們多麼想要在地球上建立天國。一座天堂！太陽之城！最終的結果卻是血流成河，以及數百萬條生命遭到殘害。然而，曾經有那麼一段時間，沒有任何二十世紀的政治思想足以與共產主義（以及象徵該主義的十月革命）相提並論，或是比該主義更強烈地吸引西方知識份子和全世界的人。法國社會學家雷蒙·阿隆稱俄國革命為「知識份子的鴉片」。共產主義的思想至少有兩千年的歷史，我們可以在古希臘哲學家柏拉圖的理想國的學說裡、在劇作家阿里斯托芬總有一天「萬物共享」的夢想中……在英格蘭政治家湯瑪斯·摩爾和義大利哲學家托馬索·康帕內拉……稍後在法國政治家聖西蒙、哲學家傅立葉，以及英國烏托邦社會主義者羅伯特·歐文的著作裡找到此思想。俄國精神中有某種特質，促使我們試圖實踐那些夢想。

二十年前，我們用詛咒和眼淚送走了「紅色帝國」。現在我們已經可以平心靜氣地回顧那段尚未走遠的歷史，宛如檢視一段歷史實驗。這一點很重要，因為有關社會主義的爭論至今尚未平息。新的一代已經長大成人，他們擁有不同的世界觀，但是，卻有為數不少的年輕人再度讀起馬克思和列寧的著作。許多俄國城鎮還成立了史達林博物館，並為他豎立紀念像。

「紅色帝國」已經消亡，「紅色的人」卻留了下來，依舊存在。

我父親不久前去世了。一直到死，他都是一位忠貞的共產黨員，還保留著自己的黨證。我從來沒法使用「蘇聯佬」這個貶抑的字眼。一旦使用，我便得如此稱呼自己的父親、親人、熟識的人，或是朋友。他們都來自同一個地方——來自社會主義。他們當中有許多理想主義者，浪漫主義者。今天大家使用不同的稱呼，說他們是被奴役的浪漫主義者，烏托邦的奴隸。我想，他們所有人原本可以過完全不同的生活，但是他們選擇將生活交給了蘇聯。為什麼？我花了很長的時間尋找這個問題的答案。我跑遍這個不久之前稱為蘇維埃社會主義共和國的廣袤國家，錄了好幾千卷錄音帶。那是社會主義，那就是我們的生活。我從點點滴滴、零碎片段中蒐集「家庭裡的」……「內心的」社會主義歷史，尋找它以何種樣貌生活在人的心裡。我時時刻刻受到單獨的人類個體這個小小的空間所吸引。事實上，那便是所有事件發生的所在。

戰爭甫結束，德國社會學家狄奧多．阿多諾在震驚中寫道：「自奧斯威辛之後，寫詩是野蠻的。」今天，我想用充滿感激的心情提到我的恩師，白羅斯作家阿列斯．亞當莫維奇，他也認為，用散文體書寫二十世紀的可怕事件是種褻瀆，因為內容不容許虛構，事實只能如實呈現。我們需要「超文學」，讓見證者發聲。大家可以回想尼采所說的，沒有一位藝術家能夠忍受現實，也無力承受。

真理是分散的，為數眾多、各不相同，而且四散於世界各處，因為如此，真理無法全數置入一顆心或一個腦子。這個想法總是讓我忐忑不安。杜斯妥也夫斯基認為，人類對於自己的了解遠比文學裡記載得多。因此，我在做些什麼呢？我在收集日常的情感、想法與話語，收集我這個時代的生活。我感興趣的是靈魂的歷史，靈魂的日常面相，這是大歷史通常視而不見或不屑一顧的部分。我從事的，便是蒐集被忽略的歷史。我曾經不只一次聽到有人說，那不是文學，而是文獻，至今也仍會聽到這樣的說法。但在今日，何謂文學呢？有誰能回答這個問題？我們的生活步調較以往快速，內容打破了形式，將之破壞、改變，所有事物都溢出了原有的框架，無論是音樂或繪畫，在文獻裡，文字也衝出了原本的界線。事實與虛構之間沒有界線，相互流動，即使見證者也並非公正客觀的。人在講述時，也在創造，在和時間角力，有如雕刻家雕琢大理石。他既是演員，也是創作者。

我感興趣的是小人物。我稱呼他為小巨人，因為他經歷的苦難將他放大了。他在我的書裡親口敘述自己的小歷史，同時也講大歷史。我們尚未能夠理解過去與現在發生在我們身上的事件，因此必須一吐為快。首先，至少要一吐為快。我們害怕理解發生的事件，是因為尚未克服過往。在杜斯妥也夫斯基的作品《附魔者》中，沙托夫在交談一開始便對斯塔夫羅金說：「我們是在永恆中相遇的兩個人……最後一次在這個世上相遇。拋開您的腔調，用人類的聲調說話吧！至少用人類的聲音說一回。」

我和筆下主角的對話大約是這樣開始的。當然，人是從自己的時代發聲，不可能無中生有！不過，要突破人的心防很困難，因為人心充塞著世紀的迷信、偏見與錯覺。還有電視和報紙。

我想引用自己日記中幾頁的內容，顯示時間是如何推進……理念如何死去……以及我如何追蹤它的足跡……

一九八〇～一九八五年

我在寫一本有關戰爭的書籍……為什麼以戰爭為主題呢？因為我們是戰鬥民族，要不是在戰鬥，就是在準備戰鬥。如果仔細觀察，我們的思維都是戰鬥式的，無論是在家裡，或是在外頭。因此，我們國家的人命才會如此不值錢。一切都像在戰場上。

我從自我詰問開始。唔，再寫一本戰爭主題的書籍……意義何在？

有一回外出採訪時，我遇見一位在戰爭期間擔任衛生指導員的女人。她講述有一回冬天，他們徒步穿越拉多加湖，敵人發現有人移動的跡象，於是開始掃射。馬匹和人掉入了冰層底下。事情發生在深夜，當時她以為自己抓住了一位傷者，便開始把對方往岸上拖。她說：「我拉著這個溼淋淋、身體赤裸的人，心想這人的衣服是被扯掉了。」上了岸她才發現，自己拖上來的是一尾受傷的白色大鱘魚，不禁爆出一連串不堪入耳的話：人在受苦，但是野獸、飛鳥和魚兒做錯了什麼？另外一次採訪途中，一位騎兵連衛生指導員說，有回交戰期間，她把一位受傷的德軍拖進彈坑裡，不過，她是在彈坑裡才發現對方是德軍。他一條腳斷了，正在流血。那可是敵人呀！該如何是好？自己的人正在上頭送命呢！不過，她還是替那位德軍包紮好傷口，然後繼續往外爬，又拉來一位昏迷的俄國士兵。士兵甦醒之後，想殺了德國人；德國人神智清醒的時候，就舉起機關槍，想殺掉俄國士兵。她回憶道：「我一會兒呼這個巴掌，一會兒呼那個巴掌。我們的腿上都是血。三人的血都混在一起了。」

那是我以往不曾聽聞的戰爭。女人的戰爭。無關英雄。不是有關一群人如何英勇地殺害另一群人。女人的哭訴深印在腦海裡：「戰鬥過後，走在戰場上，看見他們躺在地上……每個人都很年輕、英俊。他們仰躺著，眼睛望著天空，令人不禁為我方，也為敵方感到難過。」就是這句「為我方，也為敵方」提示了我下一本書的主題，那會是一本有關戰爭即殺戮的書籍，戰爭在女人的印象中便是如此。前一刻鐘，這個人還在微笑、抽菸，此刻卻不存在了。女人最常談到的是失蹤，談到在戰場上，一切都多麼迅速地化為烏有，無論是人，還是人類的時間。沒錯，他們是在十七、八歲時自願要求上戰場的。他們並不想殺人，卻準備好赴死，為祖國犧牲，以及——我們無法將言語從歷史中抹去——為史達林奉獻生命。

大約兩年的時間，書沒有付梓，在戈巴契夫上台和重建之前沒能出版。書籍檢查員訓誡我：「看了您的書，就沒有人願意去打仗了，因為您筆下的戰爭太可怕了。為什麼裡頭沒有英雄？」我不是在尋找英雄，我是透過毫不起眼的見證人和參與者所述說的故事書寫歷史。從來沒人問過他們任何事情，我們不曉得一般人對偉大的理想有什麼看法。戰爭甫結束時，一個人會講述一場戰爭，十年過後，他會講述另外一場戰爭，他的故事裡有些事情會改變，這是必然的，因為他將自己的一生和整個人都堆疊進回憶裡，包括他這幾年是如何生活的、讀了什麼書、看見什麼事情、遇見什麼人，最後，還取決於他是否幸福。文獻是活生生的個體，和我們一同改變……

有一點我十分肯定，像一九四一年那樣的年輕女孩已經成為絕響。那是「紅色理想」最為熾熱的年代，甚至比革命和列寧時期還要熱烈。她們的勝利迄今還掩護著古拉格集中營。我對那些女孩的愛是無限的。但是，不能和她們談到史達林，或是有關戰後那些敢言的勝利者被裝進車廂載往西伯利亞這件事。其他沒被送走的人則是回到家鄉，保持沉默。有一回我聽見有人說：「我們只有在戰爭的前線時是自由的。」我們最大的資產是苦難。既不是石油，也不是天然氣，而是苦難。那是我們不斷取得的唯一成就。我總是在尋找答案：為什麼我們的苦難無法轉化為自由？難道這一切都是枉然嗎？俄國哲學家恰達耶夫是對的：「俄羅斯是沒有記憶的國家、健忘的空間，是尚未開放批評及反省的原始意識。」

偉大的著作就這樣散落在腳下……

一九八九年

在喀布爾。我不想再寫戰爭，此刻卻在貨真價實的戰場上。《真理報》上寫道：「我們正在協助情同手足的阿富汗人民建立社會主義。」四處是戰爭的人，戰爭的物品。這是戰爭的年代。

昨天他們不肯帶我一起前往戰場：「大小姐，請留在旅館，否則我們還得為你負責。」我坐在旅館裡，心裡想：旁觀別人的英勇和冒險有種不道德的成分。我已經在這裡一個多星期，始終無法擺脫一種感覺：戰爭是男人天性的產物，而那天性是我無法理解的。然而，戰爭使用的配備卻很華麗。我發現，原來衝鋒槍、地雷和坦克等武器是很美的。人耗費許多時間思量改善殺害另外一個人的方法，這是真理與美麗之間永恆的爭辯。有人為我展示新式的義大利地雷，我的「女性式」反應是：「好漂亮。為什麼要製作得這麼漂亮？」他們用戰爭術語精確地向我解釋，如果開車撞到或是踩到這枚地雷上……剛好碰上某種角度……人只會剩下半公升的肉塊。在這裡的人們口中，瘋狂的事情彷彿家常便飯，如此理所當然，好像在說，不過是戰爭嘛……地上躺著一個不是因為天災、不是因為意外，而是被另一個人殺害而死去的人，卻沒有人因為此情此景而喪失神智。

我看過「黑色鬱金香」（運送裝著死者的鋅皮棺材返鄉的飛機）的裝載工作。他們經常替死者換上四〇年代搭配馬褲的軍隊制服，有時候，連這種制服都會短缺。士兵聊天時說：「一批剛死的裝進了冰箱裡，聞起來好像腐壞的豬隻。」我要把這個寫下來。我擔心回去以後，沒有人會相信我，因為國內報紙上寫的都是蘇聯士兵在這裡栽種友誼林蔭大道。

我跟士兵交談，知道許多人是自願到這裡來的，而且是特別要求前來。我注意到，大部分人出生於知識份子家庭，包括教師、醫生和圖書館員，總歸一句，來自書香門第。他們真誠地夢想著要幫助阿富汗的人民建立社會主義，如今他們嘲笑自己。有人指出機場內擺放著上千具鋅皮棺材的地方給我看，棺材在陽光下神祕地閃閃發光。陪伴我的軍官忍不住說：「或許這裡也有我的棺材……他們會把我塞進裡頭……我到底是為了什麼在這裡戰鬥？」他話一出口便嚇到了，對我說：「您別寫下這段話。」

夜晚我夢見陣亡的人，每個人都一臉不可置信的神情：我怎麼會陣亡？難道我死了嗎？

我和護士搭車去收容阿富汗平民的醫院。我們帶了禮物給孩童，有兒童玩具、糖果和餅乾。我拿到大約五隻絨毛熊娃娃。我們抵達醫院後，看見的是一長排簡易的木房，每個人只有一條被子。一位年輕的阿富汗婦人抱著一個孩子朝我走來，想對我說些什麼。十年來，這裡的人都學會了一些俄文。我把玩具拿給小孩，他用牙齒咬著，接了過去。我很驚訝地問：「為什麼要用牙齒咬呢？」阿富汗婦女拉掉嬌小身軀上的被子，原來小男孩沒有雙手。「是你們俄國人炸掉的。」當我跌向地板時，有人伸手扶住我……

我看見我們的格勒式飛彈如何將村莊夷為平地。我曾經造訪一長列宛如村舍的阿富汗墓園，有位年老的阿富汗婦女在墓園中央的某處吶喊。我想起在明斯克城郊的一座村莊內，當鋅皮棺材抬進一戶人家時，做母親的發出何等哀號。那聲音既不像人的叫喊，也不像野獸的叫聲……與我在喀布爾的墓園中聽見的喊聲很相似……

我承認，我並沒有立刻認清事實。我真誠地對待我的主角，他們也信任我。我們有各自通往認清事實的道路。去阿富汗之前，我相信人性的社會主義。從那裡回來以後，我再也不抱持任何幻想。和父親見面時，我說：「請原諒我，父親。你教導我相信共產主義的理想，但是，只要看過一次那些像你和媽媽教導的蘇聯學生（我的父母是村裡的老師）在陌生的土地上殺害素不相識的人，便足以使你們的話都化為烏有。我們是兇手。你明白嗎，父親？」父親哭了。

許多人從阿富汗回來時，已經認清事實。但是，我也遇過特例。在阿富汗時，有個年輕人朝我大聲地說：「你這個女人懂什麼戰爭？難道人死在戰場上的景象跟書中或電影裡一樣嗎？裡頭的人都死得很漂亮，可是我一個朋友昨天被殺死了，子彈射中他的頭之後，他還跑了十公尺左右，一面伸手想接住自己的腦漿……」七年過後，那個年輕人成了一位事業有成的商人，喜歡講述在阿富汗的故事。他打電話給我：「你出那些書做什麼呢？書的內容太可怕了。」他已經變了，不再是那位我在死亡之中遇見，不希望在二十歲時丟了性命的人……

我自問，我想寫出什麼樣的戰爭作品？我想寫一個不開槍，無法對另外一個人開槍，一個想到戰爭便感到痛苦的人。他在哪裡？我還沒遇見過。

我闔上日記……

當帝國瓦解的時候，我們面對什麼樣的情況呢？以前世界分為劊子手和受害者，即古拉格；兄弟和姊妹，代表戰爭；全國選民，意味著政治操作和現代世界。以前我們的世界還劃分為坐過牢和抓人入牢兩種……現今則劃分為斯拉夫派和西方派、通敵者和愛國主義者，以及買得起東西和買不起東西的人。我會說最後這項區分是社會主義之後最為嚴酷的考驗，因為不久之前，人人都還是平等的。「紅色的人」最終依然沒能進入以往在廚房裡夢想的自由國度。俄羅斯被瓜分殆盡，自己卻被屏除在外，沒能分一杯羹。它飽受屈辱，自覺被攫掠一空，因此變得極具侵略性又危險萬分。

以下是我在俄羅斯境內採訪時的所見所聞：

「我們國家要現代化，只能仰賴受到監禁的學者、工程師和科學家組成的祕密研究發展實驗室和行刑隊。」

「俄國人似乎不想致富，甚至會感到畏懼。那麼，他想要什麼呢？他永遠只想著一件事：希望別人不要致富。不要比他富有。」

「我們國家沒有誠實的人，只有聖人。」

「我們永遠盼不到不會受到鞭笞的一代；俄國人不懂自由，他需要的是哥薩克士兵和鞭子。」

「戰爭與監獄是俄文裡兩個重要的單字。一個人偷了東西，逍遙法外，入監服刑……期滿出獄，然後再次鋃鐺入獄……」

「俄國的生活必得是墮落又卑微的，唯有如此，心靈才能獲得提升，並意識到自己不屬於這個世界……愈是骯髒，愈是血腥，心靈的空間愈是寬廣……」

「人民無法發動新一波革命，因為既缺乏能量，也不夠瘋狂。革命精神已經喪失了。俄國人需要的，是會讓人起雞皮疙瘩的信念……」

「我們的生活就這樣擺盪在混亂與簡陋的住屋之間。共產主義沒有死亡，屍體依然活著。」

我要冒昧直言，我們錯過了九〇年代曾經有過的機會。面對國家應該變得強大，或是應該贏得敬重，使得民眾得以安居樂業這兩種抉擇時，人民選擇了前者——成為一個強大的國家。力量的時代再度降臨。俄國人和烏克蘭人征戰，和自己的兄弟征戰。我父親是白羅斯人，母親是烏克蘭人。許多人的情況和我一樣。現在，俄國的飛機正在轟炸敘利亞……

希望的年代被恐懼的年代取而代之。時光倒轉……成了二手時光……

現在我不敢篤定，自己已經寫完了「紅色的人」的歷史……

我有三個家鄉：我那白羅斯故土，我父親的故鄉，我居住一輩子的地方；烏克蘭，我母親的故鄉，我出生的地方；以及我萬萬無法缺少的偉大的俄羅斯文化。這些家鄉對我而言都彌足珍貴。但是，在我們這個時代，要談論愛是很困難的。

我還是想你，媽媽
（2015 諾貝爾文學獎得主作品，出版四十周年紀念新版）
（初版書名：我還是想你，媽媽：101 個失去童年的孩子）

作　　者　斯維拉娜・亞歷塞維奇（Алексиевич С. А.）
譯　　者　晴朗李寒
選 書 人　張瑞芳
責任編輯　張瑞芳（一版）、梁嘉真（二版）
協力編輯　莊雪珠
審 訂 人　吳佳靜
校　　對　魏秋綢
版面構成　張靜怡
封面設計　Bianco Tsai
行銷總監　張瑞芳
行銷主任　段人涵
版權主任　李季鴻
總 編 輯　謝宜英
出 版 者　貓頭鷹出版 OWL PUBLISHING HOUSE

事業群總經理　謝至平
發 行 人　何飛鵬
發　　行　英屬蓋曼群島商家庭傳媒股份有限公司城邦分公司
115 台北市南港區昆陽街 16 號 8 樓
劃撥帳號：19863813；戶名：書虫股份有限公司
城邦讀書花園：www.cite.com.tw　購書服務信箱：service@readingclub.com.tw
購書服務專線：02-2500-7718~9（週一至週五 09:30-12:30；13:30-18:00）
24 小時傳真專線：02-2500-1990~1
香港發行所　城邦（香港）出版集團／電話：852-2508-6231 ／ hkcite@biznetvigator.com
馬新發行所　城邦（馬新）出版集團／電話：603-9056-3833 ／傳真：603-9057-6622
印 製 廠　中原造像股份有限公司
初　　版　2016 年 9 月／二版 2024 年 10 月
定　　價　新台幣 620 ／港幣 207 元（紙本書）
新台幣 434 元（電子書）
I S B N　978-986-262-714-3（紙本平裝）／ 978-986-262-715-0（電子書 EPUB）

讀者意見信箱　owl@cph.com.tw
投稿信箱　owl.book@gmail.com
貓頭鷹臉書　facebook.com/owlpublishing

【大量採購，請洽專線】(02) 2500-1919

城邦讀書花園
www.cite.com.tw

國家圖書館出版品預行編目資料

我還是想你，媽媽／斯維拉娜・亞歷塞維奇（Алексиевич C. A.）著；晴朗李寒譯．-- 二版．-- 臺北市：貓頭鷹出版：英屬蓋曼群島商家庭傳媒股份有限公司城邦分公司發行, 2024.10
面；　公分．
2015 諾貝爾文學獎得主作品，出版四十周年紀念新版
初版書名：我還是想你，媽媽：101 個失去童年的孩子
譯自：Последние свидетели: Соло для детского голоса
ISBN 978-986-262-714-3（平裝）

1. CST：人物志　2. CST：報導文學　3. CST：兒童
4. CST：第二次世界大戰

781　　113012580

本書採用品質穩定的紙張與無毒環保油墨印刷，以利讀者閱讀與典藏。